생의 마지막 당부

생의 마지막 당부

마지막까지 삶의 주인이기를 바라는
어느 치매 환자의 고백

웬디 미첼, 아나 와튼 지음
조진경 옮김

One Last Thing

Wendy Mitchell

고귀한 삶, 존엄한 이별을 마주하는
웬디 미첼의 통찰 그리고 대화

문예춘추사

나의 마지막 책을
두 딸 세라와 젬마 외에
누구에게 바칠 수 있을까?
너희들이 내 딸이어서
고마울 뿐이야.

사람은 두 번 산다.
삶이 한 번밖에 없다는 것을 깨달으면
두 번째 삶이 시작된다.

_공자

이 책은 당신의 현재를 위한 선물입니다

죽음. 책을 시작하는 화두로는 이상하다. 언뜻 보면 죽음은 끝이기 때문이다. 그보다 더 마지막도, 더 당연한 것도 없다. 죽음은 중요한 평형추지만, 우리가 피해보려고 애쓰는 것이기도 하다. 물론 죽음 이후에 사후 세계가 있는지 아니면 그냥 검은 심연인지, 어느 쪽을 믿는지는 개인의 종교적 신념에 달려 있다. 그러나 지금 이 책을 쓰고 있는 나에게는 그런 것이 중요하지 않다. 죽음 후에 무엇이 우리를 기다리고 있는지 알아보는 것은 그곳에 도착한 후에 하면 된다. 지금은 피할 수 없는 것을 향한 여정, 지금 내가 하고 있는 여정에 집중하는 편이 더 낫다.

전작인 《내가 알던 그 사람》과 《치매의 거의 모든 기록》을 읽은 독자라면 내가 2014년 7월 31일에 조기 발병 혈관성 치매와 알츠하이머병을 진단받았다는 것을 알 것이다. 당시 나는 영국국민의료보험(NHS)에서 팀장으로 바쁘게 일하면서 싱글맘으로 두 딸을 키우고 있었다. 또 달리기를 아주 열심히 했는데, 그 진단을 받고 바로 그만두었다.

나는 심한 우울증에 빠졌다. 시한부 질병을 진단받은 환자에게 아주 흔한 일이고, 완전히 이해할 수 있는 일이다. 사람은 죽는다는 것을 누구나 알고 있지만, 대부분의 사람에게 죽음을 깊이 생각한다는 것은 일종의 사치다. 그 대신에 우리는 다음 휴일을 기다리거나, 주중과 주말을 잘 구분하면서 바쁘게 살아간다. 또는 현재가 없어지길 바라고, 꼼짝도 하지 않던 결석을 빼내거나 몸에 좋은 음식을 먹고 운동하겠다는 약속을 지키면 더 행복하게 살 수 있으리라고 굳게 믿고 있다. 삶의 진가를 더욱 완전하게 인식하게 해줄 무언가가 미래에는 항상 있다. 아마도 그것은 소위 희망일 것이다. 희망은 인간이 인간답게 사는데 매우 큰 역할을 하지만, 시간에 영향을 받는다. 그리고 우리와 같은 사람들에게는 희망도, 시간도 없다.

진행성 또는 말기 질환을 진단받으면 희망은 사라진다. 아니 그 정도까지는 아니라도 최소한 빛이 흐려지고 먹구름이 내려와 당분간은 그 빛을 볼 수 없을 것 같은 기분이 든다.

그런 먹구름, 그 절망을 지금도 기억한다. 이전부터 나는 치매는 실망을 안겨주는 병이고, 어떤 진행성 또는 말기 질환도 마찬가지라서 벗어날 수 없다고 여러 번 말했다. 하지만 내 병은 의료진의 태도 때문에 더 힘들어진 것 같다. 그들이 다른 이야기는 하나도 해주지 않았기 때문에 나는 끝났다고 생각했다.

어떤 사람들은 그런 진단을 받고 먹구름 속에 머물면서도 어떻게든 밝은 곳으로 다시 돌아가는 길을 찾으려고 애쓴다. 어쩌면 그들 역시 그런 노력이 아무 의미 없다고 생각할지도 모른다. 어쨌든 우리가 살아가는 사회는 건강한 몸 또는 건강한 정신을 더 가치 있게 여기기 때문이다. 그러나 나는 치매와 함께하는 여정에서 진행성 질환인 치매에 말기는 물론이고 초기와 중기도 있다는 것을 알게 되었다. 그리고 그 중간 단계에 있는 환자도 아주 많은데, 왜 내 마음은 마지막 장을 향해 달려가고 있었을까? 아마도 내가 받은 인생 카드를 어느 정도 통제하고 싶어서 그곳에 가장 먼저 도착했을 뿐 운명의 잔인한 기습은 실패했다고 나 자신을 설득하려 했기 때문일 것이다.

이런 바람이 너무 간절했던 나머지 나는 진행성, 그리고 말기 질환이라는 진단을 받고 나서도 이전 책들에서 희망은 있다고 말했고, 지금도 그렇게 믿고 있다. 또한 이런 진단을 받으면 강렬한 마음으로 현재를 살아간다고, 죽지 않고 그 병을 앓는 많은 환자가 더 마음을 쓰면서 하루를 살아간다고, 어떤 면에서는 진단받기 전보다 더 활기차게 살아간다고도 말했다. 그것은 우리 인간의 믿기 힘든 생존 본능이자 먹구름 속에서 빛을 볼 수 있는 능력이다.

치매 환자로 9년을 살아온 지금, 먹구름이 더 자주 내려온 다. 그렇게 안개가 낀 듯이 정신이 흐리멍덩한 날에도 나를 지 탱해주는 것은 희망, 내일은 더 나아지리라는 희망이다. 하루가 이틀, 사흘, 나흘, 닷새가 되어도 안개는 계속 끼어 있고 내 사고 는 접착제를 처발라놓은 듯이 끈적끈적하고 잘 돌아가지 않는 날이 더 많아지지만, 그 속에서도 희망은 뚫고 나온다. 내일은 더 나아질지도 모른다는 희망이. 그 생각이 계속 타오를 수 있 는 동안에는 경계를 넘어가지 않았다고 스스로를 위안한다. 나 는 여전히 나다. 내가 알던 웬디와는 많이 다르지만, 그래도 아 직 사람들이 나를 웬디라고 알아본다.

그러나 경계가 점점 가까워짐에 따라 비록 보이지는 않아 도, 이제 가장자리가 가까이에 있다는 것이 느껴진다. 이 책을 끝낸 후에도 더 많은 날을 흐리멍덩한 정신으로 지내게 되리란 걸 안다. 그러다가 다시 돌아오지 못하는 날이 올 것이다. 그래 서 나는 내 마지막으로 관심을 돌리고 싶다. 이 책의 서두에 죽 음을 꺼낸 이유도 그 때문이다.

진행성 질환자로 사는 삶에 적응할 수 있다면, 삶의 마지막 을 염두에 두고 사는 삶에도 적응할 수 있을 거라고 생각한다. 이 책을 시작하는 지금, 죽음이 다른 사람들에게는 어떻게 보일

프롤로그

지, 나에게는 어떻게 보일지 궁금하다. 그래서 많은 사람을 초대해서 함께 토론해보려고 한다. 우리 모두가 품어봄직한 질문들을 하고 싶다. 삶의 마지막은 어떨까? 고통스러울까? 그때 좀 더 편안해질 수 있도록 지금 할 수 있는 일이 있을까? 고통스럽게 느껴질 경우, 마지막을 앞당기기 위해 할 수 있는 일이 있는 걸까? 나는 전작 두 권의 공저자인 아나 와튼과 언제나처럼 동행할 것이다. 안개가 낀 듯이 정신이 흐리멍덩하고 생각들이 뒤죽박죽인 날에는 나 대신에 아나가 질문을 할 것이다.

독자분들은 이 책을 읽을 때 아나와 내가 경험을 공유해달라고 요청했던 사람들과 나누었던 대화에 참여한다는 느낌으로 읽어주었으면 좋겠다. 이야기들과 답변 중에는 슬픈 것도 있고 재미있는 것도 있을 것이다. 그래도 마치 우리 옆 테이블에 앉은 것처럼, 의자를 끌어와 앉아서 차 한 잔을 손에 들고 이 책을 읽어주길 바란다. 이야기가 마음에 들면 잠시 멈추고 생각나는 내용을 메모로 남기면 좋겠다.

두려워하지 않길 바란다. 이어지는 내용에서 무서워할 내용은 없을 것이다. 나는 죽음이 어떻게 진행되어야 한다고, 또는 어떤 느낌이어야 한다고 말하려는 것이 아니다. 그저 어느 날 죽음이 찾아올 테니 준비를 많이 할수록, 그리고 의료 전문가들이나 사랑하는 사람들과 더 많은 대화를 나눌수록, 현재를 살아갈 힘이 더 커진다는 점을 조용히 일깨우고 싶을 뿐이다. 진행성 또는 말기 질환자만 이렇게 할 수 있는 것이 아니다. 나는 죽음에 대한 내 느낌과 그동안 공개했던 에피소드 중에서 여러분이 놀랄 만한 일들을 이 책에서 공유하고자 한다. 부디 이 내용 때문에 여러분이 슬퍼하는 일이 없기를 바란다. 언젠가 여러분도 스스로 선택할 날이 오듯 나 역시 가능한 한 스스로 선택하려 할 뿐이다. 이렇게 생각하면 괜찮지 않을까? 이런 식으로 여러분에게 길을 안내하는 등불이 되길 원한다.

부디 이 책을 선물로 여기고, 현재에 집중하며 미래는 살짝만 엿보길 바란다. 그러면 현재를 더욱 잘 살아갈 수 있다. 그리고 그러기 위해 죽음에 대해 이야기해야 한다.

2022년 가을에
웬디 미첼

죽음에 대한 대화

죽음을 이야기해야 죽음이 편안해진다

난 정말 운이 좋다. 내가 죽음에 대해 이야기하면
내 딸들은 내 말을 들어줄 테니 말이다.
아이들은 내 말에 동의하지 않을 수도 있고
듣고 싶지 않을 수도 있지만, 그래도 들을 것이다.
하고 싶은 말을 할 수 있다는 것만으로도
환자는 정말 좋은 선물을 받는 것이다. (…)
정말 낯선 표현인 것 같지만, 나는 죽음에 대해 이야기하면
더 차분해진다. 하고 싶은 말을 다 할 수 있기 때문이다.

One
Last
Thing

"아니, 도대체 코코넛 밀크는 어디에 쓰는 거지?"

나는 우리 집 거실에서 친구인 데이비드와 마주 앉아 있었다. 그는 최근에 사별을 했다(우리 둘 다 그렇다). 그의 아내인 실비아는 나의 가장 친한 친구였기에 우리는 둘 다 실비아의 죽음에 무척 괴로워했다. 그래도 그의 질문을 듣자 나는 기분이 한결 나아졌다. 실비아도 들었다면 웃었을 것이다.

"실비아는 나한테 말해줄 기회가 없었어." 데이비드는 말했다.

그리고 침묵이 흘렀다.

나는 두 번째 책에서 실비아의 죽음에 대해 썼다. 치매 환자로서 마음이 아픈 것이 어떤 느낌인지, 뇌에 생긴 질환 때문에 내가 어떻게 두 가지 감정, 행복과 슬픔에 빠지게 되었는지를 말했다. 치매는 잔인하고 끔찍한 질환이지만, 때때로 선물을 주기도 한다. 내 경우 가장 친하고 소중한 친구가 난소암으로 죽은 후, 어쩐 일인지 치매 때문에 슬픔이 없어졌다. 다시는 실비아를 볼 수 없어서 정말 슬펐는데, 그다음에 전혀 상관없는 무언가 때문에 웃음이 나온 것이다. 이런 광경을 눈앞에서 본다면 분명 이상할 것이다. 그날은 코코넛 밀크 때문이었다.

실비아는 자신이 죽어가고 있다는 사실을 알게 된 후 아주 많은 계획을 세웠다. 데이비드에게 요리를 알려주고 싶어 했지만 그럴 기회가 없었다. 이제야 어두컴컴한 주방 찬장 안에서 코코넛 밀크 캔처럼 이국적인 식품을 찾아낸 그는 도대체 그것으로 무엇을 해야 하는지 의아해했다.

실비아와 나는 1995년부터 친구 사이였다. 당시 나는 청소부로 일하면서 혼자 두 딸을 키우고 있었는데, 실비아는 내가 병원 접수처에서 일할 자격이 있다고 보고 나 스스로 입증할 수 있는 기회를 준 유일한 사람이었다. 처음에 실비아는 나의 직장 상사였지만, 얼마 되지 않아 우리는 아주 친한 친구 사이가 되었다. 우리는 부모의 죽음, 결혼의 종말, 벅찬 환희, 임신과 출산 등 인생에서 겪은 온갖 사연과 트라우마를 나누며 서로를 알 수 있었다. 나는 실비아가 코코넛 밀크를 어디에 사용했는지 아는 유일한 사람이었고, 데이비드도 그 점을 알고 있었다.

나는 "코코넛 밀크는 실비아가 카레에 넣는 비법 재료예요"라고 그에게 말해주었다.

30년 전에 실비아에게 카레 요리법을 알려준 사람은 바로 나였지만, 실비아는 다른 재료를 찾아 내 레시피를 개선해서 자기만의 카레를 만들었다. 어딘가에서 코코넛 밀크를 쓰는 것을 보고는 그것이야말로 그녀에게 필요한 비법 재료임을 깨닫고 활용했던 것이다. 우정은 그런 것이 아닐까? 끊임없이 주고받고, 아이디어를 교환하고, 평생의 조언을 나누는 것 말이다. 나와 실비아의 우정은 평생보다 더 오래 지속될 수 있었다. 내가 치매 진단을 받았을 때, 실비아는 옆에서 내가 치매에 대해 알아가는 과정을 도와주었고, 내가 참여하던 실험에 대해 더 알고 싶어 했다. 또 그녀는 자신이 암 진단을 받았을 때 내게 감화되었다고 말했다. 나와 같은 방식으로 자기 병을 대하면서 결연하게 실험과 치료법을 조사하겠노라고 말이다.

"나도 너처럼 강해. 맞설 수 있어." 그녀는 말했다.

실비아가 그랬듯이 이제는 내가 그녀를 지지할 차례였다. 하지만 나는 우리 입장을 바꿀 수 있다면 좋겠다고 간절하게 바랐다. 아니 더 정확하게 말하면 그녀 몸에서 암을 빼내서 내 몸에 넣고, 그녀에게 치매는 짐 지우지 않기를 바랐다. 실비아에게는 앞으로 살아갈 날이 너무 많고, 사랑하는 새 남편과 함께해야 할 그 모든 모험이 남아 있는 것처럼 보였다. 반면 나는 이미 시한부 질병을 진단받았다. 할 수만 있다면 기꺼이 그녀의 짐을 짊어지고 싶다고 그녀에게 여러 번 이야기했다. 현실적인 계획이나 장기적인 생각 없이 아직 매일 할 수 있는 일들로 내 미래를 만들어가는 것이 정당하지 않은 일 같았다. 그래서인지 상황을 지켜보면서 선택할 대기 전술 목록에 쉽사리 내 죽음을 넣을 수 있었다. 반면에 실비아에게는 현실적인 계획, 성취 욕구, 살아야 할 진정한 이유가 있었다. 죽음을 더 잘 이용하고 실비아에게 계속 삶을 살아가도록 할 수 있는 사람이 있다면 바로 나였다. 하지만 나는 그런 것들을 이야기하면서도 그 말들이 얼마나 의미 없고 공허하게 들렸을지 알았다. 왜냐하면 인생은 그런 식으로 흘러가지 않기 때문이다.

내가 먼저 치매 진단을 받고 실비아가 나중에 암 진단을 받았기 때문에, 우리의 우정에 먼저 작별 인사를 하는 사람은 내가 되리라 생각했지만 그렇지 않았다. 실비아는 나에게 문자를 보낼 때 좋지 않은 소식이라도 항상 긍정적으로 보냈다. 그녀는 미래를 걱정하지 않았다. 어쩌면 내가 치매에서 얻은 가르침, 늘 현재를 살아간다는 교훈을 그녀도 얻었는지 모르겠다. 그래서 그녀는 내가 그랬듯이 종종 이런 문자를 보내곤 했다. '오늘은 몸이 좀 안 좋지만, 아마 내일은 좋아질 거야.'

그때 우리는 실비아에게 내일이 얼마 남지 않았다는 것을 알지 못했다.

캐럴과 바스락거리는 포장지 소리가 어렴풋이 들리는 가운데 2020년 크리스마스가 지나갔는데, 25일에 여느 때처럼 와야 할 실비아의 문자가 오지 않았다. 나는 뭔가가 잘못되었음을 느끼고 다음 날, 실비아에게 문자를 보냈다. 친한 친구만이 감지할 수 있는 느낌이었다.

'어제가 크리스마스였네. 솔직히 말하면 지금 병원이야'라고 그녀는 답장을 보냈다.

내가 크리스마스에 얼마나 즐겁게 지내는지 잘 아는 실비아는 나쁜 소식을 전해서 크리스마스를 망쳐서는 안 된다고 생각했던 것이다. 내가 왜 그랬냐고 질책하자 실비아는 내가 자신이었어도 그랬을 것이라고 바로 대답했다. 나 역시 아니라고 부정할 수 없었다. 그녀의 결심은 그대로였지만, 희망이 서서히 사그라지고 있음을 때때로 느낄 수 있었다. 크리스마스가 지나고 의사의 진찰을 받은 후, 실비아는 이런 문자를 보냈다. '의사의 왕진 가방에는 잡동사니만 있는 것 같아. 처음에는 가득이었는데….'

문자는 점점 뜸해지고 짧아졌다. 나는 그녀가 소중한 시간을 가족과 보내고 있다는 것을 알았다. 그래서 연락은 데이비드와 더 많이 했고, 그는 실비아가 어떻게 지내는지 알려주었다. 2021년 1월에 실비아가 보낸 두 번째 문자는 이랬다. '잠들 때까지 그래도 하루에 한 번은….'

4주 후 온 마지막 문자는 이렇게 시작했다. '안녕, 소중한 내 친구….'

그리고 일주일 후, 실비아는 세상을 떠났다.

실비아는 자신과 자신이 사랑하는 사람들이 죽음을 평온하게 맞이하는 유일한 방법은 죽음을 받아들이고, 모든 것을 정리하고, 할 말을 다 하는 것임을 알고 있었다.

마지막 몇 달 동안 그녀는 평소처럼 차분하게 지내면서 마음을 가라앉혔다. 가족과 함께 앉아 장례식을 계획하고, 혼자 남는 것이 어떤 느낌일지에 대해 데이비드와 이야기했다. 병원에 입원할 때는 데이비드가 그녀 없이 집에 혼자 있는 것에 익숙해지도록 연습할 좋은 기회라고 말했다. 그녀는 항상 다른 사람들을 생각했고, 끝까지 그랬다. 계획은 이미 세워져 있고 그것을 이행하는 것은 남은 사람들 몫이기에 자기 생각은 무의미하다는 것을 본인 스스로 잘 알았다. 나 역시 잘 알고 있었다.

실비아의 죽음을 계기로 나는 가장 어두운 순간에도 여전히 희미하나마 빛이 있고, 죽음의 진행(누구나 언젠가는 맞이하게 될 진행)을 지배할 수는 없지만 통제할 수는 있다는 것을 깨닫게 되었다. 우리에게는 선택하는 기쁨이 더 많이 남아 있고, 서로 주고받아야 할 사랑의 말이 있다. 전에는 단 하루, 한 시간, 한순간을 선물이라고 말할 필요가 없었다. 그러나 결국 그것은 선물이다. 나는 내 친구가 남은 하루하루를 최대한 활용했다는 사실에 위로를 받았다. 비록 데이비드에게 코코넛 밀크의 용도에 대해 말해줄 기회는 없었어도 말이다.

하지만 그런 상황을 위해서 친구가 있는 것 아니겠는가.

나는 죽음이 두렵지 않다. 더 이상은 두려운 것이 없다. 치매에 걸리기 전에는 어둠, 동물, 어린아이들만 남기고 죽는 것 등 모든 것이 두렵다고 쓴 적이 있다. 하지만 2014년에 치매 진단을 받은 후, 다른 두려움은 모두 사라졌다. 최악의 두려움, 나를 나답게 만드는 본질인 정신을 잃는다는 두려움보다 더 큰 두려움이 무엇이 있겠는가?

이전 책들에서는 치매 진단을 받은 후 살아야 할 남은 삶에 초점을 맞추었다. 그러나 이제는 솔직해져야겠다. 지금은 죽음이 마치 선물처럼 여겨진다. 미처 준비도 못한 내게서 삶을 앗아간 이 질병으로부터 해방되는 선물 말이다.

그래도 내 딸들에 대한 걱정은 여전히 남아 있다. 그리고 실비아가 그랬듯이, 뒤에 남을 사람들이 내 죽음을 덜 고통스럽게 받아들이도록 만들 방법에 대한 문제가 있다. 아마 사랑하는 사람들은 폭풍우 치는 바다에서 우리를 묶어주는 닻일 것이다. 그 사랑의 닻이 없다면 우리는 파도에 밀려 어디로든 표류하면서 꽤 행복하게 움직일 수 있을 것이다. 하지만 우리를 삶에 묶어두는 것은 타인에 대한 사랑이다. 사랑이 서로와 우리 모두에 대한 소중한 선물이라는 점은 아무도 부정하지 못할 것이다. 설령 사랑 때문에 가장 큰 슬픔을 겪게 된다고 하더라도 말이다.

　　　　　　제1장　　　　　**죽음에 대한 대화**

어쨌든 우리가 사랑의 기쁨을 누리지 않았다면, 슬피 울면서 공허함을 느끼는 일은 없을 것이다.

1963년에 존 힌튼 정신과 교수는 영국에서 삶이 얼마 남지 않은 환자들이 죽음을 어떤 자세로 받아들이는지 설문 조사를 해보았다. 그 결과 환자들이 자신이 죽어가고 있다는 사실을 솔직하게 듣지 못하는 경우가 종종 있다는 것이 밝혀졌다. 심지어 자신이 암에 걸렸다는 사실조차 듣지 못한 경우도 있었다. 암이라는 단어 자체가 주는 두려움이 너무 크기 때문이었다. 힌튼 교수는 환자가 자신의 죽음을 받아들이지 못하면 육체적으로 고통을 더 크게 느낀다고 믿었다. 그런데 인터뷰 대상이었던 38명 환자 중에서 의료진에게 자신이 죽어가고 있다는 설명을 들은 환자는 한 명도 없었다. 다만 일부 환자는 사제로부터 넌지시 전해 들었다고 했다. 힌튼 교수는 에세이《죽어가는 사람들(Dying)》에서 죽음을 받아들이는 것이 어떻게 '마음의 평화'를 촉진하는지에 대해 이야기하면서 다음과 같이 썼다.

죽음을 앞에 둔 사람들 다수는 살면서 그 어느 때보다도 친절해지고 정신적으로 고귀해진다. 그들은 뒤에 남겨져서 상실감을 견뎌야 하는 이들의 감정이 다치지 않도록 최선을 다하며, 눈에 띄게 그리고 은근하게 애정을 드러내 보인다. 계속 죽음을 향해 가는 환자들 대부분이 정신적으로나 육체적으로 도움을 충분히 받

으면, 영구적인 무의식 상태에 빠지기 전에 자신의 운명에 순응하는 평화를 경험하게 된다.[1]

만일 그런 일이 일어난다면, 영구적인 무의식 상태에 빠지는 것도 그렇게 나쁜 방법인 것 같지는 않다. 그리고 그 일은 일어나야 한다. 최근 수십 년 동안 의학적으로, 외과적으로, 약학적으로 많은 발전이 있었지만, 여전히 모든 사람은 죽음을 맞이한다. 힌튼 교수는 자신의 연구 조사에서 죽어가는 환자들이 확신을 얻고 싶어 하는 세 가지 질문이 무엇인지 밝혀졌다고 진술했다. 그것은 '죽음까지 얼마나 남았나요?', '육체적으로 많이 고통스러울까요?', '죽으면 고통에서 벗어나게 될까요?'였다.

힌튼의 연구는 1963년에 수행되었지만, 여전히 우리는 이 질문들의 답을 찾고 있다. 사실 이 질문들을 하고 싶지만 두려워서 또는 물을 수 없어서 묻지 못하는 사람들이 정말 많지 않은가? 그러나 죽음도 이야기하지 못하는데 질문이 무엇인지를 어떻게 알 수 있겠는가? 나는 치매 진단을 받는 것과 진행성 질병을 진단받은 후 인생의 의미를 헤아리는 것에 대하여 여러 번 이야기했지만, 우리는 무엇을 모르는지도 모른다. 그러나 질문하는 방법을 찾을 수 있다면 아마도 고통을 완화할 수 있을 것이고, 심리적 고통을 완화하면 육체의 고통도 완화할 수 있을 것이다.

---

1 존 힌튼, Dying(죽어가는 사람들), 펭귄 북스

실비아는 내일을 계획하고 오늘을 살아가는 사람의 본보기 같았다. 그리고 친한 친구들 중에서 처음으로 죽음을 맞이한 친구였다. 그로 인한 압도적인 상실감은 충격으로 다가왔다. 집이 가깝지는 않았지만, 그 정도 거리에서는 여전히 그녀가 날 위해 거기에 있음을 알 수 있었다. 데이비드가 텅 빈 집에 혼자 있으면서 어떤 느낌을 받았는지, 실비아의 딸들이 이제 조언해줄 엄마가 없다는 사실에 어떻게 대처했는지는 아무도 모른다. 친구로서 나는 죽은 이의 영혼이 울새로 나타난다고 믿으며 스스로 위안으로 삼았다.

두 번째 책에서 실비아가 죽고 며칠 후 꾸었던 꿈에 대해 이야기한 적이 있다. 꿈에서 울새 한 마리가 날아와 내 손에 앉아 내 눈을 똑바로 바라보더니 내 손바닥에 똥을 쌌다. 맞다. 의심의 여지 없이 내 친구 실비아였다. 어쨌든 나는 꿈 때문에 웃을 수 있었다. 이렇게 함께 이야기하며 상대가 재미있어 하던 유머 또는 서로를 소중하게 생각했던 기억은 사랑하는 사람이 떠나면서 남겨준 유산이다. 뼈와 거죽은 사라져도 그런 것들은 절대 퇴색하지 않는다.

나는 죽음 뒤에 있을 캄캄한 공허는 두렵지 않지만, 경계를 넘어가면서 내가 정말 모르고 전혀 알아볼 수 없는 누군가로 변하는 것은 무섭다. 나는 이런 감정들에 대하여 이야기할 수 있기를 바란다. 실비아가 죽음을 준비하며 이야기하고 싶어 했듯이, 나도 이런 감정들에 대해 이야기하고 싶다. 어쩌면 나의 필요가 더 절박할지도 모른다. 잠에서 깼는데 안개가 낀 듯이 정신이 흐리멍덩해서 경계가 어디인지 모를 때가 있다. 이대로 넘어지게 될까 아니면 몇 걸음 더 걸어야 할까? 나처럼 진행성 질환을 앓는 많은 환자가 느끼는 감정이 이런 것이다. 궁극적으로 '그걸 누가 알까' 싶은 질문을 하게 된다. 그러나 이런 방식으로 살다 보니 나에 대하여 더 집중하게 되었다.

나는 치매 진단을 받기 전에는 삶을 크게 소중히 여기지 않았다. 많은 사람이 그렇다. 우리에게 죽음이 닥쳐오리라 생각하지 않는데, 정말로 어리석은 일이다. 반면 길을 가다가 버스에 치일지도 모른다고 생각하는 등 끊임없이 죽음에 대해 생각하는 사람들이 있다. 그런 사람들에게 삶은 분명 끊임없는 걱정거리일 것이다. 또 어떤 이들은 그냥 인생을 헤쳐 나가면서 앞에 닥친 운명을 받아들인다. 그냥 살아가는 것이다. 어쩌면 나도 그랬는지 모른다. 사고나 질병처럼 무슨 큰일이 발생하면 그제야 멈추어 서서 생각한다. '해야 할 일은 다 하고 살았나? 아직 남아 있는 일은 뭐가 있지?' 우리가 매일 매 순간에 감사하는 마음을 갖도록 프로그램되어 있다면, 나이에 비해 진중하다면 좋을 텐데 말이다.

나는 사람들이 왜 죽음에 대해 음울하고 안 좋게 이야기하는지 이해할 수 없었다. 나에게는 늘 자연스러운 것이었기 때문이다. 아마 지금 죽음에 대한 이야기를 할 수 있는 것도 그렇게 느끼기 때문인 것 같다.

내가 사체를 처음 본 것은 대학에서 공부할 때였다. 열여덟 살 때였을 것이다. 당시 나는 어느 노부부 집에서 작은 방을 빌려 하숙을 하고 있었다. 집주인인 도린과 앨버트는 연금 외에 추가 소득을 얻기 위해 몇 년째 학생들에게 방을 빌려주고 있었다. 나는 도린과 관계가 좋았다. 그녀는 매일 소시지와 달걀 프라이로 아침 식사를 챙겨주었는데, 그런 식으로 나를 돌봐주는 것이 좋았다. 집에서도 그런 대접을 받아본 적이 없었다. 나는 일찍 학교에 가야 한다고 핑계를 대고는 아침 식사 음식과 함께 차를 점심 도시락으로 싸 갔었다.

또 대부분 하숙집으로 일찍 돌아가 노부부와 함께 이야기하며 지냈는데, 그런 시간이 항상 좋았다. 도린은 조르디인(잉글랜드 북동부 타인사이드 출신 사람-역주) 억양이 강한 말투로 이야기했고, 늘 웃는 눈이었다. 반면에 앨버트는 약간 까다로운 사람이었고, 주로 자기 안락의자에 앉아서 지냈다. 그러나 집안 분위기는 따뜻하고 행복해서 부모님과 처음 떨어져서 지내는 나에게는 딱 좋았다.

어느 이른 아침, 나는 도린 목소리에 잠이 깼다. 그녀는 앨버트 이름을 처음에는 상냥하게, 그다음에는 다급하게 불렀다. 겁

먹은 듯한 그 목소리에 나는 일어나 침대에 앉아 있었다. 몇 초 후 이번에는 나를 부르는 소리가 들렸고, 벌떡 일어나 방문을 열어보니 층계참에 누워 있는 앨버트 옆에 무릎 꿇고 있는 도린이 보였다. 처음에는 앨버트가 화장실에서 넘어졌다고 생각했다. 곧 도린이 나를 올려다보았고 늘 반짝이던 그녀의 눈에서 공포가 보였다. 그녀는 그의 몸을 흔들며 필사적으로 깨우려고 했지만, 아무 반응이 없었다. 앨버트는 가만히 누운 채 움직이지도 않고 숨도 쉬지 않았다.

한 번도 사체를 본 적이 없었지만, 무섭지 않았다. 나는 정말 침착했다. 도린은 무기력하게 나를 돌아보았지만, 아직 참사를 실감하지 못하는 것 같았다. 나는 손을 뻗어 그녀의 어깨를 어루만졌다. 아무 말도 하지 못하고 어루만지기만 했는데, 그녀의 손끝이 맞닿아왔다.

"바닥에 계시니까 불편해 보여요. 다시 침대로 모신 다음에 의사에게 전화를 걸까요?"라고 내가 말했다.

당시 앨버트는 쇠약한 노인이었고, 수십 년 동안 코번트리의 자동차 공장에서 일하면서 고단한 삶에 시달려 몸이 몹시 야위어 있었다. 그를 들어 올리려고 손을 아래로 뻗었을 때, 푸른 줄무늬 파자마 하의가 비스듬히 벗겨져 그의 살이 보였다. 그의 옷 아래로 뼈와 거죽만 남아 있음을 알 수 있었다. 다리를 하나씩 만져보니 이미 차가워져 있어서, 그가 그 자리에 상당

시간 동안 누워 있었다는 것을 깨달았다.

나는 큰 충격에 빠진 도린에게 "팔을 잡아보세요"라고 말했고, 그녀는 앞장서서 해결해줄 누군가가 있다는 사실에 감사하며 내 말에 따랐다.

단지 그를 들어 올렸을 뿐인데 벌써 사후경직이 시작되었다는 것을 알 수 있었다. 여전히 살아서 숨을 쉬는 것처럼 손끝에서 느껴지는 앨버트의 피부는 움직이는 것 같은데, 관절은 딱딱하게 굳었다니 기분이 이상했다. 그는 말랐는데도 아주 무거웠다. 우리는 최대한 조심스럽게 그를 침실로 데려가 침대에 내려놓았다. 나는 순진하게도 그에게서 또는 그의 방에서 죽음의 냄새가 날 것이라고 생각했다. 그래서 정말 무슨 냄새가 날까 싶어 킁킁대며 냄새를 맡아보았지만 노인 냄새만 났다.

뒤로 물러서서 그를 보니 정말 평온해 보였다. 평소의 심술 궂은 표정 대신 그를 본 중에 가장 온화한 표정이었다. 도린은 나를 안아주며 고맙다고 했다. 그 직후에 일어난 일들이 순서대로 기억나지는 않지만, 내가 차를 준비했고, 의사가 와서 앨버트에게 사망선고를 내릴 때까지 도린의 곁을 지킨 것은 확실했다. 그리고 평소처럼 대학교에 갔고 아침에 무슨 일이 있었는지 친구들에게 이야기했다. 내가 사체를 옮겼다는 사실에 그들은 크게 충격을 받고 역겨워했다. 친구들 반응에 깜짝 놀란 나는 본능적으로 더 말하지 말아야겠다고 생각했다.

그날 아침에 불과 열여덟 살이었던 내가 어떻게 그렇게 당황하지 않고 침착할 수 있었는지 지금도 모르겠다. 그때도 나한테는 죽음이 아주 자연스러워 보였다. 앨버트는 노인이었고 오랫동안 건강도 좋지 않았다. 도린은 속상했겠지만, 앨버트의 사망이 큰 비극은 아니었다. 그의 몸이 지쳐서 기능을 멈추었을 뿐이다. 앨버트는 가야 할 시간이 되어 간 것이 분명했다.

그렇게 자연사를 하게 되면 논쟁하기 어려워질 수 있다. 남겨진 사람들은 힘들고 당연히 도린은 한동안 큰 슬픔에 잠겨 있었지만, 앨버트는 금세 숨을 거뒀다. 심장마비가 아주 크게 와서 아마 고통을 느끼자마자 사망했을 것이다. 우리 같은 시한부 질환자들은 잘 알겠지만, 끝도 보이지 않게 긴 시간이 펼쳐져 있는데 뒤돌아볼 수도 없을 때는 그런 죽음이 축복이다. 우리는 계속해서 일몰을 향해 가고 있다. 하지만 앨버트의 경우, 눈 깜짝할 사이에 빛이 어둠으로 바뀌었다.

나는 내가 무엇을 택할지 잘 안다.

분명 집에서 죽음을 맞이하는 것이 더 편안했던 때도 있지 않았는가? 아마 삼대가 한집에 살았던 때 또는 대문을 잠그지 않아도 되는 동네에 살던 때는 그랬을 것이다. 죽음이 치료 대상이 되고, 죽어가는 환자를 집에서 병원으로 옮기게 된 것이 1948년에 NHS가 창설되면서부터였을까? 어쨌든 NHS는 죽을 사람을 돕는 것이 아니라 그들을 치료하는 데 집중했다.

실제로 NHS를 창설한 어나이린 베번(영국 정치가로 제2차 세계대전 후 보건장관을 지냄-역주)은 "작은 병원에서 과한 동정심을 받으며 숨을 거두는 것보다 차갑지만 능률적이고 이타적인 대형 병원에서 살아남고 싶다"고 했다. 이 말에서 NHS와 이후 수십 년 동안 개원한 신규 병원들의 초기 철학을 알 수 있다. 각각의 수단이 소진될 때까지 모든 의료 개입을 사용하여 생명 보존에 초점을 맞춘다는 것이다. 이런 의료 개입을 정말로 고마워한 환자들이 많았을 테지만, 이를 거부하고 그냥 죽어간 사람들도 계속 있었을 것이다. 그런데도 왜 그들을 위한, 그들을 조금 더 편안하게 해주기 위한 준비는 등한시했는지 이해하기 어렵다.

아마 당시에는 공동체 의식이 지금보다 더 컸을 것이다. 치료했는데 낫지 못하면, 가족은 집에서 지역의 일반 진료 의사나 지역사회 간호사와 함께 환자가 사망할 때까지 지켜보는 것이 관례였다. 하지만 1950년대 영국에서 죽음이 어떤 모습이었는지 알아보기 위해 돕고 나선 것은 병원이 아닌 자선 단체들이었으며, 현재 죽어가는 환자들의 편안한 죽음에 재원을 지원하는 것도 자선 단체다. 지금까지도 호스피스 센터가 정부와 NHS에서 받는 지원금은 전체의 30퍼센트 정도에 불과하다. 나머지 재원은 시내 중심지에 있는 자선 상점들과 기금 모금을 통해 조달된다.

50년대와 60년대에 호스피스 센터가 급증하기 전에는, 주로 여성 암환자들을 위한 자선 단체인 마리퀴리기념재단(Marie Curie Memorial Foundation)이 죽음에 관여했다. 1952년에 이 재단과 퀸즈지구간호협회(Queen's Institute of District Nursing)가 잉글랜드와 웨일스에서 사람들이 어떻게 죽어가는지를 알아보기 위한 설문 조사를 의뢰했다.[2] 약 200개의 보건소로부터 7천 건 이상의 응답지를 받았는데, 결과가 충격적이라 읽기 불편할 정도였다. 간호사들 설명에 따르면 환자들은 방치된 채 죽어가고 있었고, 너무 쇠약해서 침구를 바꾸지도 못하고 고통스러워했으며, 종기 때문에 너무 아파서 치료도 할 수 없었고, 일부는 혼자 식사도 못할 정도로 기운이 없었다. 혼자 먹기에도 부족한 음식량이었지만 그 부스러기를 애완동물에게 먹이며 살아가는 사람들의 가슴 아픈 이야기 같은 소소한 세부 내용은 없었다. 죽을 때가 머지않은 많은 환자가 이웃의 자선에 의존하여 생계를 유지하고 있었다.

NHS가 설립되기 전에는 가난해서 진통제 처방을 받을 수 없는 사람들은 그저 아파하며 죽을 수밖에 없었다. 심지어 삶이 며칠 또는 몇 주밖에 남지 않은 사람들 또한 사회로부터 그리

---

2 마리퀴리기념재단과 퀸즈지구간호협회의 합동전국암조사위원회, Report on a National Survey Concerning Patients with Cancer Nursed at Home(가정간호 암환자에 대한 전국 조사 관련 보고서), London: Marie Curie Memorial Foundation, 1952

고 종종 전문 의료진에게 방치되어 같은 방식으로 죽어가고 있었다. 이 보고서 결론에는 많은 권고 사항이 제시되어 있는데, 주된 내용은 죽어가는 환자들을 위해 호스피스 치료를 충분히 제공하자는 것이었다. 그 보고서가 발표되고 마리퀴리재단은 재단의 사업 목표를 말기 암환자에게 충분한 호스피스 치료를 제공하는 것으로 재정립했다. 그해 말에 마리퀴리 호스피스 센터 1호가 문을 열었고, 그 후 10년 동안 재단은 낡은 건물들을 취득하여 추가로 9개 센터를 더 만들었다. 그리고 나중에는 본격적으로 기금 모금이 시작되면서 센터 건물을 건축하여 문을 열었다.

1960년에 굴벤키언 재단(Gulbenkian Foundation)을 대행한 글린 휴는 후속 보고서를 작성하던 중에 임종 간호의 결함을 발견했다. 그는 요양원들에서 간호 인력이 심각하게 부족하고 환자들을 잘 돌보지 않는 일도 종종 있다는 것을 알게 되었다. 그는 "말기 질환 노인 환자의 치료 장소와 인력에 대한 답 없는 질문과 관련하여 NHS 내에 심각한 의견 차가 있다"는 것에 주목했다.[3]

현재 호스피스 센터가 받는 정부 지원금이 부족하다는 점을 생각하면, 과거에 비해 큰 진전이 이루어진 것 같지 않다. 우리 같은 환자들 중 정말 많은 이들이 어느 시점이 되면 이 서비스

3 글린 휴, Peace at Last: A survey of terminal care facilities in the United Kingdom(마침내 찾은 평온: 영국 내 말기치료시설에 대한 조사), Calouste Gulbenkian Foundation, London, 1960

를 이용해야 한다고 생각하지만 경제적으로 너무 부담스러워하는 것 같고, 호스피스 치료에 대한 일반 대중의 의견도 제대로 평가되는 것 같지 않다. 2021년에 마리퀴리재단 의뢰로 시행된 죽어가는 환자들 태도에 대한 가장 최근 보고서에 따르면, 조사 응답자들의 4분의 3은 NHS가 임종 돌봄 서비스도 똑같이 중시해서 제공해야 한다고 여겼다. 대중이 원하는 것과 정부가 제공하는 것 사이에는 분명 큰 괴리가 있다.

2021년에 발표된 〈영국에서의 죽음과 임종에 대한 대중의 태도(Public Attitudes to Death and Dying in the UK)〉는 1952년의 최초 보고서 이후로 죽음에 대한 대중 인식이 어떻게 변화했는지를 통찰한 재미있는 보고서다. 예를 들어 51퍼센트 사람들은 영국 사회가 죽음과 임종에 대하여 충분히 이야기하지 않는다고 생각한다. 흥미로운 점은 설문 조사 응답자의 대다수(84퍼센트)는 임종에 대하여 이야기하지 못하게 하는 것은 없다고 했고, 70퍼센트 이상 사람들은 그 주제에 대하여 편하게 의논할 수 있으며 이는 가족과 친구들이 임종 돌봄을 하고 환자의 바람을 들어주는 부담을 줄이는 데 중요한 것 같다고 했다. 하지만 그렇다고 해서 실제 그런 대화를 나눈다는 뜻은 아니다. 사랑하는 사람과 이 어려운 대화를 나누는 비율은 응답자의 14퍼센트에 불과했다.

나는 사람들이 죽음에 대해 이야기하고 싶어 하지 않는 것이 이상하다. 왜 그런 걸까? 내 대학 친구들은 내가 앨버트의 사체를 옮겼다는 사실을 왜 그렇게 끔찍하게 여겼을까? 죽음은 아주 중요한 주제이고 어떤 면에서는 가장 중요한 주제다. 죽음은 사람이라면 누구나 겪는 두 가지 경험 중 하나인데, 그렇다면 더 주목해야 하지 않을까? 전직 완화 치료 의사였던 캐스린 매닉스는 자신의 명저 《내일 아침에는 눈을 뜰 수 없겠지만》(사계절, 2020)에서 "인생에서 하루가 24시간이 아닌 날은 태어난 날과 죽는 날, 단 이틀뿐이다"라고 썼다.

그러나 죽음을 이렇게 보지 않는 문화도 많다. 예를 들어 스웨덴에는 도스타드닝(döstädning)이라는 말이 있다. '죽음 청소'라는 뜻의 이 단어는 죽기 전에 소지품 등 주변을 정리해서 사망한 후 사랑하는 남은 사람들의 할 일을 줄여주는 것을 가리킨다. 이 분야의 전문가들은 65세가 되면 이 일을 시작해야 한다고 권한다. 65세라는 나이가 너무 젊게 느껴질 수도 있지만, 나는 개인적으로 죽음에 대한 계획은 성인이 되는 순간부터 준비해야 한다고 생각한다. 아무튼 우리는 노년을 위해 재정 계획을 세우고, 사망할 경우 주택담보 대출금을 상환할 계획을 세운다. 실제로 주택담보대출을 해주는 대부분의 회사는 그런 정책이 있다고 강조한다.

새집으로 이사를 와서 이삿짐을 정리하려고 할 때는 추상적으로 여겨질지도 모르지만, 혹시 그런 의논을 할 수 있다면 임종 때 보살핌을 어떻게, 누구에게, 어디에서 받고 싶은지, 의료 개입을 원하는지, 장기 기증을 원하는지, 장례식에서 낭송되면 좋을 것 같은 구절은 무엇인지 등을 생각해보는 것은 어떨까. 나중에 생각이 바뀌면 계획은 얼마든지 바꿀 수 있다.

'디그니티 인 다잉(Dignity in Dying)' 단체의 의뢰로 시행되어 2019년에 발표된 YouGov 조사[4]에 응답한 사람들 가운데 58퍼센트는 죽음과 임종이 금기시되는 주제라는 데 동의하지 않았다. 그런데 이 조사에 함께한 포커스 그룹의 참가자들은 이에 대해 의논할 때 어려움을 겪었다고 이야기했다. "그들은 사람들이 그 주제를 꺼내거나 개인의 병에 대한 이야기를 듣고 싶어 하지 않는다고 생각한다. 이런 이야기를 할 경우 사람들이 '나쁜 감정'을 갖게 되고 '불편'하다고 느껴서 속상해질 수 있기 때문이다"라고 적시되어 있다. 그러나 그룹 내의 진행성 질환자 또는 말기암 환자들은 죽음에 대한 대화를 나누면서 죽음이 병에서 '해방'될 수 있는 유용하고 긍정적인 것이라는 인식을 공유했다. 죽음에 대해 정기적으로 의논한 참가자들 사이에서 가장 일반적으로 다루어진 주제는 치료, 통증 완화, 장례 계획 등 실용적인 것들이었다.

웨일스에서 2018년에 수행되어 코로나19 팬데믹 이후 발표

---

4 What Matters to Me: People living with terminal and advanced illness on end-of-life choices(나에게 중요한 것: 말기 및 진행 질환자의 임종 선택), YouGov/Dignity in Dying, 19 November 2019

된 한 연구[5]를 통해 사람들이 죽음에 대한 이야기를 아주 불편해하는 이유를 더 잘 알게 되었다. 다시 말하지만, 72퍼센트에 달하는 많은 이들이 우리 사회가 죽음과 임종에 대하여 충분히 이야기하지 않으며, 그 주제에 관한 대화를 권장하려면 죽음에 대한 태도가 보다 긍정적으로, 죽음의 수수께끼를 푸는 방향으로 전환되어야 한다고 느꼈다. 이 연구에 참여한 사람들은 그 주제를 회피하게 만든 우려가 '알려지지 않은 고통을 경험하고 가족의 짐이 되는 것에 대한 두려움'이라고 보았다. 이 보고서는 '죽음과 죽어가는 과정에 대한 전반적인 이해 부족과 죽음을 준비하지 못한 참가자들의 좌절'을 언급했다. 그 많은 사람이 이런 대화를 몹시 바라면서도, 대부분은 여전히 아무 말도 하지 않는다는 것이 나는 이상하다. 응답자의 거의 90퍼센트가 죽음에 대한 문제를 의논하는 것이 불편하지 않다고 생각하지만, 실제로 의논하는 사람들은 3퍼센트에 불과했다.

그렇다면 우리 영국인들이 죽음에 대해 이야기하지 못하는 것은 무엇 때문일까? 웨일스의 연구를 다시 인용하면, '다른 사람 감정을 상하게 할까봐 두려워서', '이야기를 할 적당한 때를 찾지 못해서'라고 했고, 심지어 일부 응답자는 이런 이야기를 할 수 있는 가족이나 친구가 없다고 시인하기도 했다. 참가자들

5 이쉬라트 이슬람, 앤마리 넬슨 등, Before the 2020 Pandemic: an observational study exploring public knowledge, attitudes, plans, and preferences towards death and end-of-life care in Wales(2020년 팬데믹 이전: 웨일스에서 죽음과 임종 돌봄에 대한 대중의 지식과 태도, 계획, 선호도를 탐구하는 관찰 연구), BMC Palliative Care 20

은 공중 보건 캠페인으로 '죽음에 대한 대화를 상시화'할 수 있다고 제안했고, 특히 TV와 소셜 미디어, 공공 플랫폼 이용을 권했다. 내가 치매 홍보를 위해 늘 해온 것과 비슷하다. 그들은 또 담당 의사가 이런 대화를 시작하면 기꺼이 받아들이지만 의사에겐 시간이 별로 없고 일이 너무 많다는 것을 아주 잘 알고 있다고 했다.

매일 죽음을 보고 임종을 앞둔 환자 바로 옆에서 환자가 편안한 죽음을 맞이할 수 있게 도와주는 완화 치료 직원들은 임종을 좋게 표현할 수 있어야 한다. 나는 특히 사랑하는 사람과 그런 대화를 하는 것이 마음이 불편한 사람들에게는 그들과 이야기하는 것이 큰 위로가 되리란 걸 상상할 수 있었다. 그러나 전문 의료인들도 죽음에 대해 이야기하는 것이 우리 생각만큼 편하지 않을 수 있다.

나는 치매 환자로 살아가는 것에 대하여 학생 간호사들과 여러 번 이야기했는데, 한번은 치매 환자 사망에 대해 연구하는 박사 과정 연구원 한 명을 만났다. 캐서린 우드는 홀 대학교에서 치매 연구로 석사학위를 받았다. 흥미롭게도 이 과정은 치매 환자를 위한 임종 간호에 특화된 유일한 과정이다. 캐서린은 20년 이상 호스피스 센터에서 완화 치료를 하다가 석사학위를 받았고, 그런 까닭에 치매 환자의 죽음과 임종에 대한 대화를 박사 과정 주제로 정했다. 그러나 나와 이 책의 공저자인 아나가 그녀를 만나 이야기했을 때, 캐서린은 호스피스 센터에서도 간호사들이 죽음에 대해 이야기하기를 꺼리는 경우들이 있다고 말했다. 나는 죽음을 이야기하고 싶어 하는 사람들과 실제로 이야기하는 사람들 사이에 그렇게 큰 괴리가 있는 이유가 무엇 때문인 것 같은지 물었다.

"죽음과 임종에 대한 이야기를 원하는 사람이 없는 이유는 자신의 죽음 또는 사랑하는 사람의 죽음을 직시하고 싶지 않기 때문인 것 같아요"라고 캐서린은 대답했다.

"실제로 이야기해야 할 필요가 생길 때까지는 그 주제를 멀리 치워두는 편이 훨씬 마음 편하죠. 하지만 그러다가 너무 늦어져서 때를 놓치는 경우가 종종 있습니다. 특히 요양원에는 거주자들과 그런 의논을 할 수 있는 도구가 있지만, 막상 닥치면 그런 도구가 없는 거나 마찬가지일 때가 있어요. 그 주제가 너무 복잡하고 직원들이 그 일을 감당할 자신이 없기 때문이죠."

말기 돌봄 서비스를 하는 사람들조차 그런 대화를 할 자신이 없다고 생각한다는 것이 믿기 힘들었다.

"호스피스 센터 직원들한테도 말했어요. 죽음과 임종에 대한 이야기를 여러분이 할 수 없다면 누가 할 수 있겠어요? 이곳에서 일을 하는 만큼 이런 이야기도 매일 할 수밖에 없어요"라고 캐서린은 말했다.

"하지만 사람들은 지금도 그런 대화를 꺼릴 거예요. 아마 가장 금기시되는 주제일 테니까요. 그 이유가 실제로 환자 기분을 상하게 할 수도 있기 때문인지 아니면 그럴 것이라고 사람들이 여기기 때문인지는 잘 모르겠어요. 어쨌든 사람들은 일반적으로 그 이야기를 하고 싶어 하지 않아요. 당신들이 이런 대화를 하지 않는다면, 생애 말기에 있는 환자들의 필요를 충족시킬 수 없을 겁니다. 사람들은 죽음이 가까워지면 불안, 특히 죽음에 대한 불안이 커진다는 증거가 있어요. 말기가 가까워진 암환자의 경우, 자신이 원하는 바에 대해 이야기하지 못하면 걱정과 불안이 확연히 커지는 것을 볼 수 있어요. 이런 증상을 임종 전 불안 증상이라고 하죠."

캐서린은 자신의 친구 이야기를 해주었다. 그 친구 역시 호스피스 센터 간호사였고 늘 죽음을 보면서 살았는데도, 막상 자신이 죽을 때는 마지막 며칠 동안 극심한 불안을 보였다고 한다.

"우리 중 한 명이 이런 식으로 죽어가는 것이 너무 부당하게 느껴졌어요. 그녀를 위해 더 노력했어야 하는데. 우리는 그 친구에게 빚을 졌어요"라고 캐서린은 말했다.

"당시에 우리가 나누었던 대화가 생각나요. 그 친구가 전에 클래식 FM을 즐겨 듣는다고 말한 적이 있어서 우리는 그녀 병실에 라디오를 틀어놓았습니다. 그녀는 바로 안정을 찾았죠."

그들이 그런 대화를 하지 않았다면 그녀를 위해 그 일을 해주지 못했을 것이다. 누군가가 좋아하는 라디오 채널을 틀어놓는 것처럼 간단한 일은 비용이 많이 들지도 않는다. 작은 행동이 큰 차이를 만드는 것이다.

"하지만 환자들과 그런 대화를 나눈 사람이 없다면, 절대 알지 못하겠죠. 그러면 환자를 대신하여 가족들이 결정해야 하는데, 사랑하는 사람의 마지막을 함께 지키고 있을 때는 그것만으로도 큰 스트레스를 받게 됩니다. 죽어가는 환자 머리맡에서 다투는 가족을 본 적이 있어요. 자녀 한 명이 '이게 엄마가 원하는 거야'라고 말하자 다른 자녀가 이렇게 반박하더군요. '아니야, 엄마가 원하는 건 이거라고.' 이렇게 환자 옆에서 가족이 다투는 소리를 듣는 것은 정말 죽을 노릇이죠."

그런 대화가 죽음에 앞서 몇 년, 몇 개월, 아니 몇 주만이라도 일찍 이루어질 수 있다면, 환자는 물론 유족에게도 좋다. 환자가 바라던 대로 죽음을 맞이했다는 것을 안다면 슬픔에 빠진 유족에게도 분명 도움이 될 것이다.

캐서린은 여기에 동의했다. "환자가 사망하면 유족에겐 어마어마한 죄책감이 듭니다. 그것을 극복하지 못하면, 온갖 문제가 생기죠. 하지만 자신이 사망한 환자를 위해 좋은 일을 했고 그의 바람을 들어줄 수 있었다는 것을 안다면, 그렇게 죄책감에 시달리지 않아요. 마음이 복잡하겠지만 애도 과정에서 점차 누그러지니까요."

최근 이루어진 거의 모든 연구는 대중이 죽음에 대해 이야기할 준비가 되어 있는 것으로 보인다고 결론을 내린다. 이제는 죽음이 금기시되는 주제여서는 안 된다는 것이다. 우리는 죽음에 관한 대화가 음울할 것이며, 함부로 입에 올리면 죽음을 재촉할 수 있다는 잘못된 관념을 갖고 있다. 하지만 언젠가 누군가가 말해준 것처럼(그 사람이 누군지는 당연히 기억나지 않는다), 우리가 성에 관해 이야기한다고 해서 임신하는 것은 아니듯이 죽음을 이야기해도 죽는 것이 아니다.

2011년에 존 언더우드는 사람들이 죽음에 대해 이야기할 필요가 있음을 인지하고, 런던 동쪽 해크니에 있는 자신의 집에서 영국 최초로 '데스 카페(Death Cafe)' 모임을 열었다. 신심이 깊은 불교도였던 그는 사람들이 죽음과 임종에 관해 매일 이야기해야 한다고 믿었다. 데스 카페의 원래 목표는 사람들이 유한한 삶을 최대한 활용하도록 돕기 위하여 임종에 대한 인식을 개선하는 것이었다. 그 후로 82개국에 1만 4,455개가 넘는 데스 카페가 생겼다.

최초의 데스 카페는 사람들에게 장소와 차, 커피를 제공하여 자신이 죽음과 임종을 어떻게 느끼고 있는지 탐색해볼 수 있게 했다. 그러나 카페를 만든 존 자신은 너무 이르게 비극적인 죽음을 맞았다. 희귀암을 진단받았고 그로 인해 뇌출혈이 일어나 2017년에 갑자기 사망한 것이다. 당시 그는 44세밖에 되지 않았다. 그의 어머니 수잔 바스키 리드와 누이 줄스는 존의 유지를 지키기로 하고 계속해서 데스 카페를 운영해오고 있다. 나는 수잔의 경험담을 통해 사람들이 임종에 대해 이야기하는 것을 두려워하는지 알고 싶었다.

"두려워하는 사람들도 있고, 자기는 그 주제와 아무 상관도 없다며 죽음에 대해 이야기하는 것을 정말 이상하게 생각하고 아예 생각도 하기 싫어하는 사람도 있어요."

나와 만난 수잔은 이렇게 이야기했다.

"내가 가본 데스 카페들 중에서 사람들이 한 번도 웃지 않았던 곳은 없는 것 같아요. 정말 재미있는 곳이거든요. 마찬가지로 가끔은 슬프기도 하고요. 그곳에서 사람들은 사랑하는 사람의 죽음이나 나쁜 경험, 다가오는 죽음에 대해 이야기합니다. 하지만 음울하다고 말할 수는 없어요. 슬플 수는 있지만, 그건 다른 이야기입니다. 데스 카페를 연 초창기에는 상조업계 사람들이 많이 왔어요. 화장을 하면 사체가 어떻게 되는지에 대해 많은 이야기를 하던 업체가 기억납니다. 또 수의를 만드는 여성분이 와서 수의 검사법에 대해 이야기했던 적도 있어요. 몇 년 전의 일이었는데, 많이 음울했어요."

"존이 죽은 후로는 오랫동안 데스 카페에 가지 않았어요. 2017년 이후에 딱 세 번 참석했는데, 가장 최근에 간 것은 지난 일요일이었죠. 내가 다니는 회당에서 했는데, 말기 질환자 한

명, 의사 한 명이 있었어요. 남자는 두 명, 여자는 다섯 명이 있었어요. 일반적으로 오고 싶어 하는 쪽은 여성들이에요. 여성들이 이야기를 더 쉽게 하는 편이거든요."

수잔은 존이 병에 걸리기 전부터 불교식 장례식에 대해 이야기하자고 고집했다고 털어놓았다. 하지만 그녀는 다른 사람들처럼 처음에는 그의 말을 무시했다고 한다. 그런 이야기가 불편했기 때문이었다. 불교도들은 영혼이 정수리를 통해 조용히 육신을 떠나가게 해야 한다고 믿기 때문에 일부 전통에서는 영혼이 쉽게 떠날 수 있도록 특정한 방식으로 정수리를 두드린다. 존은 자신이 죽으면 그렇게 해줄 수 있느냐고 어머니에게 물었다.

"존은 한 번 이상, 두세 번 정도 말했어요. 그리고 아내가 아닌 나하고 제 누이에게 말했죠. 그래서 내가 '하지만 존, 내가 너보다 먼저 죽을 텐데'라고 말하면, 존은 말했어요. '그래도 만약을 대비해서요, 어머니가 아셔야 해요.' 그리고 존이 죽은 후 나는 존에게 그 행동을 해주었어요. 존이 말해준 그대로 그의 머리를 토닥였어요."

나도 수잔처럼 어머니이기에, 내 아이가 그런 대화를 하자고 고집하는 것을 상상할 수 없었다. 내 아이가 나보다 먼저 죽으리라 생각하는 것은 자연 순리에 어긋나는 일이다. 하지만 수잔은 투덜대면서도 존의 말에 귀를 기울였다. 이것이 존에게 얼마나 큰 위안이 되었을지 상상이 간다. 존은 주변 사람들이 자신의 바람을 들어주리란 것을 알았으니 더 나은 죽음을 맞이할 수 있었을 것이다. 주변 사람들 또한 그 사실을 알기에 존의 죽음을 더 잘 받아들일 수 있었을 터였다. 하지만 수잔은 남은 두 자녀와 그런 대화를 하는 것이 여전히 정말 어려운 일이라고 인정했다.

"나는 내 죽음에 대해 이런 대화를 해보려고 해요. 하지만 당신 식구들은 듣고 싶어 하지 않죠? 내 아이들은 내가 죽을 거라는 생각을 하고 싶어 하지 않아요. 내가 없는 세상을 생각하고 싶지 않으니까요. 왜 그러는지 이해해요. 나도 존이 없는 세상을 생각하고 싶지 않았기에 존이 그 이야기를 하는 것을 원하지 않았으니까요."

그런 의미에서 난 정말 운이 좋다. 내가 죽음에 대해 이야기하면 내 딸들은 내 말을 들어줄 테니 말이다. 아이들은 내 말에 동의하지 않을 수도 있고 듣고 싶지 않을 수도 있지만, 그래도 들을 것이다. 하고 싶은 말을 할 수 있다는 것만으로도 환자는 정말 좋은 선물을 받는 것이다. 특히나 죽음을 앞두고 있을 때에 당신의 말을 들어줄 사람이 없다면, 결국 그 말을 마음속에 꾹꾹 눌러 담아둘 수밖에 없다. 사람들에게 글로 남겨둘 수도 있겠지만, 그들이 그것을 정말 읽을지 확신할 수도 없다. 그러나 대화를 하면 서로 하는 말을 듣고 그에 따라 반응을 보일 수 있다. 쌍방향 대화가 중요한 이유는 상대가 내 말에 동의하지 않으면 그에게 말할 기회를 주고, 나는 그 이유를 듣고서 서로 타협점을 찾을 수 있기 때문이다. 내 경우 이런 대화를 할 수 있다면 죽음이 보다 편안해질 것이다. 정말 낯선 표현인 것 같지만, 나는 죽음에 대해 이야기하면 더 차분해진다. 하고 싶은 말을 다 할 수 있기 때문이다.

아마 우리 가족이 유별난 것일 수 있다. 나한테는 죽음이 항상 삶의 일부였기 때문에 죽음에 대해 편안하게 이야기할 수 있었던 것일지도 모른다. 아이들이 어렸을 때, 나는 사람이나 사물이나 모두 결국엔 죽고 사라진다고 설명하면서 죽음에 대해 항상 열린 태도를 보였다. 다른 사람들이 죽음을 하늘이나 별 등과 연관 지으며 위안을 얻는 이유를 이해하지 못하는 것은 아니지만, 나는 아이들에게 그런 이야기를 해주지 않았다. 우리 엄마가 암에 걸렸을 때의 이야기를 아이들에게 해준 기억이 난다. 의사들은 암을 없애기 위해 최선을 다하겠다고 했지만 결국 없애지 못했다. 암으로 투병하느라 통증에 시달리면서 계속 살아가는 것은 엄마에게 부당한 일이었다. 하지만 나는 부모님과 솔직한 대화를 나누지 않았다. 부모님이 모두 돌아가실 때까지도 우리는 죽음에 대해 이야기하지 않았다.

우리는 무엇을 기억하고 무엇을 잊는 걸까? 그에 대해 우리는 알지 못한다. 치매 환자가 갖는 차별적인 기억력으로는 더 잘 모르겠다. 내 기억 속에서는 엄마가 암 진단을 받은 사실이 없는데, 그 외에 장례식 직전까지 있었던 일은 자세히 기억이 난다. 아빠는 화장 후 엄마의 유골을 상자에 담아 여러 달 동안 옷장 밑에 보관했다. 나는 나무를 심고 그 아래에 유골을 뿌리자고 제안했다. 아빠와 나는 이런 식으로 치른 의식에 의지하며 가장 어두웠던 시기를 보낼 수 있었다.

아버지에 대해서는 폐암 진단을 받은 것으로 기억한다. 그 소식을 전하려고 전화한 아버지는 아주 사무적으로 말하려고 애썼지만, 떨리는 목소리를 감추지는 못했다. 그다음에는 어딘가로 아버지를 찾아갔던 기억이 난다. 어디인지 장소는 확실하지 않지만(이 특별한 기억력 때문에 세세한 내용은 잘 기억이 안 나지만 집은 아니었다), 아마도 병원 아니면 호스피스 센터가 아니었을까? 내가 예전에 알던 아버지와 달리 피골이 상접할 정도로 마른 남자를 보았기 때문에 잘 기억이 나지 않는 것 같다. 내 옆 의자에 앉아 있던 그 남자가 아버지임을 알려주는 유일한 단서는 여전히 브릴 크림(헤어 스타일링 크림)으로 손질한 앞머리뿐이었다. 그 남자는 내가 아는, 사랑하는 아버지였다.

의사가 들어오자 아버지는 일어서려고 애썼다. 자신보다 우월한 존재, 마치 생사를 관장하는 신 같은 지위를 가진 존재라고 생각하는 사람에 대한 존경심의 표현이었다. 이 순간에 대해서는 세세한 부분까지 생각이 난다. 의자에서 일어선 아버지는 니코틴으로 얼룩진 손가락으로 바지춤을 추켜올렸다. 체중이 너무 빠져서 바지가 흘러내렸기 때문이다. 이때 아버지가 한 말도 선명하게 기억난다.

"다 끝나게 해줄 것 좀 주세요."

간청하는 말이 아버지 입술 밖으로 나왔는데, 마치 슬로모션을 보는 것 같았다.

아버지가 그런 식으로 느끼고 있는 줄은 몰랐다.

나는 순간적으로 의사가 그러겠다고 말해주길 바랐다. 아버지가 죽기를 원해서가 아니라(전혀 아니다!) 아버지의 절망감을 느꼈기 때문이다. 나는 그것이 아버지 결정이었기에 존중했고, 그것이 아버지 바람이라면 목숨을 앗아가는 이 행위에 관여할 준비가 되어 있었다. 지금 생각해보면, 그것은 오히려 '생명을 구하는' 행위였을 것이다. 아버지가 원치 않는 삶에서, 쳐다보는 그가 알지 못하는 남자에게서 아버지를 구해내는 행위였다. 그리고 아버지를 고통에서 구하는 행위였다.

그때 엄마는 이미 돌아가셔서 안 계셨다. 아버지는 엄마가 암 때문에 겪는 고통을 보았기에 그런 식으로 죽음을 연장하고 싶어 하지 않았다. 그러나 아버지에게는 그것을 선택할 권리가 없었다. 그 사실이 나는 마음이 아팠다. 그즈음 아버지는 암 때문에 지치고 황폐해져서 그저 엄마와 다시 만나기만을 바랐다. 그게 아버지가 보는 죽음이었다.

아버지는 절망적인 눈빛으로 간절하게 의사를 바라보았지

만 의사는 간단하게 대답했다. "그럴 수 없습니다."

쾅! 아버지 앞에서 문이 닫힌 것 같았다.

사람들은 자기와 반대 성향의 사람에게 매력을 느낀다고 하는데, 우리 부모님을 보면 확실히 그랬다. 아버지가 누구에게나 웃어주는 차분하고 점잖은 성격이었다면, 엄마는 활발한 성격에 문제가 생기면 소매를 걷어붙이고 싸울 준비가 된 사람이었다.

엄마가 암 진단을 받았을 때를 잘 기억하지 못하는 것은 아마 당시에 내가 어린 세라와 젬마를 키우느라 바빴고, 결혼 생활이 파탄 직전이어서 정신이 온통 거기에 쏠려 있었기 때문인 것 같다. 우리 가족의 삶에서 그렇게 충격적이었던 때를 기억하지 못하는 이유가 그것밖엔 생각나지 않는다. 나는 두 딸을 데리고 부모님 집을 자주 찾아갔다. 당시에 차가 없었기 때문에 기차를 타고 모험을 하곤 했다. 부모님은 집안을 뛰어다니는 손녀딸들을 보며 좋아했다. 나 또한 여섯 살 때부터 그 집에서 살았기 때문에 집안 구석구석을 잘 알았다. 거실에는 엄마가 모아놓은 자잘한 장식품들이 가득 있었는데, 매년 블랙풀에서 열린 빙고 대회에서 받은 우승 상품이 많았다. 또 온갖 모양과 크기의 시계도 많았다. 그중에서 부엌에 있는 뻐꾸기시계는 우리 딸들이 가장 좋아하는 것이었다. 당시 엄마는 암이 폐와 위, 눈까지 퍼져 있어서 치료를 받고 있었는데, 손녀딸들이 오면 부모님

어깨에 드리워진 죽음의 그림자가 사라지곤 했다. 그리고 두 분은 뛰어다니는 두 꼬맹이를 지켜보면서 삶을 기억해냈다. 아이들만큼 삶을 상기시키는 것도 없을 것이다.

다음 날 아침, 나는 딸들과 함께 잤던 침실에서 나왔다(아이들은 침대에 앉아 티격태격하고 있었다). 그리고 주방에 있는 스툴에 앉아서 아나글립타 벽지(무늬가 도드라져서 질감이 있는 벽지-역주)가 붙은 복도를 힐끗 쳐다보았다. 욕실 문이 조금 열려 있었고 그 안의 거울을 통해 안에 있는 사람이 얼핏 보였다. 그 욕실은 내가 어렸을 때 만들어진 것으로 기억한다. 엄마는 색색의 욕실을 원했는데, 60년대에 꼭 필요했던 흐릿한 흰색 수조와 비교하면 색달랐다. 하지만 연분홍색 욕실 옆에서 엄마는 창백해 보였다. 머리에 바른 보라색 린스도 본래의 선명한 빛을 잃은 것처럼 보였다.

엄마는 엄마를 보는 나를 보지 못했다. 아침마다 이미 시력을 잃은 눈의 드레싱을 바꾸고 안대를 대는 일과를 하는 중이었기 때문이다. 하지만 그 순간 나는 엄마가 암에게 빼앗긴 것을 직접 보았다. 갑자기 엄마가 늙고 쇠약해 보였다. 옷을 입었을 때보다 더 약해 보였다. 지극히 사적인 그 순간, 누군가가 지켜보고 있음을 엄마가 깨닫지 못했던 그 순간, 나는 외과의의 메스가 엄마의 목숨 대신에 앗아간 진짜 대가를 볼 수 있었다. 갑자기 내가 침입자처럼 느껴졌다. 나는 재빨리 시선을 돌렸고,

엄마를 비밀의 순간에 남겨두었다. 그러면서도 엄마를 도울 수 있는 일이 무엇이라도 있기를 바랐다.

그날 오후에 나는 부모님이 아이들의 끝없는 수다에서 해방되어 쉴 수 있도록 아이들을 데리고 시내로 갔다. 가기 전에 엄마의 뿔테 안경을 내 가방에 넣었다. 엄마가 수술을 받은 이후로 안경을 끼지 않았다는 사실을 알아차렸기 때문이다. 추측건대 엄마는 보려고 애써봤자 의미가 없다고 느꼈겠지만, 나는 남은 한쪽 눈은 여전히 잘 보이는데 왜 그 눈까지 고통받아야 하는지 이해가 되지 않았다. 나는 아이들에게 만화책을 사주겠다고 약속하고, 신문판매점에 들렀다가 안경원으로 가서 아이들을 벤치에 앉혔다. 안경사에게 엄마가 눈암에 걸려서 수술을 받았다고 털어놓으며 문제를 설명했다. 그리고 엄마의 안경을 건네며 도와줄 수 있는 방법이 있느냐고 물었다.

"오른쪽 눈에만 맞추어 쓸 방법이 있나요? 예전에는 엄마가 신문 읽기를 좋아하셨거든요."

"잠깐만요." 그는 이렇게 말하고 작업실로 들어갔다.

이윽고 그는 안경을 들고 나타났다. 그는 브리지는 남기고 안경을 반으로 자른 뒤, 자른 부분을 열심히 갈아서 완전히 매끄럽게 만들었다. "이게 있어야 안경이 고정됩니다. 잘 맞지 않으면 다시 가져오세요. 다른 방법을 생각해볼게요."

볼일을 마치고 우리는 부모님 집으로 돌아갔다. 아이들은 쇼핑백을 열어보고 그 안에 든 사탕을 발견하고 신이 났다. 집에서 나올 때 아버지가 내 손에 쥐여준 동전으로 산 것이었다.

"할머니 깜짝 선물도 준비했지요."

내가 가방에서 개조한 안경을 꺼내 엄마에게 건네주었다.

안경사가 엄마를 돕고 싶다고 했노라 이야기하면서 말이다. 내가 말하는 동안 엄마의 남은 눈에서 눈물이 글썽였고, 그날 신문을 엄마 무릎 위에 놓았을 때 고여 있던 눈물이 흘러내렸다.

몇 주, 몇 달이 지나면서 엄마는 점점 지쳤을 뿐만 아니라 더욱 겁을 먹게 되었다. 엄마는 내가 어릴 때 쓰던 침실을 엄마의 잠자는 방으로 만들기로 했고, 나는 노란색과 하얀색 벽지가 붙은 그 방에서 매일 밤 엄마 옆에 앉아 있었다. 엄마가 가지 말라고 애원하면 손을 잡아주었다. 엄마는 다음 날 아침에 눈을 뜨지 못할까봐 잠드는 것을 두려워했다. 엄마는 죽음이 아닌 엄마 자신과 싸우고 있음을 알지 못했다. 낮에 자는 것은 덜 무서워했다. 그래서 우리는 어둠 속에서 암을 제외하고, 임박한 죽음을 제외하고 무슨 이야기든 했다. 속삭이는 대화가 뜸해지면, 다시 죽음을 생각하는 엄마를 볼 수 있었다. 부드럽게 째깍대는 시계 소리가 들리면 두려움이 다시 떠오르는 것을 볼 수 있었다.

지금 내가 아는 것을 그때 알았다면 얼마나 좋았을까. 엄마가 아직 그런 생각들을 표현할 수 있다면 아직 마지막은 아니라고 말해줄 수 있었더라면. 엄마가 편안하게 쉴 수 있도록 평화를 선물할 수 있었더라면. 아직 호흡이 안정적이고, 잠을 자도 안전하다고, 아이들의 노는 모습을 보는 것처럼 즐거운 일을 하려면 기운을 차려야 하니까 잠을 자야 한다고 말할 수 있었더라면 얼마나 좋았을까.

그러나 뒤늦은 깨달음은 늘 놀랍다. 그때 어린 세라는 아직 완화 치료 간호사가 되지 않았고, 나는 아직 치매 진단을 받지도 않았다. 또 그 많은 사람의 마지막이 어땠는지도 알지 못했고, 죽음의 패턴이나 죽음을 더 편안하게 만드는 법에 대해 알지 못했다. 30대 초반에 불과했던 나는 엄마의 두려움을 덜어주는 법을 몰랐다. 심지어 엄마가 그 이야기를 하게 만드는 법도 몰랐다.

실제로 엄마의 남은 시간이 몇 달이 안 된다는 사실이 밝혀졌다. 그 시간 내내 엄마가 남은 기운을 두려움에 맞서 싸우는데 다 썼기 때문에 수명이 더 줄었다. 그래서 지금 내가 이렇게 된 걸까? 엄마가 죽음에 너무나도 집중하면서 아직 활기로 가득 찼던 수많은 순간을 허비하는 것을 보았기 때문에 말이다. 나는 항상 치매는 초기, 중기, 말기가 있다고 말하지만, 당시에 엄마에게는 지금의 나처럼 병의 단계를 분류해보라고 말할 수 없었다. 내일 아침에도 깨어날 거라는 말로 엄마를 안심시키지도 못했다. 나 자신도 확신할 수 없었으니까.

의사가 왕진을 와서 지역 호스피스 센터 입소를 제안한 날, 나도 그 자리에 있었다.

"그럼, 그다음은요?"

엄마는 한 자 한 자 분명하게 말했다.

의사는 아무 대답도 하지 않았다. 암과의 싸움에서 졌다고 생각한 엄마는 의사도 그 사실을 분명 안다는 기색을 찾기 위해 그의 얼굴을 자세히 쳐다보았다. 엄마는 남은 시간을 알고 싶었지만(내가 보기에 그랬다), 물어보지는 않았다.

하지만 호스피스 센터에 입소하면 정말 끝이라는 생각이 들었다. 엄마만이 아니라 우리 모두가 포기하는 것 같았다. 현재도 그렇지만 호스피스 센터는 크게 오해받는 돌봄 시설이다. 다른 많은 사람처럼 나도 호스피스 센터는 임종 환자를 위한 곳이라고만 생각했지, 시한부 환자를 위한 조용한 치료 시설이기도 하다는 것을 알지 못했다. 호스피스 센터는 시한부 환자들이 통증을 완화하거나 휴식을 취하기 위해, 상담이나 보살핌을 받기 위해, 집에 돌아가 며칠, 몇 주, 몇 달이라도 생활할 수 있을 정도로 몸을 회복하기 위해 갈 수 있는 곳이다.

우리는 엄마와 함께 프린스 오브 웨일스 호스피스에 찾아갔다. 이곳은 폰트프랙트의 하프페니 레인에 있었는데, 내가 배드민턴을 치던 초등학교와 멀지 않아서 마치 집에 돌아가는 것처럼 거리가 익숙했다. 엄마도 그렇게 느꼈는지 궁금하다. 나는 호스피스 내부에 들어가본 적이 없었기 때문에, 그곳에서 무엇을 살펴봐야 하는지 몰랐다. 아버지와 세라, 젬마도 함께 왔는데, 그날을 평범한 가족이 외출하는 '보통' 날로 만들기 위해서였다. 호스피스 센터는 단층 건물로 앞뒤 모두에 깨끗한 정원이 있었다. 안내를 받으며 듣기로는 입소자 가족이나 친척들이 자원봉사자로 이곳에 머물면서 정원을 돌본다고 한다. 그들은 토양에 특별히 애정을 쏟고, 어린 식물을 심어 싹을 틔우는데, 이런 것들은 매 순간 삶은 계속된다는 사실을 일깨워준다.

호스피스 센터 내에서는 급하게 서두르는 일이 없었다. 누군가 들어오면 모두가 하던 일을 멈추고 웃으면서 인사하는 시간을 가졌다(아니면 시간을 냈다). 마치 많은 사람이 작별 인사를 하러 오는 곳에서 반기는 몸짓의 중요성을 갑자기 절감하게 된 것처럼 말이다. 첫인상은 평화롭고 차분했다. 모든 곳에 꽃이 있었고, 넓은 라운지에는 편안한 의자와 책이 많이 있었다. 수녀가 볼만한 영화를 찾아보자며 아이들을 데리고 나갔다가 잠시 후 혼자서 엄마에게 돌아왔다.

"바이올렛, 방을 좀 볼래요?"

그녀가 엄마의 팔을 잡고 갔고, 아빠와 나는 그 뒤를 바짝 따라갔다. 우리는 환하고 통풍이 잘되는 방을 둘러보았다. 열린 프렌치 도어의 한 짝에서 망사 커튼이 부드럽게 휘날리고 있었다. 창 너머로 정원이 보였고 어딘가에서 잔디를 깎고 있는지

윙윙대는 기계 소리가 작게 들렸다.

"와, 엄마, 호텔 방 같아요."

방에는 산뜻한 흰색 리넨 침구와 함께 욕실이 딸려 있었다. 사이드가 차가운 금속으로 된 병원용 침대만이 이곳이 호텔이 아님을 알려주었다.

수녀는 엄마에게 꽃과 잡지를 가져다주겠다고 했지만, 나는 엄마 얼굴을 보고 어떤 결심을 했는지 알 수 있었다. 엄마에겐 작은 몸짓도, 주의를 분산시켜서 지금 그곳에 있는 이유를 잊게 할 수 있는 어떤 시도도 받아줄 마음이 없었다. 말하지는 않았어도 엄마는 이곳에 죽으러 왔음을 알고 있었다. 우리는 짐을 풀고 엄마 옷을 정리하느라 바빴다. 몇 분 후 간호조무사가 메뉴를 가지고 왔다. 엄마의 안색이 금세 밝아졌다. 엄마는 자기 요리를 좋아했지만 평생 가족을 위해 요리했으니 누군가에게 저녁에 먹고 싶은 음식을 고르라는 말을 들은 것이 꽤나 호사처럼 여겨졌을 것이다. 내 생각에는 엄마가 거기에 넘어간 것 같다.

드디어 아이들이 돌아왔다. 엄마는 침대에 앉아 있었고 우리 모두는 엄마 옆에 있었다. 아이들은 바쁘게 방을 돌아다녔다. 화장실을 사용해보고, 옷장 서랍을 죄다 열어보고, 계속 프렌치 도어를 여닫으며 들락날락거렸다. 엄마는 우리 어른들이 너무 당연시할 수 있는 일상의 순간들에서 기쁨을 찾는 아이들

 죽음에 대한 대화

을 보고 웃었다. 아이들 덕분에 그 순간이 평범한 일상처럼 느껴졌다.

그 후 엄마가 집으로 돌아온 적이 있는지는 기억나지 않지만, 마지막 숨을 거두기 전까지 몇 개월을 그 센터에서 보냈다는 사실은 기억한다. 엄마는 죽음이 찾아오기를 기다리며 남은 시간을 모두 허비했다. 죽음을 맞이할 준비를 하고, 모든 것을 정리하며, 짐을 싸고 기다렸다. 평범하게 살 수 있었던 그 모든 순간을 그렇게 영원히 잃어버렸다.

그 당시에도 특별한 순간들은 있었지만, 그저 그때뿐이었다. 엄마가 슬퍼하거나 두려워했던 때 또는 담배를 피우러 계속 밖에 나가는 아빠 때문에 화가 났을 때가 더 많았다. 그때 엄마는 더 이상 우리가 알던 엄마가 아니라 다른 사람이 된 듯 걸핏하면 화를 내고 거칠게 말했는데, 지금 생각해보면 아마 약물 때문이었을지도 모른다. 그 화는 내면에 갇혀서 표출되지 못한 모든 생각과 감정, 필사적으로 답을 원했으나 얻지 못했던 그 모든 질문(언제 죽을까? 오래 걸릴까? 고통스러울까?)에 대한 좌절이었을 것이다.

임종이 다가왔다는 전화를 받고 간 것이 여러 차례였지만 엄마는 계속 숨을 내쉬고 들이쉬었다. 하지만 정작 진짜 마지막 순간에는 엄마 혼자만 있었다. 나는 간호사한테 마지막으로 엄마를 볼 수 있냐고 물었다. 그들은 나를 영안실로 안내했다. 공

기가 차가웠다. 엄마의 손을 잡아보았는데 차가웠다. 손가락에
는 결혼반지가 여전히 끼워져 있었다.

"빼고 싶으세요?" 간호사가 물었다.

나는 떨면서 반지를 비틀어 빼보려고 했지만 빠지지 않았다.

"엄마 몸에 상처를 주고 싶지 않아요."

마침내 마지막이 찾아온 그 큰 실내에서 나는 작은 목소리
로 말했다.

존에 대하여 그리고 그가 만든 데스 카페에 대하여 그의 어
머니인 수잔 바스키 리드와 이야기하던 중, 그곳에 오는 사람
들이 일반 사람들과 다르다는 사실을 깨달았다. 그들은 죽음에
대해 이야기할 준비가 되어 있을 뿐만 아니라 그렇게 할 의지
와 능력이 있었던 것이다. 나는 이런 데스 카페들에 나처럼 시
한부 질병을 진단받았으나 하루하루를 긍정적으로 최대한 알
차게 보내겠다는 생각으로 찾아오는 사람들이 많지 않을까 궁
금했다. 그런 모임들은 활기와 생기가 넘치는 분위기여서 죽음
에 대한 주제는 논의 금지라는 믿음의 속박에서 해방되는 곳일
지도 모른다고 생각했다. 환자는 대화를 통해 상당한 힘을 얻을
수 있어야 한다.

궁금증을 해결할 수 있는 유일한 방법은 데스 카페에 직접
참석해보는 것뿐이었다. 우리 집 근처에는 열리는 곳이 없어서

켄트에 있는 한 카페 모임에 온라인으로 참가해보기로 했다. 돌이켜 생각해보면 이 방법은 최선의 아이디어가 아니었던 것 같다. 온라인으로는 전달되지 않는 것이 너무 많기 때문이다. 그렇게 감정적인 주제를 두고 실제 대면 모임처럼 다른 사람 시선을 의식하지 않고 말하며 논의할 수 있을까?

어느 날 저녁에 한 온라인 모임에 참석했다. 하지만 나한테는 그 시간대가 썩 그리 좋은 시간이 아니었다. 일반적으로 그 시간이면 에너지가 방전되고 낮에서 밤으로 바뀌면서 머릿속은 솜으로 두텁게 채워지기 때문이다. 주최자 발언으로 모임이 시작되었는데, 내용은 그녀가 휴일에 스키를 타는 동안 아는 사람이 갑자기 사망했다는 것이었다. 그녀가 얼마나 큰 충격을 받고 슬퍼했는지는 줌을 통해서도 알 수 있을 정도였다. 그리고 그 분위기는 모임 내내 이어졌다. 모임 리더가 최근에 그런 상실을 경험했다면 죽음에 대하여 긍정적인 대화를 나눌 수 있을까?

주최자는 친구의 죽음이 '언젠가 일어날 일'인데 그 소식을 듣고 왜 놀랐는지 모르겠다고 말했다. 나는 그것이 아마 특별히 갑자기 일어났기 때문일 것이라고 생각했지만, 주최자의 슬픔이 화면 가득 배어 나오는 것이 〈셀러브리티 스퀘어즈(Celebrity Squares)〉 쇼(영국의 코미디 게임쇼-역주)의 특히 슬픈 에피소드를 보는 것처럼 느껴졌다. 다른 누군가가 이야기를 시작했고, 나는 그런 이야기들로 이 가상공간의 분위기가 바뀌기를 바라며 의자에 앉은 채로 몸을 이리저리 움직였다.

"99세 어머니가 언젠가는 돌아가실 것이라는 사실을 심리적으로 받아들이지 못하고 있는 것 같아요"라고 그녀가 시작했다.

나는 그 말에 어떻게 대답해야 할지 잘 몰랐다. 99세는 마땅히 축하받을 가치가 있고 충분히 장수를 누린 엄청난 나이로 여겨졌다. 20대로밖에 보이지 않는 또 다른 여성은 죽음이 두렵다고 했다.

"나는 죽음에 대해 긍정적인 이야기 좀 듣고 싶어요"라고 말했는데, 필사적인 감정이 전파를 뚫고 전해졌다.

나는 엄마와 아버지가 돌아가신 날짜를 전혀 모르겠고, 그래서 항상 추억이 생생한 생일을 기념한다고 말했다.

"지금까지 그런 이야기는 들어본 적이 없어요."

주최자가 다시 친구를 언급하면서 슬프게 말했다.

나는 이 책의 다음 장을 쓰려고 준비하면서 나의 사전 돌봄 계획서를 들여다보고 있었다. 그래서 그 순간에 그 이야기를 꺼내면 좋을 것 같았다. 사전 돌봄 계획서는 건강할 때나 그렇지 못할 때나 생애 어느 단계에서나 작성할 수 있다. 그리고 온갖 서류들로 구성될 수 있는데, 이에 대해서는 나중에 자세히 설명하겠다. 우선 대략적으로 말하면, 장차 행동 불능 상태가 되거나 스스로 말을 할 수 없는 상태가 되는 경우에 받기를 원하는 치료를 진술해놓은 계획서다. 죽음에 대해 이야기하고 싶은 이 참석자들 가운데 젊든 나이를 먹었든 몇 명이나 이 서류를 준비했을까 하는 궁금증이 문득 들었다.

"문제는 죽음을 계획하는 과정이 너무 복잡해서 사람들이 그 대화를 미룬다는 거예요"라고 내가 말했다.

그러자 모든 사람의 시선이 내게 쏠렸고, 들리지는 않아도 내게 묻는 듯했다. '무슨 계획?'

대화 주제는 형제들 간의 논쟁으로 넘어갔다. 참석자 한 사람이 자기는 6남매 중 하나인데, 형제자매들을 재촉해서 아버지가 원하는 사전 돌봄이 아닌 자기 생각에 적합한 내용을 작성했다고 시인했다. 그는 자기 형제자매들이 그렇게 감정적인 순간에 누군가(누구라도)가 결정과 서류 작업의 책임을 기꺼이 맡은 것에 아마 고마워했을 것이며 마음 편하게 선택한 것이 뿌듯했다고 인정했다.

듣는 중에 갑자기 마음이 언짢아졌지만 치매 때문에 금세 슬퍼졌고, 요즘 자주 그렇듯이 마음속에 있는 무언가 돌덩이가 감정이 더 복잡해지는 것을 막았다. 마치 스페인어 고급반에 '안녕하세요'와 '안녕히 가세요'를 외우는 기초반 학생들이 많이 들어와 수업을 듣는 것 같다는 생각이 들었다. 나는 미소와 농담으로 상황을 가볍게 넘겨보려고 몇 차례 더 시도했지만, 주최자가 슬프게 죽은 친구를 재차 언급하면서 분위기는 다시 슬퍼졌다. 온라인 모임이 끝날 때가 되자 다행이라는 생각이 들었다. 아무튼 나는 그 경험이 마음에 들지 않았고, 이로 인해 환자들이 데스 카페에 대한 흥미를 잃게 될까봐 걱정스럽다. 수잔은 모임 중에 웃음이 터질 때가 종종 있다고 말해주었다.

내 경우 죽음을 이야기하는 것은 임박한 죽음에 머물러 있기보다는 현재 살아 있음에 감사를 표시하는 방법이다.

앞서 만났던 캐서린 우드는 치매 환자들과 데스 카페를 운영하면서 박사 과정 연구의 일환으로 치매 환자들이 죽음과 임종에 대한 이야기를 할 수 있는지 그리고 그들의 바람은 무엇인지를 조사할 계획이었다. 나는 그 카페 모임이 어떻게 이루어지는지 보고 싶던 차라 그들은 내가 참석했던 모임 사람들보다 밝았으면 좋겠다는 바람을 품고 다시 그녀를 찾아갔다. 캐서린은 자신의 데스 카페에서 한 테이블을 향해 너무 크게 웃는다고 가볍게 핀잔을 주는 것으로 모임을 시작했다. 이상하게도 그 핀잔은 내가 바랐던 것에 훨씬 가까운 느낌이었다.

"몇몇 사람들이 이 데스 카페가 너무 우울하게 느껴져서 오고 싶지 않다고 말했어요. 그중에서 한 여성은 그래도 꾸준히 왔어요. 어느 날 내가 주위를 돌아보는데, 그분이 웃으면서 담소를 나누고 있더라고요. 그때 깨달았어요. 내가 그들에게 이런 것들을 분명하게 표현할 기회를 주었다는 걸요. 치매가 상당히 중증이라 정말로 말을 하지 못하는 남자 한 명이 있었어요. 이 모임은 동의서에 서명해야 참석할 수 있어서 그가 오리라고는 생각하지 않았죠. 그런데 분명 그날은 그 사람을 외면하고 싶지 않았어요. 그는 딸과 사위와 함께 왔는데, 내가 테이블 위에 꺼내놓은 레고를 바로 집었어요. 관 같은 것들로 구성된 장례식 레고였지요. 우리는 레고를 통해 그와 소통할 수 있었어요. 그의 딸이 말이 끄는 마차 안에 있는 관을 가리키면서 물었어요. '아빠, 그게 마음에 드세요? 아빠 장례식에서 그런 것을 쓰고 싶으세요?' 그 물음에 그는 그렇다고 대답했죠."

캐서린은 박사 과정 연구를 위해 두 개 카페를 운영했는데, 두 번째 모임에서 있었던 일을 말해주었다. 참석자들은 특별한 주제 없이 죽을 때 누구 손을 잡고 싶은지, 자연장이 좋은지 아니면 수목장이 좋은지 등을 전방위적으로 논의했다.

"한 참석자가 말했어요. '지금까지 죽음에 대해 생각해볼 기회가 없었어요. 그리고 다른 사람들과 이런 이야기를 할 수 있으리라고 생각해본 적도 없고요. 그런데 실제로 이 모임에서 그 이야기를 한 것은 정말 도움이 되었어요.'"

캐서린은 이어서 말했다.

"내가 간병인과 대화를 하다가 그 사람에게 말했어요. '요양원 입소자들과 이런 이야기를 해보면 어때요?' 그러자 그 사람이 말했어요. '입소자들이 들어올 때 평가를 실시하는데, 죽음과 임종 부분을 완료한 적이 없어요. 상대가 화낼까봐 겁나서요.' 하지만 난 이 데스 카페가 사람들에게 치매 환자와도 이런 대화를 할 수 있음을 보여주었다고 생각해요. 사실 치매 환자들은 당황하지 않아요. 겁먹지도 않고요. 이야기를 잘 할 수 있고 이야기하는 것도 즐겨요."

"이건 내가 그들이 통과할 수 있도록 문을 열어준 것과 거의 같아요. 그들은 전에는 이런 대화를 해본 적이 없어요. 사람들이 화를 낼까봐 겁이 나니까요. 하지만 이런 대화는 비참할 필요가 없어요. 죽음에 대해 이야기하면서 크게 웃을 수 있고, 환자가 죽을 때 그의 소원을 이뤄줄 수 있고 그로 인해 뒤에 남겨진 죄책감이 줄어든다는 것을 아니까요. 그런 대화를 하면 환자와 그 간병인에게도 훨씬 좋습니다."

캐서린과 이야기를 하면서 내가 두 딸과 나누었던 대화가 생각났다. 나는 아이들에게 화장한 후 내 유골을 레이크 디스트릭트와 내가 사랑했던 마을에 뿌려달라고 말했다. 그리고 덧붙여 말했다. "그런데 내 다리는 레이크 디스트릭트에 있어야 해. 그래야 돌아다닐 수 있지."

진지한 대화를 나누는 중에도 킥킥대며 웃었다. 실제로 우리는 지금도 그때 이야기를 하며 웃는다.

지금까지 살면서 겪었던 세 번의 죽음에 대해 설명했다. 그런데도 나 자신의 죽음이 어떤 모습일지에 대해서는 아직도 아주 많은 의문이 있다. 60년대 힌튼 교수가 알아낸 죽어가는 사람들이 품었던 질문에 대하여 다시 생각해보자. 죽기까지 얼마나 걸릴까? 육체적으로 많이 고통스러울까? 죽으면 그 고통에서 해방될까?

지금은 2022년이다. 나는 지금도 이 질문에 대한 답을 얻지 못하고 있다. 정확히 말하면 죽음과 임종을 이야기하는 것이 두렵기 때문이다. 나도 같은 의문을 품고 있다. 그리고 이 책을 준비하면서 나와 비슷한 의문을 품은 사람들을 많이 만났다. 다음 장에서는 나의 죽음이 어떤 모습일지, 그러니까 내가 선택할 수 있다면 어떤 모습이기를 원하는지에 대해 조사한 내용을 소개한다. 이에 관해서 내가 이미 알고 전작들에서 언급한 내용도 있다. 바로 죽음에 대한 이야기를 한다고 해서 더 나빠질 것이 없다는 사실이다.

제 2 장

임종 돌봄에 관한 대화

남아 있는 자들의 애도를 돕는 일

"죽음에 대한 이야기를 하고 그런 대화를 나누는 것은
서로 주고받는 사랑의 행위라고 할 수 있어요.
스텝을 모르는 두 사람이 추는 춤 같아요.
그러니까 이런 대화가 하기 힘든 것은 당연하지만,
대화의 힘이 얼마나 큰지 보여주죠."

둘째 딸 젬마와 사위 스튜어트가 새집으로 이사를 했는데, 정원은 손을 많이 봐야 했다. 비교적 새집이었기 때문에 가시나무가 무성하지는 않았다. 정원 화단은 최근까지 깔끔했을 테지만 지금은 온통 잡초투성이고, 그 사이사이 자리한 초목은 돌보지 않아 어수선해 보였다. 젬마와 스튜어트 둘 다 정원 가꾸기에 특별한 관심이 없었고, 바쁘게 지내느라 식물이 잘 자라도록 바깥 공간을 만들고 유지할 시간도 없었다. 하지만 내가 잘 가꿔놓은 정원은 둘 다 좋아했다.

나는 가위손 미용사처럼 전정가위로 풀과 나무를 싹둑싹둑 자르면서 정원에 손을 대기 시작했다. 그리고 오래지 않아 정원은 모양을 갖추기 시작했다. 말라서 갈색이 된 기다란 수국 줄기가 깔끔하게 정돈되어 내년 봄에 커다란 꽃을 피울 준비가 되었다. 그리고 예쁜 하얀색 덩굴장미 가지를 치고 제멋대로 뻗어나간 가시 달린 가지들을 튼튼하게 묶으면서 내년에 울타리를 따라 흐드러지게 피어날 하얀 꽃들을 그려볼 수 있었다. 괭이를 들고 초목 사이사이 잡초들을 재빨리 뽑았다. 그랬더니 그 길을 따라 숨겨진 보석들처럼 록로즈와 다양한 녹색 톤의 양치류가 모습을 드러냈다. 뒤쪽 울타리에서는 향기로운 재스민이 만발해 있었다.

일을 마치고 퇴근한 젬마와 스튜어트가 남향 정원에서 와인 잔을 들고 의자에 앉아 석양을 즐기는 모습을 상상해보았다. 나는 잡초를 모두 베어내고 그 아래에서 홀로 피어 있는 클레마티스를 발견하고는 기뻐했다. 꽃잎이 흰색과 분홍색 줄무늬로 된 '넬리 모저'임을 바로 알아보았다. 그래서 조심스럽게 섬세한 덩굴손을 풀고 그 덩굴손이 따라올 수 있도록 울타리에 작은 압정을 꽂고 거기에 녹색 끈을 엮었다.

잡초를 하나씩 뽑고 그때마다 제 모습이 드러나는 정원을 보는 것은 힘들어도 즐거운 일이었다. 성장하고 번성하는 것에 대한 나의 열정이 정원에서 여러 시간 일하고 느끼는 피로감을 상쇄시키고도 남았다. 그러나 올해는 균형추가 반대로 기울어진 것 같다. 온실 유리 너머로 바깥을 내다보니 화단에 양치류 잎들이 잔뜩 쌓여 있었다. 그래서 우리 집 정원을 감당하기 힘들 것 같다는 생각이 불현듯 들었다. 젬마의 정원 관리도 계속

해줄 수 없겠다는 생각에 슬펐다. 정원 관리는 내가 젬마를 도와줄 수 있다고 여긴 몇 안 되는 일들 중 하나였다.

치매는 내게서 많은 것들을 앗아갔다. 그래서 어쩔 수 없이 새로운 상황에 맞추어 적응하는 법을 배워야 했지만 이번에는 알리고 싶지 않았다. 엄마라는 역할은 계속 진화한다는 점에서 역할을 하지 못하게 되는 이런 상황은 정말 낯설었다. 성인이 된 자녀에게는 갓난아기일 때 엄마에게 요구했던 것이 필요하지 않다. 서너 살 먹은 아이에게 하듯이 십대 자녀의 코를 닦아준다면 아주 질색할 것이다. 그런데 왜 나는 이 특정한 적응 단계에 그렇게 분개했을까? 추정컨대 우리는 그들이 돌봐야 하는 아이가 아니기 때문인 것 같다. 우리가 양육에 대하여 생각하는 그림에서는 돌봄이라는 무거운 짐을 지는 것이 늘 '우리'다.

내가 치매 진단을 받은 순간부터 꼭 놓치지 말아야겠다고 결심한 한 가지는 두 딸의 엄마라는 정체성이었다. 그 정체성을 절대 치매에게 뺏기지 않을 것이다. 그것은 협상 불가 항목이라는 생각은 늘 똑같았고, 지금도 마찬가지다. 하지만 모든 인생사가 그렇듯이 나는 치매라는 병과 함께 적응해야 했다. 이제는 예전처럼 또는 통상적으로 바라던 방식으로 아이들을 도와주지 못한다. 아이들 일을 대신 봐주지도, 집 꾸미기를 돕지도, 개 산책을 시키지도 못한다. 다른 부모들이 바쁜 자녀의 짐을 덜어주기 위해 즐겁게 하는 사소한 일들인데 나는 이제 하지 못한다. 그나마 정원 관리는 할 수 있었는데, 이제 그마저도 하지 못하게 되었다.

나는 마을의 페이스북에 정원사를 추천해달라는 글을 올렸다. 페이스북의 훌륭한 네트워크를 통해 젬마의 화단을 맡겠다는 사람이 나타났지만, 내 기준에 미치지 못했다(내가 직접 일을 할 힘은 없어도 감독만큼은 누구보다도 잘했다). 그런데 놀라운 반전이 일어났다. 나는 몰랐지만, 내가 젬마를 위해 만든 이 오아시스를 젬마가 좋아하게 되어 더 많이 배우고 싶다는 열정을 갖게 된 것이다. 그래서 그 애는 정원을 가꾸려면 일 년 중 언제, 무엇을 해야 하는지 그 일정과 전문가 의견을 인터넷에서 철저하게 검색했다. 내가 매일 하는 걷기 코스 중에 젬마의 집 앞을 지나가는 코스가 있는데, 지나가다 보니 앞뜰이 아주 환하고 알록달록하게 예쁘고 말끔하게 확 바뀌어 있었다. 내가 원했던 바로 그 모습이었다.

우리가 선택했던 정원사가 결국 돌아온 모양이라고 생각했던 나는 집에 와서 젬마에게 그런 내용을 문자메시지로 보냈다. 아마 약간 화가 났는지도 모르겠다. 그런데 젬마에게서 전부 자기가 했다는 답장이 왔다. 문자메시지에는 '그래도 저와 함께 원예용품점에 가서 사야 할 것들을 알려주셔야 해요'라고 쓰여 있었다.

상황 변화를 바라지 않고, 부모-자식 관계가 뒤집힐 대화를 사랑하는 아이들과 하고 싶지 않아서 과거에 집착하고 싶은 욕구가 이해되지 않는 것은 아니다(나를 믿어도 좋다). 하지만 우리에게는 거쳐야 할 통과 의례가 있다. 즉 배턴을 전달해야 하는데, 나와 젬마의 경우에는 모종삽이었다.

우리는 왜 이런 자연스러운 책임 교환을 거부하는 걸까? 자연은 과거를 그리워하지 않고 그대로 받아들이는 것 같다. 둥지에서 어미에게서 먹이를 받아먹던 제비가 언젠가는 자라서 같은 방식으로 새끼에게 먹이를 줄 것이다. 우리가 아장아장 걷다가 넘어진 아이를 안아 올린 후 까진 무릎을 닦아주고 가던 길을 가게 하는 것처럼, 나중에는 자녀가 힘든 일을 겪은 후 스스로 일어나 툭툭 먼지를 털어내는 모습을 지켜봐야 한다. 그렇게 자녀가 겪는 힘든 일들 중에 우리, 즉 부모의 죽음도 포함된다. 물론 그때는 우리가 그 자리에 없어서 지켜볼 수 없지만 말이다. 내가 부모 노릇을 충분히 잘했고 스스로 도구를 다룰 수 있도록 아이들을 잘 가르쳤기를 바랄 뿐이다. 엄마 제비처럼 말이다.

내가 정원 관리를 평생 좋아했던 것처럼 젬마도 그런 애정을 찾아냈다는 사실이 정말 기뻤다. 예전에는 존 루이스 백화점에서 쇼핑하며 즐겼지만, 이제는 원예용품점에서 똑같은 즐거움을 느낀다. 품목이 옷에서 화초와 씨앗, 배양토 같은 것들로 바뀌었지만 말이다. 다년초에 가장 좋은 흙은 무엇인지, 일년초에는 어떤 것이 좋은지 등에 대하여 젬마에게 조언해줄 때 내가 쓸모 있는 사람임을 다시 느낀다.

나는 딸들에게 짐이 되고 싶지 않았다. 하지만 치매가 계속 진행되고 있기 때문에 이제 아이들에게 얼마나 쓸모가 있는지 스스로 물어봐야 했다. 그리고 많은 치매 환자들이 자신에게 이 질문을 한다는 사실을 나도 안다. 그렇다. 나는 다른 사람 이야기를 잘 들어준다. 잊지 않고 아이들 생일을 축하해주기 위해 또는 직장에서 좋은 일이 있었는지 물어보기 위해 휴대전화와 아이패드에 알람을 설정해놓았다. 우리는 함께 행복한 시간을 많이 보내고, 기분 좋게 산책을 하고, 외출을 하고, 웃는다. 그렇게 함께할 수 있는 기분 좋은 일에 이제는 원예용품점 쇼핑을 추가할 수 있게 되었다. 그러나 이 병 때문에 엄마로서 하던 역할이 바뀌었고, 그런 대화들을 시급하게 해야 한다.

이런 대화들 중에 아이들과 쉽게 할 수 있는 것은 없었다. 58세에 조기 발병 치매를 진단받았을 때는 그런 대화를 몇 년 후에 하기를 바랐지만, 치매라는 안개 속을 헤쳐 나가면서 내가 가고 난 뒤 아이들이 가능한 한 힘들지 않게 하는 것이 엄마의 의무처럼 여겨진다. 그것이 지금 정말 어려운 대화를 해야 한다는 뜻이라도 말이다. 치매를 앓고 있는 내 친구들도 같은 생각이다. 그래서 이런 대화의 필요성은 다른 만성 질환이나 말기 질환을 진단받은 사람들에게도 확대될 가능성이 높다.

나는 전작인 《치매의 거의 모든 기록》을 쓸 때 친구인 게일과 조지, 도리의 생각을 많이 반영했다. 우리는 줌 모임을 아주 많이 즐겼기에 그 후에도 계속 모임을 가졌다. 나는 우리 대화에 '네 친구들'이라 별명을 붙였고, 이는 블로그와 조지의 유튜브 채널을 통해 공개되었다. 우리는 다른 치매 환자들이 '네 친구들' 대화를 보면서 외로움을 덜 느끼면 좋겠다고 생각했다. 그리고 어색하게 여겨질 수 있는 우리 대화를 보고, 그들도 그런 대화를 보다 자신 있게 할 수 있기를 바랐다.

한번은 대화하던 중에 주제가 유언장과 임종 돌봄으로 바뀌었다. 당시에 게일(54세에 조기 발병 치매 진단받음)은 '마지막'에 대한 이야기를 특히 힘들어했다. 실제로 과거에 그녀는 미래 계획을 세우지 않겠다고 완전히 거부하기까지 했다. 하지만 이번 대화에 나타난 것처럼 뭔가가 바뀌었다. 아마 진행성 질환을 진단받은 이후에 자신이 통제할 수 있는 영역을 찾으면서 큰 힘을 얻은 것 같다. 그리고 게일은 하기 힘든 대화를 할 때 유머를 사용하기도 했다.

게일　알다시피 내가 유언장과 임종을 계획하고 의논하는 데 문제가 있었잖아요. 그런데 친구들과 이야기한 후에 유언장 작성과 임종 의논에 대한 의견이 갑자기 바뀌었어요. 그 일을 좀 더 긍정적인 경험으로 바꾸어야겠다고 결심했죠. 그래서 남편하고 같이 유언장을 작성하러 갔어요. 실은 꽤 유쾌하고 기분이 좋아졌어요. 변호사 사무실에 가기 직전에 딸에게서 전화가 왔어요. "유언장 작성하러 가는 길이라 길게 말할 수 없어"라고 하자 딸이 말했어요. "우울한 얘기네요." 그래서 대답했죠. "아니야, 이건 누구나 해야 할 일이야-."

조지 - 너한테 얼마 줄지 지금 정했다!

게일 (웃음) - 그때 생각하기 시작했어요. 실제 내가 원하는 것은 모두 할 수 있구나. 변호사 사무실에서도 우리는 웃고 농담을 했죠. 우리는 그 일을 우울한 문제로 만들지 않았어요. 그때부터 여러 가지 일들에 대해 이야기하는 것이 좀 편해졌어요. 바로 어제는 내 치료와 내가 원하는 것에 대해 이야기했어요. 내가 약을 먹지 않는 것을 식구 모두가 알죠. 지금까지 복용한 약이라곤 해열진통제밖에 없어요. 그래서 나한테 정말 중요한 것은 마지막에 약물 치료를 받고 싶지 않다는 거예요. 그냥 자연스럽게 가고 싶으니까요. 그래서 우리는 간병에 대해 이야기했어요. 남편은 내가 요양원에 가고 싶어 하지 않는다는 것을 아니까, 요양원으로 보내지 않기 위해 최선을 다하겠다고 했어요. 간병인을 집으로 부르는 한이 있더라도 말이에요. 남편이 말했어요. "당신은 간병인 면접을 직접 보고 싶을 거야." 맞아요. 나는 나를 돌봐줄 사람이 누구인지, 우리가 좋은 관계가 될 수 있을지 알고 싶어요. 하지만 아직할 일이 많아요. 시간이 많이 남았지만 계획을 세울 거예요. 그리고 내가 소생술을 원하는지 아닌지에 대해서도 의논을 했는데, 내가 말했죠. "음, 아직 잘 모르겠어요. 지금은 소생술을 받고 싶지만, 바뀔 수도 있으니까요." 이에 남편은 "음, 미안한데, 당신 생각이 어떻든지 당신에게 소생술을 시행할 거야"라고 했고, 나는 말했어요. "그래요, 그런데 좀 이기적이네요." 그러나 우리는 지금 대화를 하는 중이고 우울하지 않아요. 오히려 기분이 나아졌어요.

조지 재미있네요. 두 주 전에 아내와 꽤 좋은 대화를 했어요. 우리는 내가 인도주의적인 의식을 원한다는 데 의견이 일치했어요. 되도록 우리 집 뒤뜰이 좋겠죠. 내 유골은 아마 거기에 있는 참나무 아래 뿌려질 거예요. 하지만 아내에게 말했어요. "아이들이 찾아갈 무덤을 원하면, 다른 일을 해야 할 거야." 그리고 그건 아이들에게 달려 있어요. 나는 여기 없을 테니까 상관없어요.

웬디 나는 장례식을 원하지 않았어요. 그런데 세라가 내 장례식을 치르는 것이 자기를 위한 애도 과정의 일부라고 하더라고요. 그래서 내가 바로 화장장으로 들어간다면, 자기는 그 부분을 아쉬워할 거라고요. 그 말에 마음을 바꾸어 아이들이 원하는 장례식을 하도록 허락했어요. 왜냐하면 그때 나는 거기에 없을 거니까요. 그렇게 그런 대화를 하면서 우리는 타협점을 찾고, 내 결정이 그들에게 어떤 영향을 줄지에 대해 이야기할 수 있었어요. 내 결정대로 하면 아이들이 부정적인 영향을 받을 거라서 내가 마음을 바꾸었어요. 죽음에 대한 이야기를 하고 그런 대화를 나누는 것은 서로 주고받는 사랑의 행위라고 할 수 있어요. 스텝을 모르는 두 사람이 추는 춤 같아요. 그러니까 이런 대화가 하기 힘든 것은 당연하지만, 대화의 힘이 얼마나 큰지 보여주죠. 내가 세라와 대화하지 않았다면, 나는 내가 아이들에게 호의를 베푼다고 생각했을 거예요. 그런데 그렇게 대화를 나누면서 실제로는 그렇지 않다는 것을 깨달은 거죠.

조지 난 애도 과정을 사람들이 거쳐야 할 통과 의례라고 생각해요. 그래서 아내와 대화를 하면서 처음부터 '그때 나는 여기 없을 테니 상관없다'라고 했어요. 그게 가족이 원하는 것이고요.

웬디 게일은 어때요? 장례식 같은 거 이야기했어요? 음, 난 여기 없을 거니까 너희는 너희가 할 일을 하라는 조지의 말이 흥미롭네요. 그런데 많은 사람이 장례식에서 틀 음악이나 낭독할 시를 주로 선택하죠.

게일 네, 변호사가 장례식이 끝날 때까지 유언장을 공개할 수 없다고 말해줘서(너무 늦죠) 아직 유언장을 작성하지는 않았어요. 하지만 남편이 내 바람을 알 거예요. 사실 주말에 그에 관한 농담을 했어요. 딸들을 만나러 갔는데 죽음에 대해 아무 말도 하지 못했어요. 아이들이 화를 내서요. 그래서 그냥 농담이라고 했어요. 그리고 이렇게 말했죠. "너희도 알겠지만, 유언장을 작성했어. 변호사들이 원하는 음악에 대해 생각해봤냐고 묻더구나." 아이들이 고개를 숙이더라고요. 그래서 말했죠. "하나를 골랐는데, 장례식에는 어울리지 않을지도 모르지만 나한테는 어울릴 거야." 이에 아이들이 물었어요. "엄마, 무슨 곡인데요?" "스텝스의 'Tragedy'. 너희가 어렸을 때 항상 그 곡에 맞추어 함께 춤을 췄잖아. 그래서 춤동작도 다 알고 있고."

조지 비지스 곡인 줄 알았는데요.

게일 스텝스가 리메이크했어요.

조지 거 봐요. 내가 맞잖아요.

모두 *웃음*

죽음에 대한 이야기를 하는 것이 허용되는 분위기가 되면, 실제로 그것을 원하는 사람이 얼마나 많은지 놀랄 것이다. 또 그런 대화를 하도록 도와줄 단체들도 많다. 이 책을 쓰기 전까지는 데스 카페에 대해 들어본 적이 없었다. 마찬가지로 죽음 도우미(death doulas)도 처음 들어봤다(도우미들은 임종 도우미(end-of-life doulas)라는 용어를 더 선호한다). 하지만 그 용어를 듣는 순간 그 뜻을 이해할 수 있었다. 출산 도우미(아기를 낳는 산모를 도와주는 사람)는 들어봤기 때문이다. 그래서 예비 부모에게는 출산 계획서를 작성해보라고 하면서 우리 같은 사람에게는 '임종 계획서'를 작성해보라고 하지 않는 이유가 궁금했다.

이런 대화는 임종 도우미가 도와줄 수 있는 일들 중 하나다. 우리는 '임종 도우미 UK'에 소속된 알리 디킨슨을 만났다. 알리는 오랫동안 인사 담당자로 일했지만, 사람들은 그때보다 임종 도우미라는 새로운 역할의 그녀를 더 좋아한다고 농담을 했다.

사실 알리가 이렇게 완전히 다른 일을 하게 된 데는 어머니 영향이 어느 정도 있었다고 한다. 알리 어머니가 암으로 사망했고, 남자 형제 두 명도 말기 진단을 받았다. 알리는 어머니가 '할 수 있는 최선의 방법으로 상황을 통제했다'고 설명했다. 임종이 가까워지고 있음을 알았을 때, 어머니는 치료를 원하지 않는다고 결정하고 자신의 선택과 통제권을 고수하기로 확실하게 정한 뒤, 장례식 계획을 n차까지 세웠다. 그 결과 알리는 어머니가 원하는 대로 이루어지고 있음을 알고 있었기에 어머니의 죽음을 평온하게 받아들였다. 그래서 2014년에 신문에서 임종 도우미에 대한 기사를 보았을 때, 그 일이 자기 일임을 알았다.

알리가 고객에게 고객의 사망 후에 고양이를 돌봐주겠다고 약속했다는 이야기를 듣고 나는 금방 그녀가 좋아졌다. 이 이야기는 죽음 전에 환자의 마음을 안심시키는 일이 중요하다는 것을 보여준다. 알리는 나와 대화를 나누는 동안 임종 도우미의 일이 의학적이지는 않지만 (개인에게 어떤 의미가 되었든) 실용적이고, 정서적이고, 정신적인 일이라고 강조하여 말했다. 임종 도우미는 서류 정리, 사전 돌봄 계획서 작성, 환자의 최근 상태에 대해 친구들에게 알려주기, 장보기와 집안일, 마지막 순간에 환자의 손 잡아주기, 장의사를 대신에 염습하기 등 다양한 일을 하기 때문이다. 알리는 자신이 속한 단체에 정부가 미처 하지 못하는 돌봄의 공백을 이행해달라는 요청이 종종 들어온다고 말했다. 예를 들어 병원 퇴원팀에게 마지막 며칠을 집에서 보내고 싶어 하는 환자를 돌봐달라는 의뢰가 들어온다. "하지만 실제로 도우미가 연락해보면, 아직 남아 있는 삶에 집중하는 일을 하는 거죠"라고 알리는 말했다.

나는 알리의 이야기에서 임종 도우미가 단지 환자를 가능한 한 편안하게 해주는 일을 할 뿐이지만, 남은 시간을 최대한 활용하는 데 큰 비중을 둔다는 느낌을 받았고 그것이 마음에 들었다. 현재 영국에서는 교육을 받고 보험에 가입하고 DBS의 검증을 받은 275명의 임종 도우미가 일하고 있다. 알리는 자신의 일이 환자를 한 개인으로 알아가는 것이라고 언급했다. 알리는 가끔 남은 시간이 많지 않은 환자 경우에는 일 처리를 아주 빨리해야 하지만, 3년 동안 돌본 환자도 있다고 했다. 이런 특정 고객 같은 환자의 경우, 남겨둔 큰 바람을 이루게 도와주고 남은 시간을 어떻게 보내고 싶은지에 대해 이야기한다고 했다.

알리는 죽음에 대한 이야기를 어려워하는 사람은 분명 아니다. 하지만 삶이 며칠 남지 않은 때에도 바람을 솔직하게 말하지 못하는 많은 환자의 머리맡을 지켰다. "가족 간의 관계가 좋지 않은 경우가 꽤 많아요. 우리는 도우미니까 그런 상황에도 갈 수밖에 없어요." 우리가 만났을 때 알리는 말했다.

"예를 들어 한 번은 요양원에서 한 치매 환자를 만났어요. 그녀에게는 아들이 둘 있었는데, 둘 다 그녀의 지속적 위임장(lasting power of attorney)[1]에 대리인으로 올라 있었어요. 하지만 그들이 환자의 바람에 대해 의논을 한 적은 없었던 것 같아요. 환자는 자신이 죽은 뒤 발인을 집에서 하고 싶어 했어요. 그런데 한 아들은 그것이 어머니가 집에서 죽기를 원한다는 뜻이라고 했고, 다른 아들은 치료비 때문에 집을 팔아야 한다고 했어요.

---

1 영국에서 지속적 위임장(LPA)은 건강과 복지, 재산과 재무 두 종류가 있다. 지속적 위임장은 위임인이 건강할 때 또는 건강이 나빠지고 있음을 인식할 때 정할 수 있으며, 위임인이 본인의 문제를 돌볼 능력을 상실했을 때 사용된다. 지속적 위임장은 위임인 본인을 대신하여 의사를 결정하도록 다른 사람에게 권한을 주고 등록한다.

그렇게 두 사람의 생각이 달랐어요. 그런데 환자가 두 아들에게 자신이 원하는 바가 아닌 아들들 각자가 듣고 싶어 하는 것을 말해서 문제가 더 악화되었어요. 그럴 때 내가 할 일은 환자가 정확히 무엇을 원하는지를 알아내서 모든 당사자에게 알려주고 그것이 이루어지도록 초점을 맞추는 겁니다."

나는 알리와 같은 임종 도우미가 많은 가족에게 어떤 식으로 도움을 주는지 확인할 수 있었다. 내가 딸들과 미리 대화를 해야 한다고 주장한 이유가 너무 흔히 볼 수 있는 그런 의견 불화 때문이었다. 하지만 당연히 임종 도우미는 유료 서비스이므로 모든 사람이 다 이용할 수 있는 것도 아니다. 그러나 내가 알리에게서 너무나 듣고 싶었던 것은 죽어가는 환자와 죽음에 대해 이야기하는 것이 별로 어렵지 않고, 특히 마음대로 할 수 있다는 것이었다. 일단 누군가가 임종 도우미에게 도움을 구했다면, 그들은 죽음에 대한 이야기를 할 수 있다는 뜻이다.

"우리는 그 사람과 그의 생활 방식에 무조건 집중해서 관계를 맺기 시작합니다." 알리가 설명했다. "사람들이 그렇게 완전한 관심을 받는 경우는 흔하지 않아요. 그리고 묻죠. 지금 당신에게 일어나고 있는 일에 대하여 좋은 건 무엇이고, 싫은 건 무엇이냐고요."

"환자와 가족의 의견이 일치하지 않으면 문제가 생깁니다.

아마 부모는 자신이 원하는 것과 원하지 않는 것에 대하여 자녀들과 이야기하고 싶어 할 거예요. 하지만 아이들은 말하죠. '무서우니까 너무 그러지 마요. 그런 이야기는 아직 하지 않아도 돼요.' 그러면 부모는 다시 이야기로 돌아가는 대신 아이들을 존중할 수도 있죠. 사전 돌봄 계획서 작성이 하나의 방법이 될 수 있어요. '모두 함께 모여서 엄마가 이 계획에서 무슨 말을 하고 있는지 이야기해보자'라고 말하는 거예요. 사람들이 사후에 대해 이야기할 때 더 행복해 보이는 경우가 꽤 많아요. 그래서 장례식 음악이나 꽃, 사람들에게 입히고 싶은 옷이나 음식에 대해 이야기합니다. 그럴 때 다시 임종에 대한 이야기로 돌아가 '소생 금지' 명령처럼 힘든 일에 대해 이야기할 수 있어요."

문제는 우리가 누군가를 돌봐야 할 수도 있다는 예상을 전혀 하지 않는다는 것이다. 앞으로 미래가 어떻게 될지 모르지만, 죽지 않는 사람은 없으므로 죽음을 이야기하는 것은 지극히 당연한 일이다. 그런데 우리는 임종의 가치를 왜 그렇게 과소평가하는 걸까? 그러나 죽음에 대한 이 모든 이야기에서 내가 정말 알고 싶었던 것은 알리 같은 사람, 매일 죽음을 보며 일하고 마지막 순간에 환자의 손을 잡아주는 사람에게는 죽음이 어떤 모습인지였다. 그래서 알리에게 죽음의 모습에 대해 물었다.

"그냥 이 세상에서 사라지는 것뿐이에요"라고 알리는 말했다. "그냥 떠나는 것… 떠나는… 떠나는…."

알리는 내게 죽음을 상상해본 적이 있느냐고 물었고, 나는 그렇다고 고백했다. 나는 죽음의 단계가 서로 다르기 때문에(호흡 차이, 의식 상태의 차이) 실제로 그 과정이 평온할 수 있다는 것을 알고 있다. 이 때문에 TV나 영화에서 보는 극적인 묘사와 달리 죽음이 크게 무섭지 않았다. 사람들은 흔히 죽음이라는 행위에 대해 이야기하지만, 나한테 죽음은 육체적 행위가 아니다. 없어지고 사라지는 것 이상의 행위이기 때문에 나한테는 아주 아름답게 느껴진다. 많이 고통스럽거나 불안할 것 같지만, 사실은 그렇지 않기 때문에 무섭고 두렵게 느껴지지 않는다. 예를 들어 버스에 치여서 사망할 경우, 분명 대단히 충격적인 죽음일 수 있겠지만 죽기 직전에는 무의식 상태다. 폭력적이라기보다는 평온한 상태다.

"잠이 들 때 그런 느낌을 받은 적이 있나요? 어중간한 상태, 머리가 온갖 낯선 곳으로 가기 시작하는 것 같은 느낌이요." 알리가 물었다. "나는 그 느낌이 좋아요. 죽음이 그럴 거라고 상상해요. 예전에 돌봤던 치매 환자가 기억나네요. 거의 마지막 순간이 되자 그는 주변을 신경 쓰지 않고 침대 발치를 집중해서 보고 있었어요. 그가 누군가를 보고 있다는 생각이 본능적으로 들었죠. 아마 오래전에 세상을 뜬 어머니일 수 있겠다는 느낌이

들었어요. 그래서 그의 손에 어머니 사진을 쥐여주었죠. 그리고 얼마 안 되어 그는 세상을 떠났어요."

나에게는 죽음을 이해할 수 있다는 것이 아주 아름답게 여겨졌다. 그리고 그런 이해력을 지닌 사람들이 더 많다면 사람들도 지금처럼 죽음을 두려워하지 않을 것임을 안다. 치매에 걸리기 전에는 내가 죽음에 대해 어떻게 생각했는지 지금은 떠오르지 않지만, 정말 많은 사람이 죽음에 대해 고통스러운 이미지를 갖고 있다. 그러나 죽음이 일어나는 과정의 평화로운 본질을 알게 된다면, 죽음에 대하여 완전히 다른 이미지를 갖게 될 것이다.

알리가 말했다. "이상하게 들릴지도 모르지만, 내가 경험하고 싶어 하는 것과 거의 흡사해요. 그 순간이 되면 재빨리 돌아와서 이렇게 말할 수 있으면 좋겠어요. '괜찮아요. 정말 좋아요.'"

그렇다. 정말 돌아와서 엄지손가락을 세우고 이렇게 말할 수 있다면 멋지지 않을까?

'좋아요. 모두들 걱정 말아요!'

나는 알리와 죽음에 대한 이야기를 나누는 것이 좋았다. 이런 대화에서 유머를 찾을 수 있어서 행복했고, 매일 죽음을 접하는 일을 선택하는 사람이 있다는 것은 죽음이 그렇게 두려운 일이 아니라는 뜻임을 깨닫게 되었다.

우리는 죽음의 결말과 그것을 통제할 수 없다는 사실을 두려워한다. 특히 나처럼 만성질환을 앓고 있는 환자들의 경우, 마지막이 어떤 모습일지 궁금해할 수도 있다. 그런데 질병 말기의 모습에 대해 이야기하고 그 양상을 좀 더 편안하게 만들 계획을 지금 세운다면 이런 두려움이 누그러질 수 있지 않을까?

2017년에 2040년에는 완화 치료가 어떤 양상을 띨 것이고 누가 그것을 필요로 할 것인가를 묻는 연구가 시작되었다.[2] 이 논문은 영국과 웨일스에서 완화 치료가 필요한 85세 이상 노인 수가 2014년의 14만 2,716명에서 2040년에는 30만 910명으로 늘어나 현재보다 두 배 이상이 될 것이라고 주장했다. 그 가운데 치매 환자가 가장 급증하여 거의 네 배로 증가할 것이라고 한다. 이 책을 쓰고 있는 현재, 치매 연구에 투자되는 연구비가 거의 없기 때문에 나는 이 예측을 바로 이해할 수 있었다.

이 보고서는 완화 치료가 필요한 환자의 소수(14퍼센트)만이 실제로 치료를 받고 있지만, 사망 연령이 더 높아지고 만성 질환자가 증가할 것(무시하지 않고 아주 잘 치료하게 되었기 때문)으로 예상되면서 완화 치료를 필요로 하는 인구는 더욱 많아질 것이

---

2 S. N. Etkind 등, 'How many people will need palliative care in 2040? Past trends, future projections and implications for services(2040년에는 얼마나 많은 사람이 완화 치료를 필요로 할 것인가? 과거 경향, 미래 예측, 서비스에 미친 영향)', *BMC Medicine*, May 2017

라고 지적한다. 그와 동시에 이런 수요를 충족시키려면 지금부터 계획 수립에 들어가야 한다고 냉정하게 경고한다. 그러나 지난 정부에 이어 현 정부도 노령 인구 지원 대책을 거의 내놓지 않고 있다. 존엄한 죽음에 대한 정의도 내리지 못하는데, 어떻게 그것을 이루기 위해 노력할 수 있겠는가?

사람들이 자신의 죽음이 어떤 모습이기를 바라는지 마리퀴리재단의 2021년 보고서 〈영국에서 죽음과 임종에 대한 대중의 태도〉를 보면 어느 정도 알 수 있다. 보고서에 따르면 절반(47퍼센트)에 가까운 사람들이 마지막 며칠을 고통 없이 지내는 것을 우선시한다고 진술했다. 43퍼센트는 사랑하는 사람들과 함께 있는 것이 가장 중요하다고 대답했고, 35퍼센트는 인간의 존엄과 자존감을 유지하는 것이 중요하다고 답했다. 현재 완화치료 분야에서는 환자가 집에서 죽을 수 있게 하려는 움직임이 있는 것으로 보인다. 하지만 이 보고서에 따르면 수명이 몇 년 남은 사람들에게는 집에서 보내는 것이 두 번째로 중요했지만, 며칠밖에 안 남은 사람들에게는 그것이 네 번째로 중요했다. 수명이 몇 년 남은 사람들의 4분의 3은 스스로 무력하고 의존적인 삶을 사는 것을 두려워했고, 68퍼센트는 고통을, 56퍼센트는 사랑하는 사람들과의 이별을 두려워했다.

사람들에게 무엇이 걱정되는지, 어떤 마지막 모습을 원하는지에 대해 물어보면, 생각할 시간이 있을 때는 그 답을 분명히 알고 있는 것 같다. 하지만 그것을 사랑하는 사람들에게 어떻게 전달하는가? 그리고 인생의 막이 내린다는 이야기를 들을 때 공감을 얻는 것이 얼마나 중요한가? 나와 대화를 나누었던 완화 치료 분야 종사자들은 모두 그런 대화가 죽어가는 환자와 남은 가족들의 마음을 평온하게 만드는 데 꼭 필요하다는 점에 동의한다. 하지만 나는 그 과정을 겪은 이들에게서 더 많은 이야기를 듣고 싶었다. 고통스러운 그 과정을 더 만족스럽게 만드는 것이 정말 가능했을까?

2018년에 에스터 램지-존스는 남편과 함께 두 아이를 데리고 스키 휴가를 떠났다. 그사이에 전직 영어 교사였던 그녀의 어머니 조이스에게 뇌졸중으로 보이는 증세가 나타났다. 에스터와 가족이 프랑스에서 서둘러 돌아왔을 때, 의사들은 조이스가 사실 뇌종양 말기임을 찾아냈다. 에스터는 완화 치료 분야에서 심리학자로 일하고 있었음에도, 어머니의 진단과 훗날 본인의 예후는 가족에게 너무 충격적인 일이었다. 그래도 내가 보기에는 조이스가 존엄한 죽음을 맞이하게 해줄 수 있는 최적의 사람은 딸인 에스터였다. 에스터는 자신의 이야기를 우리와 함께 나누는 데 동의했다. 나는 그들이 정말 감정적으로 격한 시기에 어떻게 임종 치료에 대한 대화를 해나갈 수 있었는지, 그리고 일반적인 모녀지간이라면 할 수 없었을지도 모를 대화를 시작할 수 있었던 것이 에스터가 완화 치료 분야에서 일하고 있었기 때문은 아닌지, 아니면 그 대화를 꺼낸 사람이 에스터의 어머니였는지 너무 알고 싶었다.

"두 가지가 함께 작용했던 것 같아요." 에스터는 말했다.

"우리는 항상 다른 가족들과 많이 달랐어요. 정말로요. 원래부터 종종 테이블에 둘러앉아서 유한한 시간과 존재에 대해 이야기를 하곤 했죠. 내가 완화 치료 분야에서 일하게 된 것도 아마 그런 이유 때문인 것 같아요. 엄마는 딸인 나를 정말 잘 보살펴주셨어요. 생이 거의 끝날 때까지 돌봐주셨던 것 같아요. 그걸 떠올리면 울컥하기도 하지만, 믿을 수 없는 선물인 것 같아요. 한번은 엄마가 정말, 정말 아팠는데, 나는 엄마 곁에 있고 싶었어요. 그런데 내 얼굴을 쓰다듬으며 말씀하셨죠. '네 아이들한테 가.' 절대 잊지 못할 거예요. 엄마의 한량없이 이타적인 마음을 보여준 일이었죠. 말로 표현하려면 아주 길어질 거예요. '내가 없어도 사람들은 살아갈 거야'라고 하셨어요."

나는 에스터의 엄마가 딸(본인도 엄마다)을 위해 한 이타적인 행동에 감동했다. 그녀가 에스터에게 가라고 한 것은 그렇게 힘든 시간에 그 자리에 없는 편이 딸에게 좋으리라는 걸 엄마로서 알았기 때문이다.

에스터는 회상했다. "엄마는 항상 가능한 한 오래 살고 싶어 하셨어요. 엄마가 돌아가신 후에 아빠가 엄마 신발에서 쪽지 하나를 발견했어요. 거기에는 엄마의 버킷리스트 다섯 개가 적혀 있었어요. 세 번째가 '85세까지 살아서 모두 성장한 모습 보기' 였죠. 그래서 엄마는 정말 계속 살고 싶어 했어요. 엄마가 처음에는 상태가 나빠지지 않는 한 가능한 모든 치료를 다 받겠다고 했어요. 하지만 종양 생검 결과 교모세포종(뇌 또는 척수에서 생겨서 빠르게 성장하는 종양 유형)으로 확인되었을 때, 수술은 원하지 않았어요. 이동 능력과 언어 능력이 손상될 위험이 너무 컸기 때문이에요. 영어 선생님이었던 엄마는 어휘력과 분명한 발음을 중요하게 생각했어요. 하지만 항암화학요법으로 치료를 받았고, 조금 후에는 완화적 방사선요법을 받았어요. 그러나 처음 10주가 지나고 엄마는 바뀌었어요. 훨씬 의연해졌고 본인이 죽을 것이라는 사실을 훨씬 잘 받아들이게 되었죠. 아마 여러 가지 면에서 모든 식구를 엄마 옆에 대기시키고 싶지 않았던 것 같아요."

자신의 예후가 말기라는 말을 들었을 때 사람들의 첫 반응은 병의 진행과 함께 바뀌게 마련이다. 그들에게는 그 소식을 받아들일 시간이 필요하다. 분명 처음에 에스터의 엄마는 본인뿐만 아니라 가족을 위해 가능한 한 오래 살고 싶었을 것이다. 예를 들어 남편 혼자 남겨두고 싶지 않았을 테니까. 그리고 사람들은 그 모든 것을 한 번에 처리하지 못한다. 며칠, 여러 주, 시간 여유가 있으면 여러 달이 걸릴 수도 있다.

"그런 것들을 처리하려면 시간이 정말 오래 걸리는 것 같아요. 하지만 엄마에게는 시간이 많지 않았어요. 진단받고 4개월 만에 돌아가셨거든요. 엄마는 장례식을 원하지 않았고, 화장장을 원한다고 하셨어요. 엄마 아빠의 정원 뒤에는 뽕나무 한 그루가 있는데, 엄마가 어릴 때부터 있던 나무예요. 그래서 유골을 그 나무 아래 뿌려달라고 하셨어요. 그 자리에는 직계 가족만 있기를 원했고요. 엄마는 형제들에게 항상 훌륭한 사람이었기 때문에, 몸이 아주 좋지 않은 상태로 이모들을 보고 싶어 하지 않았어요. 저로서는 그 선택이 아쉽지만, 우리는 언제, 어떤 상황에 있든지 엄마의 입장을 존중했다고 생각합니다.”

그 아이디어가 마음에 들었다. ‘환자’를 아주 존중한다는 느낌이 들었기 때문이다.

에스터는 이어서 말했다.

“정말 낯선 방식이긴 하지만, 저는 죽음을 대할 때 엄마가 아기를 보살피는 것처럼 해야 한다고 생각합니다. 갓난아기를 둔 엄마의 경우, 아기는 절대적으로 의존하는 상태이고 엄마로서(이것은 제 접근방법이에요) 나는 일반적으로 그냥 아이에게 반응하면서 아기가 나에게 전하고 싶은 것이 무엇인지 이해하려고 애쓰죠. 그리고 내가 지켜볼 수 있는 범위 안에서는 아기가 신체와 정신의 감각을 발달시키려고 하는 행동들을 허용할 거예요. 개인적으로 그것은 사람이 죽어가는 환자, 특히 의사소통에 어려움을 겪고 있는 사람에게 제공하는 절차와 비슷하다고 생각해요. 당신은 그들이 어떤 생명력을 가졌든지, 자기 정체성에서 어떤 조각이 남았든지, 가능한 한 그것을 여전히 존중하고 있어요. 저한테는 그것이 갓난아기를 돌보는 것의 역과정과 같아요. 죽어가고 있는 사람의 손을 어떻게 잡아줄까요? 제가 볼 때 아버지는 엄마의 인간성(즉 자아의 본질)을 가장 중요하게 본 것 같아요. 그래서 엄마가 본인의 정체성을 가능한 한 많이 유지하는 것을 가장 중요시했던 거죠."

나는 인간성에 대한 이 의견이 흥미롭다고 생각했다. 바로 에스터를 만나기 며칠 전에 치매 때문에 인간성에 대한 내 생각이 어떻게 흐릿해졌는지를 곰곰이 생각해보았는데, 인간성이 없으면 미래도 없는 것처럼 여겨졌기 때문이다. 나는 그런 경우를 늘 보는데, 특히 요양원에서 치매 환자가 내 표현으로 '경계를 넘어'가면 그런 모습을 보인다. 그렇게 되면 사람들은 행복했던 순간들에 매달린다. 사람들은 사진을 보는 치매 환자를 보면서 그가 행복할 거라고, 아니면 적어도 그 순간에는 행복할 거라고 생각한다. 하지만 그 순간 외의 나머지 시간을 어떻게 보내는지는 알지 못한다. 어쩌면 온종일 완전히 혼란 상태에서 지내면서 자신이 왜 거기에 있는지, 자기 주변에 있는 이 사람들이 누군지 알아보지 못할지도 모른다.

그래서 나는 그것으로 충분하지 않다. 순간의 사람이 된다면, 내 인간성은 사라질 것이다. 모든 치매 환자가 이런 식으로 느낀다는 말은 아니지만, 모든 치매 환자에게도 생존권이 있고, 자기 인생을 살아갈 권리가 있다. 나는 그저 그런 사람이 되고 싶지 않을 뿐이다. 삶을 사람 중심으로 인정하는 견해로 봤을 때 나에게 중요한 것들을 상실하면 의미 있는 삶이 아니다.

"그건 내가 엄마와 함께한 경험을 상기시켜요. 어머니는 그 단계까지 이르렀어요. 한때 발작을 아주 크게 일으켜서 의식을 잃었어요. 작별 인사를 하는 줄 알았죠. 다시 의식을 찾기는 했지만 움직이지 못하게 되었어요. 침대에서 벗어나질 못했고, 언어 능력도 잃었습니다. 가장 마음 아팠던 순간은 엄마가 계속 '죽어, 죽어'라고 말했던 때였어요. 엄마가 무슨 말을 한 건지 알았어요. 죽고 싶다는 거였어요. 겉으로 보기에는 엄마의 인간성이 계속 보였어요. 여전히 아주 단호했고요. 하지만 그것으로 충분하지 않았던 것 같아요. 그래서 엄마는 식사를 중단했어요. 그 이유가 삼키는 능력을 잃어서였는지 아니면 언젠가 '그게 내가 갈 방법이야'라고 혼잣말을 했던 것처럼 죽을 마음으로 한 것인지는 알기 어렵죠."

에스터의 어머니를 모르고 간접적으로만 이야기를 들은 상태에서 그분이 겪은 모든 일과 어떤 사고 과정이 일어났는지를 내가 완전히 이해할 수 있다고 한다면, 그것이 이상한 일일 것이다.

"물론 저는 엄마가 죽지 않기를 바랐어요. 그리고 이런 생각을 했던 걸로 기억해요. '그 시기의 엄마에게는 압박이 될 수도 있는데, 그걸 알면서도 식사를 하시라고 계속 권해야 할까?' 또 밤에 옷을 입어보다가 팔이 벽에 부딪히는 사건도 있었어요. 사전 의료 의향서에는 '병원에 데려가거나 병원에서 죽게 하지 마세요'라고 적혀 있었지만, 우리는 구급차를 불렀어요. 구급대원들은 훌륭했지만, 환자를 병원으로 데려가는 것이 그들의 일이었죠. 저는 계속 말했어요. '엄마가 사전 의료 의향서에 이렇게 적어놓았어요. 그냥 집에서 엄마를 편안하게 해드릴 수 있는 방법은 없나요?' 나는 그 결정밖에 할 수 없었는데, 궁금하긴 했어요. 그때 병원에 갔더라면 더 오래 살 수 있었을까? 하지만 그때 끔찍한 발작이 다시 왔기 때문에, 사실 저로서는 엄마가 사전 의료 의향서에 작성한 내용을 그대로 존중하는 것이 적절했다고 생각해요. 엄마가 다시 의식을 찾았을 때 엄마는 집에, 친숙한 곳에 계셨어요. 우리는 문을 활짝 열어놓았고 엄마는 정원을 바라볼 수 있었죠. 그리고 그날 밤 구급대원이 가면서 말했어요. '정말 감사해요. 어떤 면에서는 당신 어머니께 감사드리고 싶어요. 내가 몸이 좋지 않은 분이 원하는 일을 들어주고 있다고 확신이 드는 경우는 별로 없거든요.' 이제 제게 남은 건 누군가를 보내주는 것이 사랑의 표시라는 사실이에요."

나는 에스터의 말에 전적으로 동의한다. 스스로 모든 결정을 내려야 할 때 애도는 더 스트레스가 된다. 한편 '환자가 매장과 화장 중에서 무엇을 원하는가?' 같은 단순한 문제가 믿을 수 없을 정도로 큰 스트레스가 될 수 있지만, 환자가 미리 적어놓았다면 스트레스가 훨씬 줄어든다. 에스터의 엄마는 마지막 순간까지도 에스터를 돌보았고, 그것 역시 그분 인간성의 일부였다. 아이들을 보호하는 엄마로서의 자신을 확인하는 것, 바로 내가 우리 딸들에게 느끼는 것과 똑같은 것이었다.

에스터의 이야기는 정말 감동적이었고, 공생적인 사랑의 행위로 보였다. 에스터는 엄마가 인간성을 지킬 수 있게 돕고 엄마의 결정을 존중했으며, 조이스는 자신이 없어도 삶은 계속되며 에스터는 본인 자녀에게로 돌아가야 한다고 주장했다. 이들은 서로가 서로를 필요로 한다는 것 역시 알고 있었다. 그처럼 삶은 계속 이어진다.

에스터와 대화를 하고 이야기를 들으면서 나의 바람은 좀더 분명해지고 훨씬 구체적인 모습을 띠게 되었다. 그녀가 어머니의 바람을 어떻게 존중했는지를 듣고 보니, 내가 딸들과 대화를 나누었던 것이 타당했다는 확신이 생겼다. 대화를 통해 내 생각이 존중되었을 뿐만 아니라 그렇지 않아도 힘들 때에 아이들이 지게 될 결정의 부담이 줄고 애도 과정은 더 수월해질 것이다. 딸들은 나를 위해 옳은 일을 했다는 것을 알 테니 말이다.

나는 누군가에 대한 애정 표시로 죽음에 대한 자율권을 주는 것보다 더 큰 방법은 없다고 생각한다. 에스터는 완화 치료 분야에서 일했고 전문 교육도 받았지만, 사랑하는 엄마의 죽음을 준비하는 데는 도움이 되지 않았다고 인정했다. 나도 딸인 세라가 간호사로서의 입장과 딸로서의 입장 사이에서 힘들어하는 문제를 겪고 있다는 것을 안다. 사람은 모두 인생을 살아가면서 엄마, 딸, 사랑하는 사람 등 여러 가지 역할을 하게 된다. 그래서 조이스가 에스터를 '아기들'에게 보낸 이야기에 공감이 갔다. 나 역시 진행성 질환을 진단받은 이후로 내 딸들이 나를 돌보는 것을 원하지 않는다는 것을 충분히 직관하고 있기 때문이다.

에스터가 해준 엄마의 인간성에 대한 이야기는 나에게 커다란 위안이 되었다. 지금 상황의 나에게 아주 중요한 주제였기 때문이다. 언변이 좋은 영어 교사였던 그녀의 엄마가 구사한 말솜씨는 은퇴 후에도 그녀의 인간성에서 아주 큰 부분을 차지했다.

치매 때문에 내 인간성이 약해지면서 나는 엄마, 블로거, 산책인, 사진작가 등 오늘의 나를 만든 것들에 집착한다. 내 경우 이 잔인한 병에게 그런 부분들을 빼앗기면 인간성을 잃게 될 것이다. 그리고 기쁘고 행복한 순간보다 혼란 속에서 지내는 시간이 많아짐에 따라, 기쁨이 사진 속에서만 존재하는 삶보다는 죽음을 택하고 싶다. 에스터는 자기 어머니에게서 그것을 인지했고, 그것은 자신의 동의와 상관없이 엄마의 바람을 들어주는 데 도움이 되었다. 에스터는 그렇게 훌륭한 엄마를 둔 것이 행운이었다고 말했다. 하지만 나는 자신의 말을 들어주고 뜻을 수용해준 딸을 둔 에스터의 어머니가 운이 좋았다고 말하고 싶다.

우리는 사전 의료 의향서 작성이 주변 사람들, 사랑하는 사람들에게 어떤 영향을 미치는지에 대해 종종 생각한다. 하지만 에스터가 사려 깊게 행동한 덕분에 구급대원은 자신이 일을 제대로 하고 있다고 확인할 수 있었다. 심지어 그 순간 조이스가 심한 발작을 일으켜 자신의 생각을 말할 수 없었음에도 프로토콜에 반하는 '허락'을 받았고 의향서 이면에서 인간을 볼 수 있었다.

엄마의 바람을 들어준 순간들에 대해 이야기할 때마다 에스터는 잠시 말을 멈추고 당시 감정을 떠올리면서 그때를 반추했다. 표정은 차분했지만 엄마를 치료할지 말지 결정을 내려야 했던 순간을 이야기할 때 얼굴에는 여전히 괴로움과 함께 '내가 옳은 일을 한 걸까?'라는 커다란 물음표가 보였다.

나는 그 순간에 내 딸들을 생각할 수밖에 없었다. 에스터의 엄마처럼 나도 엄마이기에 아이들의 마음에서 그런 물음표를 없애고, 나에 대한 기억이 흐려지는 것을 막고, 그 대신에 그런 죽음이야말로 엄마가 원했던 것임을 알고 편안한 마음을 갖게 하고 싶다.

나는 에스터의 심정을 이해했다. 분명 상실감은 여전히 있었지만, 나는 그녀의 엄마가 했던 사고 과정을 정확하게 안다고 확신하며 우리 딸들에게도 그렇게 해서 의사결정에서 해방시켜주는 것이 좋으리라는 희망을 얻었다. 그렇지 않아도 스트레스가 많을 때에 사랑하는 사람이 부담 큰 결정을 하느라 허둥지둥하는 모습을 보고 싶은 사람은 없다. 어떤 식으로든 그들의 불안을 줄여줄 수 있다면 나는 그렇게 할 것이다. 그리고 더욱 중요한 점은 의견 불화가 줄어든다면, 나도 더욱 행복해진다는 것이다.

이렇게 에스터와 대화를 나누면서 나는 '존엄한 죽음'의 모습이 어떤 건지 확신하게 되었다. 환자가 자신의 바람에 대해 주변 사람들과 이야기함으로써 임종 돌봄이 크게 달라질 수 있고, 환자가 수용적인 태도로 마지막을 맞이하면서 자신의 바람이 이루어질 것이라고 믿는 데 큰 도움이 되며, 유족은 아주 감정적인 상황에서 부담이 큰 결정을 하지 않아도 된다는 점을 깨닫게 되었다.

그런 대화를 할 수 있다면, 완화 치료를 어떻게 해야 하는지 알 수 있을 것이다. 따라서 우리가 자신의 바람에 대하여 더 많이 계획하고 다른 사람에게 많이 알릴수록, 더 좋은 죽음을 맞게 될 가능성이 높아진다고 할 수 있다. 이 주제에 대한 시각이 어떠하든, 나는 항상 같은 선택을 할 것이다(그것은 개인의 선택이다). 따라서 거기에 대해 좀 더 자세하게 살펴보는 것이 좋을 것 같다.

치료 거부에 관한 대화

"나는 괜찮다, 그래도 된다는 선택을 하고 싶다"

많은 환자가 잊고 있는 사실이 있다.
그것은 병이 마지막 단계에 이르기 전에도
환자에게는 의사가 제시한 치료에 이의를 제기할 권리가
있다는 것이다. 단순히 스스로 검사를 받지 않는다는 것이 아니라
다른 질환의 경우 치료나 수술을 거부할 수 있다는 뜻이다.

One
Last
Thing

딸들과 이야기를 나눌 때였다. 이 서류들을 마지막으로 본 것은 거의 9년 전, 내가 치매 진단을 받은 직후였다. 진단을 받고 가장 먼저 한 일이 딸들과 함께 지속적 위임장을 작성한 것이었다. 당시에는 상당히 절박하게 느껴졌다. 앞으로 내 삶이 어떨지 2014년에 알았다면 얼마나 좋았을까.

2014년 그날 오후에는 대화를 기분 좋게 하기 위해 애프터눈티를 준비하고 특별히 케이크를 구웠다. 그때는 아직 오븐을 사용할 수 있었다. 하지만 이번에는 요크에 있는 우리가 좋아하는 찻집에서 케이크를 샀다. 박스에 넣어져 금색 리본으로 예쁘게 묶여 있었다. 나는 예전에도 리본을 예쁘게 묶지 못했는데 요즘에는 묶으려다 보면 손가락이 꼬인다. 하지만 내가 항상 '방법은 늘 있다'고 말했듯이 '베티의 찻집'이 나를 구해주었다.

아이들을 기다리던 오후는 해가 쨍쨍하고 더웠지만 그날 아침 날씨는 참 멋졌다. 그런데도 나의 하루는 짙은 안개 속에서 흐리멍덩하게 시작되었다. 내가 사전 결정을 어떻게 내렸고 왜 그랬는지를 아이들에게 어떻게 설명할까를 생각하다 보니 모호하고 불확실한 내 마음이 그대로 반영되었기 때문이다.

물론 아이들은 내 바람을 알고 있었기 때문에 많이 놀랄 것 같지는 않았다. 그래도 나는 치료거부사전결정(ADRT)과 그 안에 담긴 내용의 진술 방식 때문에 여전히 큰 책임감을 느꼈다. 특히 수명이 짧아진다고 해도 병원에 입원하지 않겠다는 내 바람을 처음으로 기록하기로 했기 때문이다. 이 부분을 신중하게 설명하기 위해 할 말을 정확하게 타이핑하여 준비했다. 어쩌면 아이들이 도착하기를 기다리면서 긴장한 것이 아니라 두려워한 것인지도 모른다. 어떤 어머니가 아이들과 이런 대화를 하겠는가? 우리는 그 일을 해야 한다는 것은 알지만, 그렇다고 그 일이 쉬워지지는 않는다.

처음 진단을 받았을 때는 더 이상 미래 모습을 상상할 수 없었기 때문에 미래에 초점을 맞출 수 없었다. 또 현재에도 초점을 맞출 수 없었다. 나의 미래 상태, 치료, 죽음 등 계획해야 할 일이 너무 많은 것 같아서였다. 그렇다면 언제 그 모든 것이 바뀌었는가? '희망'이라는 두 글자에 다시 빛이 비친 것은 언제였을까? 가장 먼저는 내가 처음으로 약물 연구에 참여했을 때였는데, 현재 여드름 치료제로 사용되고 있는 미노신을 치매 환자 뇌에 생기는 염증을 줄이는 용도로 사용할 수 있는지를 시험하는 연구였다. 그때는 물론 지금도 연구에 참여할 때의 느낌, 특히 다른 사람들을 위해 장차 치매 정의를 다시 내린다는 그 느낌을 생각하면 아주 큰 희망이 생긴다. 하지만 개인적으로는 다른 치매 환자들을 만나기 시작하면서 희망을 되찾았다.

최초의 만남은 지금은 친구가 된 아그네스 휴스턴의 강연을 들었을 때였다. 그녀는 치매 진단을 받고 10년이 지났는데도 유창하게 강연을 하고 있었다. 갑자기 내게도 미래가 있다는 생각이 들었다. 다른 사람 발자취를 따라갈 수 있다는 희망, 살아갈 삶이 아직도 있다는 희망이 생겼고 절망은 싹 사라졌다. 자신감을 회복하자 삶의 목적도 생겼다. 어느새 나도 강단에 서서 다른 사람들에게 희망을 전달하고 있었고, 그 희망을 받은 사람들도 내 뒤를 따라 강단에 설 것임을 깨달았다.

유일하게 나를 주저앉히는 것은 검사받으러 갈 때였는데, 항상 간이 지력 검사를 통과하지 못했다. 병원 밖에서는 자신감이 치솟았지만 점수는 매번 하락했다. 검사실에서 의료 상담사들은 내가 얼마나 나빠졌는지에만 초점을 맞추었다. 나는 다른 사람들에게 희망을 주고 있는데, 의사들은 그것을 앗아가고 있었다. 그래서 나는 그들이 나한테 도움이 되기보다 손해가 되고 있다고 판단했다. 그들은 나에게 아무 소용이 없었다. 치매가 나의 작은 부분들을 점거해가고 있다는 것은 나 자신이 매우 잘 알고 있었다. 그 점을 의사가 말해줄 필요는 없었다. 그것을 느끼며 살아가고 있었으니까.

내 해결 방법은 그냥 검사를 받지 않는 것이었다. 그때가 2017년이었고, 그 이후로 한 번도 검사를 받지 않았다. 검사는 아주 부정적인 과정이어서 희망차게 검사실에 들어가지만 다시 나올 때는 희망이 약해졌다. 나만 그런 것이 아니었다.

치매 진단을 받은 친구들 사이에서도 자주 볼 수 있었다. 그들이 이야기하고 싶은 것은 삶의 끝이 아니었다. 그들은 현재에 더 초점을 두었다. 그런 이유로 그들 중 다수가 검사를 거부했다. 단순히 치매 치료법이 없고, 병의 진행 속도를 늦추는 약물(그것도 효과가 있을 수도 있고 없을 수도 있다)을 사용하는 것 외에 달리 방법이 없어서가 아니었다. 진행성 질환을 앓는 환자에게는 좋은 소식이 거의 없고, 나처럼 그들도 오늘에 집중했기 때문이었다. 매번 검사를 받은 후에는 이 병의 시작과 중간, 끝이 있다는 것을 자신에게 일깨우기 위해 엄청나게 노력해야 했다. 하지만 내가 어느 단계에 있는지 아예 모르고 여러 면에서 치료 방법이 없는데, 검사가 정말 중요했을까?

친구인 도리는 2012년, 59세에 치매 진단을 받았다. 하지만 나와 마찬가지로 현재를 살아가는 데 방해가 된다는 것을 알았기 때문에 검사를 받지 않았다. 도리는 말했다. "의사한테서 내가 악화되었다는 이야기를 들으면 많이 우울하고 속상했어. 매 번 진단을 다시 받는 것 같았지. 내 생각에는 잘하고 있는 것 같 은데 생각만큼 잘하지 못하는 게 분명하니까. 나만의 세계에서 는 꽤 만족한 단계에 이르렀는데, 점점 나빠지고 있다는 것을 정말 알고 싶을까?"

도리는 더 이상 검사를 받지 않기로 결정을 내리면서 자율 권을 행사한 느낌을 받았다며 다음과 같이 설명했다.

"사람들은 나에게 자꾸 치매가 진행성 질환이라고 일깨워주 려고 해. 하지만 그로 인해 삶에서 무슨 일이 생길지는 아무도 몰라. 인생 자체가 진행형이잖아. 그러니까 우리는 하루하루를 살아가야 해. 그 단계까지 가지 못할 수도 있어. 그전에 자동차 에 치일 수도 있으니까. 그러니까 그냥 오늘을 사는 거야. 난 지 금 내 삶을 통제하고 있다고 느껴. 좋아지는 일은 하나도 없고 나쁜 뉴스만 있는 검사를 받으러 가야 한다고 아무도 말하지 않아. 너도 병이 진행되었다는 이야기 듣고 싶지 않잖아. 듣지 않아도 알고 있는데 말이야."

나와 마찬가지로 도리도 진행성 질환 진단을 받으면 오늘을 사는 데 집중하게 된다는 것에 동의했다.

"나는 과거를 생각하지 않아. 과거가 행복하지 않았으니까. 또 내 죽음과 돌봄을 위해 모든 것을 걸었기 때문에 미래도 생 각하지 않아. 내일도 생각하지 않아. 오늘 행복하면, 행복한 거

제3장　　치료 거부에 관한 대화

야. 그리고 즐겁게 할 수 있는 일이 있으면 위험을 감수하고 할 거야. 요양원에 들어가면 그런 일을 허락하지 않을 거야. 요양원 구석 의자에 앉아 죽느니 차라리 좋아하는 일을 하다가 죽고 싶어."

도리의 모든 말에 공감이 갔다. 우리는 확실히 같은 철학을 지녔고, 나처럼 도리도 자녀들과 그런 중요한 대화를 나누었다.

"난 가족회의를 소집하고 와인을 가져오라고 말했어. 그리고 내 미래 돌봄 계획을 알렸는데, 식구들이 이랬어. '그 얘기는 하지 말죠.' 그래도 난 끝까지 주장하면서 아들에게 말했어. '내가 내 몸을 건사할 수 없을 때가 되면 넌 어떻게 할 거니? 나를 위한 네 계획은 뭐야?' 그러자 아들이 말하더라고. '음, 요양원에 가셔야 하지 않을까요?' 그리고 딸은 이렇게 말했어. '우리 집에 와서 함께 사셔야죠.' 하지만 나는 아이들의 돌봄을 원하지 않는다고 했어. 아이들에게는 자기 가족과 자기 아이들이 있으니까. 나는 내 바람이 마지막에는 이루어지리란 걸 알면서 내 삶을 살고 즐길 수 있기를 원해. 소생술을 원하지 않는다고도 말했어. 난 품격 있고 내가 통제할 수 있는 삶을 원하니까."

도리는 지금 아이들에게 이런 불편한 대화를 강요한 이유가 자신의 바람이 마지막에 이루어지리라는 것을 알면 삶을 계속 즐겁게 살아갈 수 있기 때문이라고 주장한다. 그러나 많은 환자가 잊고 있는 사실이 있다. 그것은 병이 마지막 단계에 이르기 전에도 환자에게는 의사가 제시한 치료에 이의를 제기할 권리가 있다는 것이다. 단순히 스스로 검사를 받지 않는다는 것이 아니라 다른 질환의 경우 치료나 수술을 거부할 수 있다는 뜻이다.

2016년에 왕립의과대학학술원(Academy of Medical Royal Colleges)은 '현명한 선택 UK(Choosing Wisely UK)' 캠페인을 발족시켰다. 의료 전문가와 환자 간의 대화를 향상시킬 목적으로 시작된 세계적인 캠페인의 일환이었다. 이 조직은 약어로 BRAN이라는 공유 의사결정 전략을 개발했다. 이 전략은 의료인이 환자에게 어떤 치료나 수술을 권할 때, 장점(Benefit)과 위험(Risk), 대안(Alternatives)을 설명하고, 아무것도 안 하면(Nothing) 어떻게 되는지를 알려주어 상담의 밑바탕을 구축해야 한다는 것이다.

이 전략은 비타민 D 보조제를 먹어야 하는지 또는 대수술과 항암화학요법을 받아야 하는지 같은 크고 작은 사항들을 의사와 상담할 때 적용할 수 있다. 나에게는 다음에 내가 어떻게 될 거라는 의사의 말을 그냥 받아들이는 것보다는 이 전략대로 의사와 대화를 시작하는 것이 아주 간단해 보인다.

오늘날 의료 서비스는 여러 면에서 사람들에게 좀 더 주도적으로 결정을 내리기를 원하지만(예를 들어 임산부에게 권한을 주고 출산계획을 세우라고 함), 여전히 많은 사람이 도리와 나처럼 반복적인 의료 과정을 그만두기로 결정하는 순간 저항을 받게 된다. 그러나 나는 치매 치료법이 없다는 점을 감안할 때 그것이 우리만의 경험일 뿐인지 궁금했다. 내가 알기로 이렇게 대화를 시작한 후 나와 친구들은 자신의 삶과 몸, 그에 따라 정신까지 더 잘 통제하고 있다고 느낀다. 비록 이 정신이 다른 분야에서는 실망스럽기는 하지만 말이다. 아직 결정을 내릴 수 있는 한, 우리는 결정을 한다. 하지만 나는 앓고 있는 병은 다르지만 비슷한 감정을 느끼는 다른 환자들에게도 이야기하고 싶었다.

몰리 바틀릿은 1999년에 신장암 진단을 받았다. 당시 51세였다. 그녀는 우측근치신장절제술을 받아서(외과 의사가 신장 전체와 주변 조직을 제거했다), 한쪽 신장만 남아 있었다. 하지만 7년 전에 남은 왼쪽 신장에서 두 개, 부신에서 한 개의 종양이 추가로 발견되었다. 완치 방법은 없었고, 정기적으로 투석을 받으며 수명을 연장하는 수밖에 없었다. 두 번째 암 진단을 받았을 때는 마침 배우자인 헬렌도 유방암 치료를 막 마쳤기 때문에 몰리는 병원을 가지 않아도 되는 여름을 고대하고 있던 참이었다. 이렇게 몰리에게는 좋지 않은 시기에 소식을 받았지만, 그녀를 진단한 의료 상담사는 치료법을 권하면 그녀가 잘 받아들이리라 생각했다. 하지만 몰리는 자기 삶을 투석기에 매달려 보내고 싶지 않았기 때문에 다른 의사에게도 견해를 구했다. 그러나 이역시 결과는 같았고 몰리는 곰곰이 생각해보게 되었다.

몰리는 우리와 만났을 때 이렇게 말했다. "내가 삶의 양보다는 질을 원한다는 걸 깨달았어요. 하지만 반복적인 의료 과정을 그만두기가 쉽지 않았어요. 내가 꽤 단호한 성격인데도 다른 방식으로 설득하면 넘어갈지도 모른다고 느꼈어요. 처음에 만난 의사들은 내가 치료를 받지 않으리란 의심조차 하지 않았죠. '음, 물론 아무것도 하지 않는 것도 하나의 선택일 수 있어요'라고 말한 의사는 한 명도 없었어요."

결국 몰리는 담당 상담사와 의사에게 편지를 썼고, 그들은 치료 거부라는 그녀의 결정을 받아주었다. 그러나 그 진단을 받고 7년이 지난 지금, 휴식을 위해 호스피스 센터에 들어간 몰리는 그곳에 있는 환자들 중에 자기 같은 사례는 별로 없다는 것을 알게 되었다. 이렇게 나와 내 친구처럼 느끼고 생각이 일치하는 사람을 만난 것이 흥미로웠다. 나는 몰리의 결정과 그것이 몰리에게 미친 영향에 대해 더 알고 싶었다. 어쨌든 몰리의 지난 7년은 병원 예약으로 채워졌을 수도 있지만, 그녀는 그런 선택을 하지 않았다. 그리고 자기 집 정원에서 막 들어와 줌을 통해 아나와 나에게 이야기할 때의 몰리는 편안하고 행복해 보였다. 그래서 그녀가 하지 않은 선택이 그녀에게는 더 좋았을지도 모른다는 주장을 하기 어려웠다.

몰리는 내게 말했다. "무조건 의료인의 말이 맞고 환자에게는 선택권이 없다고 생각하는 사람들을 많이 만났어요. 그리고 그들이 얼마나 많은 검사를 받고 그 결과를 기다리고 상담사와 예약하는지 보았죠. 하지만 나는 그러지 않기로 결심했어요. 우리는 이 병 자체를 통제하지는 못하지만, 다른 방식으로 어느 정도 통제해서 건강이 유지된다는 느낌을 받을 수 있어요."

나는 이 말에 정말 공감했다. 치매가 진행되고 스스로 통제하지 못할 때가 올 수 있음을 알기 때문에, 내 치료에 대한 결정을 지금 내릴 수 있다는 것이 정말 중요하다는 점을 안다. 그것을 제때에 하지 못하면 나는 나 자신을 전혀 통제하지 못하고 100퍼센트 남의 손에 맡겨질 것이다. 그렇게 되고 싶지 않다. 내가 검사를 받으러 가지 않는 것은 도리와 마찬가지로 모든 부정적인 결과를 피하고 있기 때문이다. 몰리도 나와 똑같이 느꼈는지 알고 싶었다.

"네, 나도 똑같이 느꼈어요. 자기 몸에 귀를 기울여 듣고 판단하면 돼요. 생활이 과거보다 분명 축소되긴 했지만, 병에 점령당하지는 않았어요. 사실 배우자에게는 이번 주말에서야 이야기했어요. 다운스에서 멋진 산책을 하기로 했는데 갈 수 없어서요. 우리는 지금 내가 보행 보조기를 얼마나 잘 다룰 수 있을지, 그게 도움이 될지 아닐지, 특수 바퀴가 달린 보조기를 구입해야 하는지 등에 대하여 깊이 고민하고 있어요. 하지만 가끔씩은 하고 싶은 일을 이리저리 조정해서 계속 즐기기도 합니다. 우연히 제1차 세계대전 참전용사인 헨리 앨링험을 알게 되었어요. 그는 113세에 사망했는데, 저한테 말해주기를 어떤 삶이 닥치든 인간으로서 적응하는 것은 내 능력이래요."

내 뇌가 내게서 더 많은 것을 앗아감에 따라 내가 이제 적응은 그만하고 싶다고 생각할 때가 올 것임을 안다. 그때 나는 괜찮다고, 그래도 된다는 선택을 하고 싶다. 간혹 환자가 포기하지 않기를 바라는 사람들이 있지만, 내 경우에는 그 선택권이 있다는 것이 중요하다. 우리 딸들은 나에게 아주 잘 동조하고 있고 모든 것을 받아들인다. 내 선택에 동의하지 않을지도 모르지만, 받아들이면 상황이 달라지기 때문에 받아들인다. 그렇게 하면 다른 사람을 화나게 하고 있다는 생각 때문에 내적 혼란을 겪는 일이 없다. 즉, 머릿속에서 싸움이 일어나지 않는다. 그것은 아주 운이 좋은 상황이다. 한 번 호의를 베풀면 훨씬 기분 좋고 평화로운 마지막 순간을 맞이할 수 있기 때문이다.

나는 몰리와 공통점이 아주 많았다. 특히 서류 작업을 좋아해서, 나와 마찬가지로 몰리도 이미 많은 일을 정리해두었다. 그리고 서류 작업을 할 때 사랑하는 사람들과 대화를 하면서 해야 한다는 점에 둘 다 동의했다. 서류 작업과 대화 둘 중의 하나라도 없으면 안 된다. 다만 어느 것을 먼저 할지는 아마 환자 개인의 상황과 성격에 따라 달라질 것이다. 예를 들어 대화하기가 어려울 경우, 서류 작업으로 분위기를 바꿔볼 수도 있다. 내 친구 게일의 경우가 그랬다. 그녀는 유언장 작성을 예약해두

었다는 말을 시작으로 드디어 딸들과 죽음에 대한 이야기를 할
수 있었다.

자신의 결정을 명확하게 하고 싶어서 사랑하는 이들에게 말
하기 전에 먼저 문서화하는 것을 원하는 사람도 있을 수 있다.
반면에 서류 작업에 앞서 대화를 먼저 해야 하는 사람들도 있
다. 그 경우 대화를 통해 가족과 친구들의 지식을 총동원하여
서류를 작성하고 동의를 받을 수 있다. 나는 세 권의 책에서 대
화의 힘에 대하여 쓴 바 있다. 대화는 지금까지와 마찬가지로
여전히 중요하다. 특히 대화가 말 그대로 삶과 죽음의 차이, 적
어도 좋은 죽음을 의미할 때 중요하다. 그러나 분명히 해야 할
점은 그냥 환자와 사랑하는 사람 간의 의사소통뿐만 아니라 의
료인과도 잘 소통해야 한다는 점이다. 이처럼 '그들의' 언어로
이야기하는 것이 중요한데, 나중에 사전 돌봄 계획 내용에 대한
그들의 해석이 가장 중요하기 때문이다.

이 분야에서 많은 일을 하고 실제로든 가상으로든 많은 회
의에 참석했지만, 나는 여전히 나 자신의 죽음이 어떠할지 의문
을 품고 있었다. 1963년 존 힌튼 교수의 보고서와 죽어가는 환
자들이 그토록 필사적으로 답을 원했던 문제를 다시 생각했다.
얼마나 오래 걸릴까? 육체적으로 많이 고통스러울까? 죽으면
고통에서 벗어나게 될까? 나도 같은 고민을 했는데, 누구에게

물어봐야 할까?

캐스린 매닉스는 평생을 완화 치료 분야에서 일했다. 처음에는 암 치료 분야에서 종사했지만, 자신이 치료할 수 있는 환자가 아니라 불치병 환자를 돌볼 때 가장 큰 감화를 줄 수 있음을 알게 되었다. 그래서 90년대 초에 인지행동치료(CBT) 교육을 받았고, 영국 최초로 임종 환자들을 위한 CBT 클리닉을 열었다. 이곳은 임종 환자들이 너무나도 알고 싶은 질문을 하고 답을 받아들일 수 있게 도와주는 안전한 장소다. 그 이후 캐스린은 〈선데이 타임스〉 베스트셀러인 《내일 아침에는 눈을 뜰 수 없겠지만》을 저술했다. 2022년 여름에 캐스린은 트위터에 다음과 같은 글을 올렸다.

"의학이 정말 크게 발전하여 사람들을 조기 사망에서 구했다. 그래도 사망률은 여전히 100퍼센트다."

죽음이 어떤 모습일지에 대한 이야기를 나누려면 경험이 풍부한 캐스린이 가장 적합해 보였다. 나는 그녀의 책 《내일 아침에는 눈을 뜰 수 없겠지만》을 읽으면서 내가 품었던 의문점에 대한 답을 찾을 수 있었다. 책에는 그녀가 교육을 받으면서 일하던 호스피스 센터의 한 상담사를 관찰한 내용이 있다. 그 상담사는 한 환자에게 어떻게 죽음을 맞이해야 하는지에 대해 설명하고 있었다.

그 환자는 자신이 용감하게 죽음을 대면할 수 있을지를 절실하게 알고 싶어 했다. 힌튼 교수가 조사했던 사람들이 걱정했던 것처럼 그녀 역시 죽을 때 고통스러울까봐 두려워했다. 상담사는 환자가 지금까지 병을 앓으면서 어마어마한 통증을 겪은 적이 없다면, 죽을 때 갑자기 통증이 시작될 것 같지는 않다며 환자를 안심시켰다고 캐스린은 자세히 이야기해주었다. 상담사의 설명에 따르면 환자는 점점 쇠약해지면서 마지막 몇 주, 며칠, 몇 시간 동안 다음과 아주 유사한 상황을 겪는다고 한다.

> 시간이 지날수록 환자들은 지치고 쇠약해진다. 그들은 기운을 차리기 위해 더 많이 자야 한다. 앞으로 예상되는 일은 환자가 점점 쇠약해지는 것뿐이고, 더 오래 자야 해서 깨어 있는 시간은 줄어들 것이다…. 우리가 알아낸 바로는 시간이 지남에 따라 사람들이 잠을 더 많이 자기 시작하고, 그중 일부 수면시간은 더 깊게 잠이 들고, 혼수상태에 빠진다…. 그렇게 임종이 다가오면 항상 무의식 상태에 있게 된다…. 호흡이 느려지다가 아주 서서히 멈춘다. 마지막 순간에 갑자기 고통이 닥치지는 않는다. 서서히 사라지는 느낌도 없다. 공포도 없다. 그저 아주, 아주 평온할 것….

나는 이 설명에 많은 사람이 마음을 놓으리라 생각한다. 우리가 TV와 영화에서 익숙하게 보던 죽음은 극적이고 고통스러우니(또는 고통스러운 연기다) 우리가 겁을 먹는 것도 당연하다.

그러나 앞서 상담사가 설명한 것은 암으로 인한 죽음이었으니 나는 내 죽음은 어떠할지, 치매 환자는 어떻게 죽는지 여전히 의문을 품고 있었다.

캐스린은 우리를 만났을 때 이렇게 말했다. "내 책의 한 부분에서 죽음이 진행되는 방식을 설명해놓았는데 사실 암으로 인한 죽음은 그렇지 않아요. 그냥 죽어갑니다. 심부전, 간부전이 오고 폐가 망가지죠. 모두 거의 똑같아 보여요. 치매의 경우 뇌의 일부가 좀 더 일찍 멈추기 때문에 약간 다른 점은 있지만 패턴은 동일합니다. 사람은 100퍼센트 죽을 것이고, 거의 모든 사람이 이런 식의 일반적인 마지막 경로를 거칩니다. 아기가 태어나는 과정이 일반적으로 같은 것과 마찬가지죠."

"치매에는 패턴이 있는데, 그중 하나가 환자들이 밟는 여정이에요. 그게 흥미롭습니다. 이 병이 단순히 기억력의 문제가 아니라 뇌 전체의 문제이고, 우리 뇌가 얼마나 경이로운지, 치매의 진행으로 얼마나 많은 부분(뇌에 의해 움직이고 통제되는 신체 부위, 분위기, 성격 등)이 간섭을 받는지 등을 환자가 아닌 그 가족이 깨달을 때가 간혹 있어요."

나는 이 사실과 함께 치매 환자들이 직면하는 어려움을 두 번째 책에서 다루었다. 그리고 치매는 당연히 치매 환자의 사망 양태에도 영향을 미친다.

캐스린은 이어서 말했다. "치매 환자에게 일어나는 일들 중

하나로 삼킴 기능을 점차 상실하게 됩니다. 그럴 때 정말 중요한 결정을 해야 하는데요. 삼킴 기능을 상실하는 때가 더 이상 음식을 섭취하지 못하는 때인지를 판단하고 그때 영양관을 삽입할 것인지를 결정해야 합니다."

캐스린은 환자의 복벽에 작은 구멍을 뚫어 위장으로 직접 연결되는 PEG(경피적내시경위루술) 튜브를 삽입할 수 있다고 설명했다.

"환자가 자는 동안 밤새 튜브를 통해 영양액이 들어갑니다. 치매 때문에 환자의 수면이 흐트러지기 시작하면 다시 어려움을 겪습니다. 우리 뇌가 수면 사이클도 관리하기 때문이죠. 그러나 사전 결정을 통해 이 시술을 거부하려는 환자들이 일부 있어요. 그 근거로 먹지 않으면 뇌 기능 상실이 심화되는 단계로 들어가서 살지 않아도 된다는 거죠. 왜냐하면 그런 일이 일어나기 전에 굶어 죽을 것이고, 사람들이 위경련처럼 굶주림으로 인한 고통을 받지 않게 해주는 완화 치료 프로토콜이 있으니까요. 그렇게 죽어가는 환자들을 편안하게 도와줍니다. 그런데 그들이 죽어가고 있는 것은 굶주림 때문이지만, 거기에는 더이상 목의 삼킴을 허용하지 않는 뇌가 작용하고 있죠. 그렇게 그들은 치매의 영향 중 하나 때문에 죽어가고 있어요. 하지만 우리는 그들에게 영양을 공급해서 우리의 사랑을 보여주고 있어요. 환자에게 먹을 것을 주지 못한다고 생각하면 가족들 마음이 찢어질 듯 괴로우니까요."

이것이 사실일 수도 있다는 것을 알 수 있었지만, 여기에서 잠깐 멈추는 것이 좋을 것 같다. 왜냐하면 나는 이미 미래의 돌봄 계획과 사전 돌봄 계획(ACP), 사전결정이나 유언장을 언급한 바 있고, 이런 일부 용어들은 좀 더 자세한 설명이 필요하기 때문이다. 첫 번째 책에서 말했다시피 나는 치매 진단을 받은 후 두 딸에게 지속적 위임장을 주었다. 이는 내가 더 이상 능력이 없을 때 건강 및 재정 문제에 관하여 두 딸이 나를 대변해서 의견을 말할 것이라는 뜻이다.

예를 들어 그들은 내 은행 계좌에서 가계비를 지출할 수 있다. 이것은 내가 처음으로 작성해놓은 서류들 중 하나였다. 앞에서 말했지만, 그 덕분에 우리는 사전 돌봄이라든지 장례식 결정에 관해서 대화할 수 있었다. 그러나 지금은 그로부터 8년이나 지났고, 그동안 나는 정신적 혼란이 하나씩 더해질 때마다 나의 바람을 담은 여러 가지 서류들을 준비해 폴더에 추가해놓았다.

동료 지원 회의나 다른 회의들에서 사람들이 사전결정(advance decisions), 미래 돌봄 계획(future care plans), ReSPECT(recommended summary plan for emergency care and treatment: 응급의료와 치료를 위한 권장 요약 계획) 양식, 심지어 사전 돌봄 계획(advance care planning)을 혼용하여 사용하는 것을 자주 들었다. 치매를 널리

알리는 옹호 활동을 하면서 이 모든 것을 다루지만, 나는 지금도 그것이 무엇을 의미하는지, 어떤 양식이 가장 중요한지 잘 모르겠다. 특히 내 바람이 이루어지도록 적절한 서류를 준비한 걸까?

이 정보를 이용하려면 어디에서 시작해야 하는가? 어쨌든 의료계에서 환자에게 이런 종류의 서류들을 준비하라고 알려주는 일은 없을 것이다. 일반 담당 의사가 알림 편지를 보내지도 않을 것이고, 마찬가지로 서류가 준비되어 있지 않으면 환자의 바람을 들어주지도 않을 것이다. 내가 항상 말했다시피, 우리는 자신이 무엇을 모르는지도 모른다. 그리고 이것이 만성 질환자나 시한부 환자에게만 해당하는 문제라고 생각하면 안 된다.

어쨌든 20대 청년이 내일 버스에 치여 의식을 잃을 수 있다. 이 청년이 자신의 바람을 기록해놓았다거나 대변해줄 변호사를 지정해놓지 않았다면, 그가 어떤 치료를 원하는지 누가 알겠는가? 16세까지의 미성년자에 대해서는 부모가 의사 조언에 따라 자녀에게 가장 이로운 방향으로 결정한다. 그러나 스스로 말할 수 없는 환자의 경우, 가족이 의사의 의료 행위에 어떤 도움을 줄지에 관해서는 병을 앓은 최근 몇 년 사이에 큰 변화가 있는 것 같다. 이것은 노인이나 병약한 사람들만의 문제가 아니라 인간의 문제이고, 모두의 문제다. 하지만 다행히도 해결책이 있다.

우리는 사랑하는 사람들이 의사에게 우리의 바람을 알려줄 수 있도록 대화를 나누는 것이 중요하다고 이야기했다. 그러나 기록해두지 않는 한 그것은 의료진에게 지침이 될 뿐이다. 물론 서류작업은 너무 지루한 일이다. 여기에 기록하는 것도 지루하게 느껴진다. 하지만 그로 인해 좋은 인생과 나쁜 인생, 수명의 질과 양, 좋은 죽음과 나쁜 죽음이 달라질 수 있다. 그래서 뭐가 뭔지, 가장 중요한 서류가 무엇인지, 사랑하는 사람에게 내 바람을 이행해줄 수 있는 권한을 부여하는 서류가 무엇인지 알아야 한다.

또한 기록 내용이 아닌 작성 방법이 중요하다. 몰리와 내가 이야기했듯이, 사전결정은 구체적으로 의료진을 위한 것이므로 의학용어로 작성해야 한다. 그 때문에 많은 환자가 자신의 담당 의사가 그런 일을 할 시간이 없다고 생각해서, 또는 스스로 너무 당황한 나머지 가지 못해서 작성을 미룬다. 아무 일도 하지 않는 환자가 있는 것도 별로 놀랍지 않다. 무슨 일을 해야 하는지 전혀 모르기 때문이다. 모든 서류가 목적이 있지만, 사전결정은 깔끔하고 정확하게 작성해야 한다. 장황하게 적혀 있으면 의사들이 읽지 않을 것이다. 다행히도 시간과 전문지식을 갖춘 '컴패션 인 다잉(Compassion in Dying)' 같은 자선 단체가 환자의 바람을 충분히 파악하여 의료진이 이해하고 이행할 수 있는 사전 돌봄 계획을 작성해준다.

몰리는 이렇게 말했다. "나는 치료를 거부한다는 사전결정을 작성했어요. 정말 만족해요. 호스피스 센터에서 친절한 상담사와 함께 작성했기 때문에, 내 바람을 담아 의사들이 이행할 수 있는 용어로 작성되었어요. 우리는 함께 검토하고 다시 봤어요. 내가 원하는 내용이 빠짐없이 들어가 있다는 것을 코로나19 기간 중에도 확인했어요. 하지만 걱정되는 점은 서류에 아무나 서명할 수 있다는 것이에요. 의료인만 서명할 수 있다고 생각했는데, 아니더라고요. 그러니까 증인이 잘 알지 못한 채 서명을 하려고 할 수 있어요. 그래서 적절한 상담이 꼭 필요해요. 그러면 환자가 바라는 바대로 이행될 것이고, 또 다른 사람이 이행할 수 있는 방식으로 작성될 거예요. 환자가 그 결정에 대하여 분명히 알고 있다는 의미에서 점검도 받을 수 있고요. 특히 법적 구속력이 있는 중요한 서류니까요."

나는 서류를 의학용어로 작성해야 한다고 생각하기 때문에 몰리의 의견에 완전히 동의한다. 그렇지 않을 경우 환자가 원하는 바를 의료진이 100퍼센트 이해하지 못할 수도 있기 때문이다. 그래서 '컴패션 인 다잉'은 모든 환자에게 사전결정에 대해 담당 의사와 의논하고 진찰실에 그 사본을 비치하도록 권장하고 있다.

나는 6년 전에 간호사인 맏딸 세라의 도움을 받아 담당 의사와 함께 사전 돌봄 계획을 작성했다. 그냥 세라에게 예약을 부탁하고 함께 가서 했다. 그러나 그때 이후로 나는 아주 많이 알게 되었고 내 병도 진행되었기 때문에, 지금 이 책을 쓰면서 그 계획을 다시 논의하는 것도 좋겠다는 생각이 들었다. 하지만 산더미처럼 많은 이 서류들을 살펴보는 것을 누가 도와줄 수 있을까?

'스피크 포 미 LPA(Speak for Me LPA)'의 클레어 풀러는 호스피스 센터와 병원, 지역사회에서 완화 치료의 일반 간호사로 등록하여 30년 동안 일해온 전문가다. 그러나 2020년에야 가까운 친척을 위해 그 많은 서류를 살펴보았다. 그리고 환자들의 지속적 위임장, 사전결정 등 사전 돌봄 계획 작성을 돕고, 사전 돌봄 계획에 대한 의료 전문가들의 이해를 증진시키는 사업을 해보기로 했다.

나와 만났을 때 클레어는 이렇게 말했다. "사실 죽음과 임종에 대한 대화를 나누는 것이 정상인 사회가 되어야 해요. 동시에 사전 돌봄 계획에 관해 대화하는 것도 정상이 되어야죠. 그래서 나는 지속적 위임장을 작성했어요. 운전하다가 무슨 일이 생길지도 모르니까요. 많은 사람이 이런 대화를 두려워하고 마지막 순간에 허둥대며 하는 일이라고 생각하는 경향이 있어요. 그래서 이것을 정상화하려고 정말 열심히 노력하고 있답니다. 우리 모두 사전 돌봄 계획에 대해 생각하고 있어야 해요."

클레어는 내가 했던 서류 작업이 제대로 되었는지 확인해주기로 했다. 그녀의 안내를 받으면서 내가 준비해야 할 것들, 그리고 정말 중요한 건데, 그것을 작성하는 법을 더 잘 이해하게 되었다.

나는 클레어를 처음 만났을 때 '사전 돌봄 계획'에 대하여 많이 들었지만 내 서류들 중에는 그런 서류가 없다고 말했다.

이에 클레어가 설명했다. "의료 전문가들은 사전 돌봄 계획이 있다고 생각해요. 대중도 그렇고요. 하지만 '사전 돌봄 계획'이라는 문서는 없어요. 그건 치료를 거부한다는 사전 결정일 수도 있고, 소생술을 원하지 않는다고 적힌 ReSPECT일 수도 있어요. 또 지속적 위임장, 장기 기증, 디지털 유산(사망 시 사망자의 소셜 미디어 계정에 발생하는 일), 애완동물 보호 관리 등도 될수 있어요."

대화를 시작하자마자 내가 빠뜨린 것이 없다는 것을 알게 되어 정말 마음이 놓였다. 클레어의 말처럼 '사전 돌봄 계획'이라는 문서는 없고, 구급대원을 포함한 의료 전문가들을 위해 접속해야 하는 중앙 시스템도 없지만, 사전 돌봄 계획이라는 것은 있고 이것은 이 모든 문서로 구성되어 있다. 그러면 그 문서들 중에서 어디서부터 시작해야 하는가? 그리고 우선적으로 먼저 해야 하는 일이 있는 걸까?

2022년 1월에 클레어는 〈사전 돌봄 계획에 관한 대화〉라는 팟캐스트 방송을 시작했다. 이 방송은 에피소드마다 다양한 게스트를 초대하여 계획 과정의 여러 파트에 관하여 대화를 나눈다. 클레어는 이 계획이 '정상적인 인생 계획'의 일부가 되어야 한다는 메시지를 전달하고 싶었고, 나도 그녀의 생각에 동의한다. 우리는 대출을 받아 주택을 구매할 때, 만약 사망할 경우 남은 대출금을 상환하는 생명 보험에 가입한다. 그렇다면 건강관리에 대한 계획을 세우는 것도 그만큼 일반적이어야 하지 않겠는가?

클레어는 말한다. "여성이라면 유방 검사를, 남성이라면 전립선 검사를 받으라는 알림을 받죠. 이것이 정상적 삶이에요. 우리는 어느 학교에 갈 건지, 어느 대학에 갈 건지 계획하죠. 또 아이를 원하는지 아니면 피임을 할지 계획합니다. 운이 좋으면 직업도 계획하고, 간혹 장례식 계획도 세우죠. 하지만 그 사이에 있을 죽음에 대한 계획은 세우지 않아요. 내 주장은 이래요. 우리는 모두 이 인생 여정을 따라가고 있고, 언젠가는 죽겠죠. 죽음은 누구나 겪는, 놀라운 일이 아니고 놀라서도 안 되는 일이니까, 죽음에 대해 생각해야 한다는 겁니다. 사전 돌봄 계획은 '무서운 일'일 필요가 없어요. 즐거운 일이 될 수도 있습니다."

이것은 정말 사실이다. 나는 2020년에 비영리조직인 마이케어매터스(MyCareMatters)의 설립자이자 CEO인 조 해리스에게서 《My Future Care Handbook(나의 미래 돌봄 핸드북)》을 받았다.

앞에서 도리가 미래 돌봄 계획에 대해 이야기했던 것을 기억하는가? 이 핸드북은 사전 돌봄 계획과 장례식, 디지털 유산에 관하여 바라는 바를 기록할 때 유용한 책이다. 이 책은 법률문서가 아니라 오히려 대화를 시작하는 도구에 가까우며, 환자와 그 가족이 환자의 생각과 바람을 합리적으로 정리하는 데 도움이 되는 자료다.

여기에는 필수적으로 환자가 좋아하는 것과 싫어하는 것도 들어가기 때문에 장차 간병인에게 도움이 될 것이다. 예를 들면 파자마보다 잠옷을 좋아하는지, 차를 어떻게 마시는 걸 좋아하는지, 샤워와 입욕 중에 무엇을 좋아하는지, 어떤 라디오 채널을 즐겨 듣는지, 어떤 호칭을 좋아하는지 등이 포함된다. 이런 것들은 사소하지만 환자에게 아주 큰 기쁨을 주기 때문에 클레어의 말이 옳다. 우리는 미래를 계획할 때 다른 무엇보다도 자신에게 기쁨을 주는 것들과 심지어 지난 장에서 알리가 말한 것처럼 버킷 리스트(살아 있는 동안 하고 싶거나 이루고 싶은 일들)에도 많은 주의를 기울여야 한다.

클레어는 내 사전 돌봄 계획을 점검해주는 일의 일환으로 나와 함께 내 서류들도 검토해주기로 했다. 처음 시작할 때 그녀는 치료 거부에 대한 사전 결정을 점검하고, 내가 그 내용을 이해했는지 그리고 만족하는지 확인하는 것이 먼저라고 말했다. 나는 클레어에게 이것이 가장 중요한 문서인지 물었다.

"열 사람에게 물어보면 대답이 다 다를 거예요. 여러 면에서 사전 돌봄 계획은 과정과 대화에 관한 것입니다. 다 차치하고 당신이 할 수 있는 가장 중요한 일은 딸들과 그런 대화를 하는 거예요. 왜냐하면 오늘이라도 당신이 그 좋아하는 오리 연못을 산책하다가 넘어져서 의식을 잃게 될 경우, 가장 중요한 문서는 지속적 위임장이라고 할 수 있으니까요. 또 오늘 당신이 말하는 능력을 상실해서 원하는 것을 말하지 못할 경우, 당신을 대변할 자격을 자녀들에게 부여했으니까요. 하지만 그 문서와 관련된 대화를 하지 않았다면 문서 자체도 효력이 약해집니다. 의료진 질문에 아이들이 어떻게 대답해야 할지 모를 수도 있기 때문이죠."

클레어는 지속적 위임장을 작성만 하고 그것과 관련하여 대화도 안 하고 서랍 속에 처박아두는 사람들이 종종 있다고 말했다.

"그건 기초를 쌓지 않고 건물을 짓는 것과 같아요. 기초가 있어야 건물이 제대로 서죠."

나는 그녀의 말이 완전히 이해됐다. 지속적 위임장 양식은 공공후견국(Office of the Public Guardian, www.gov.uk/government/organisations/office-of-the-public-guardian)에서 내려받을 수 있고, 온라인에서 작성할 수도 있다. 문서 작성법에 대한 안내 글도 있지만, 공공후견국의 승인을 받으려면 클레어 같은 사람과 함께

상의해서 모든 사항을 제대로 작성했는지 확인하는 것이 좋다. 문구를 잘못 쓰면 승인이 거부될 수 있기 때문이다.

지속적 위임장에는 두 종류가 있다. 하나는 건강과 복지용이고 다른 하나는 재산과 재무용인데, 하나만 작성해도 되고 둘 다 작성해도 된다. 건강과 복지용 지속적 위임장은 지적 능력을 상실하여 스스로 결정을 내릴 수 없을 때만 효력이 발생하는 한편, 재산과 재무용 지속적 위임장은 위임인의 동의하에 공공후견국에 등록하면 효력이 발생할 수 있다. 위임인은 18세 이상이어야 하고 위임장 작성 시점에 지적 능력이 있어야 한다. 공공후견국에 등록하려면 등록비가 필요하지만, 자격 요건에 부합할 경우 면제받을 수 있다(이 책을 쓰는 현재 1건당 82파운드였다. 문서를 작성할 때 단체나 사무변호사의 도움을 받을 경우 추가 비용이 발생할 수 있으며, 일부 자선 단체에서는 간혹 무료 서비스를 제공하기도 한다).

원하지 않으면 지속적 위임장 문서의 포함 내용에 대한 세부 사항으로 들어가지 않고, 사전 결정이 있다는 사실을 문서에서 참조할 수 있다. 이 문서와 함께 사전 결정의 개략적인 내용을 지명한 대리인과 함께 논의하는 것도 매우 중요하다. 클레어의 설명처럼 대리인이 그 내용을 모르면 위임인의 바람을 어떻게 이행할 수 있겠는가? 이 모든 사항을 충족하면 대리인이 가능한 한 많은 권한을 부여받을 수 있다. 그래야 대리인은 자세히 기록된 위임인의 바람을 바탕으로 자신 있게 권한을 이행할 수 있다.

클레어는 나의 위임장 두 종류를 점검했다. 특히 건강과 복지 위임장을 자세히 보면서 내가 딸들에게 생명 유지 치료에 대한 의사 결정권을 부여했는지 확인했다. 대리인에게 건강에 대한 중요한 결정권을 부여하는 옵션이 있지만, 생명 유지 치료 결정은 전문 의료인만 할 수 있기 때문에 나는 이 점이 이해가 되지 않았다.

대리인을 두 명 지명한 경우, 결정을 두 명이 공동으로 내릴지 아니면 따로 내릴지 여부에 대한 옵션도 있다. 대리인 두 명이 공동으로만 결정을 내릴 수 있다고 지정된 경우, 한 명이 예를 들어 휴가 중이라 연락이 안 되면 응급 의료 상황에서 결정을 내릴 수 없음을 명심해야 한다. 또는 불행히도 대리인들 중 한 명이 일찍 사망한 경우 위임장은 무효가 된다.

여기에서 논하고 있는 서류들을 등록하는 중앙 시스템은 없으며, 따라서 공공후견국에서 사본을 보관하고 있기는 하지만, 대리인은 사본을 안전하게 보관하고(또는 보관하는 장소를 위임자가 알고 있다) 필요할 때 의료진에게 제시해야 한다.

내 재산과 재무용 지속적 위임장의 경우, 우리 아이들은 이미 그 위임장을 통해 내 계좌에 접근할 수 있다. 그래서 내가 능력을 상실할 때뿐만 아니라 아이들의 도움이 필요할 때 도움을 받을 수 있다. 은행마다 위임장을 등록하는 별도 시스템이 있을 테니, 자신의 거래 은행에서는 대리인의 행위를 인정하기 위해 어떤 서류를 필요로 하는지 확인하는 것이 좋다. 물론 지속적 위임장을 모든 사람이 작성할 수 있는 것은 아니다. 믿을 수 있고 자신을 대신하여 옹호해줄 사람이 없는 사람도 있기 때문이다. 바로 이런 이유로 사전 돌봄 계획의 다른 문서들도 중요하다. 문서가 있으면 관련된 중요한 결정에 환자의 의견을 반영할 수 있기 때문이다.

그러나 내가 보기에는 그 시스템이 불필요하게 복잡하다. 훨씬 간단하면서도 환자뿐만 아니라 의사에게도 도움이 되도록 만들 수 있을 텐데 말이다. 앞에서 말했듯이 사전 돌봄 계획(Advance Care Planning, ACP)을 준비하는 것이 의무는 아니며, 준비하라고 촉구하는 일도 거의 없다. 실제로 2020년 1월 〈The Lancet〉[1]에 발표된 한 연구에 따르면, 급성 응급 질환으로 병원을 찾은 6,072명 환자 중에서 ACP를 준비한 환자는 290명에 불과했다. 80세 미만 환자 경우에는 2.9퍼센트만이, 80세 이상 환자 중에는 9.5퍼센트가 ACP를 준비했다. 우리가 원하는 치료를 받는다는 점에서 이 문서가 얼마나 중요한지를 고려하면, 이 수치가 아주 낮다는 것이 놀랍기만 하다.

---

1 토머스 나이트 등, 'Advance care planning in patients referred to hospital for acute medical care: Results of a national day of care survey(급성 의료를 위해 병원을 찾은 환자들의 사전 돌봄 계획: 국경일 치료에 대한 설문조사 결과)', eClinical Medicine, *The Lancet*, 19 January 2020

여기에서 내가 블로그에 사전 돌봄 계획에 대한 글을 올릴 때마다 그렇게 큰 반응이 나오는 이유를 알 수 있다. 사람들은 확실히 사전 돌봄 계획을 궁금해하고, 그것이 필요하다는 것을 안다. 하지만 계획 작성이 너무 복잡하고, 문서를 하나부터 열까지 다 살펴야 하고, NHS 위탁 시스템이 서로 달라 사람들은 작성을 꺼린다. 장기 기증 시스템만큼 간단하면 좋을 텐데 말이다.

클레어는 인생의 다양한 단계들에서 해야 할 일에 대해 아주 잘 설명해주었다. 그녀는 만성 질환자나 시한부 환자들은 당연히 사전 돌봄 계획이 필요하지만, 건강하다고 자부하는 사람들도 사전 돌봄 계획을 세워야 한다고 말했다. 예를 들어 유언장 작성은 사전 돌봄 계획의 일부이며, 우리 모두 그중 하나는 가지고 있어야 한다. 하지만 한 여론 조사 결과에 따르면, 영국 성인 5명 중 3명은 유언장이 없다.[2] 나는 건강 상태와 상관없이 모두가 사전 돌봄 계획을 세워야 한다는 점을 순간적으로 깨닫게 되었다.

일부 사람들이 준비하고 싶어 하는 서류들 중 하나는 DNACPR(Do Not Attempt Cardiopulmonary Resuscitation: 심폐소생술 시도 금지)'이다. 그래서인지 널리 회자되는 서류들 중 하나이기

---

2 '31 million UK adults don't have a will in place(영국 성인 3,100만 명은 유언장을 준비하지 않는다)', *Canada Life*, 25 September 2020

도 하다(〈브리티시 메디컬 저널(British Medical Journal)〉에 발표된 한 연구 결과[3]에 따르면, 놀랍게도 영국 내 노인 환자 5명 중 1명만 '소생술 금지' 주문을 하는데, 이들 중 다수가 심폐 정지 위험이 높고 소생시키려는 시도가 실패할 가능성이 높다).

이 서류는 사전 돌봄 계획의 일부가 될 수는 있지만, 법적 구속력은 없다. 이 서류는 생명이 위급해도 소생술을 시도하지 말라는 환자의 의도를 의사나 간호사, 구급대원에게 전달하는 도구에 불과하다. 심폐소생술(CPR)은 흉부 압박, 인공호흡(폐에 공기 주입), 제세동(심장 박동을 정상으로 되돌리기 위한 전기 충격)으로 이루어진다. 우리는 TV와 영화에서 CPR 장면을 자주 볼 수 있는데, 의사가 제세동기를 들고 앞으로 나와 사람들에게 물러나라고 명령을 내리고 심장을 다시 뛰게 만들기 위해 충격을 가한다.

이런 극적인 묘사에서는 심장이 다시 뛰고 다 괜찮아지지만, 사실 항상 그런 것은 아니다. 이런 유형의 소생술은 일반적으로 건강한 사람에게 갑자기 심정지가 온 경우에만 생명을 구하기 위해 시행된다. 즉 '일반 죽음'에 적합한 치료법은 아니다. 심장 기능이 가장 먼저 멈춘 환자(심정지 경우처럼)와 마지막으로 멈춘 환자(일반 죽음의 경우) 사이에는 큰 차이가 있다.

---

3 제인 워커 등, 'Do not attempt cardiopulmonary resuscitation(DNACPR) decisions for older medical inpatients: a cohort study(노인 입원 환자들을 위한 DNACPR 결정: 코흐트 연구)', BMJ Supportive & Palliative Care

레베카 랭글리는 20대 내내 궤양성 대장염으로 고생하다가 30세에 대장암 3기를 진단받았다. 장루조성술(배설물을 주머니에 받을 수 있도록 대장 일부를 복벽 밖으로 빼내는 수술)을 포함한 대수술을 받고 6주가 지난 후, 레베카는 항암화학요법에 들어갔다. 그 결과로 네 차례의 심장정지가 연이어 발생하는 보기 드문 반응이 일어났고, 그동안 의사들이 레베카의 가슴을 압박하며 CPR을 시행했다. 중환자실에서 회복하는 동안 그녀는 CPR 개입으로 4개의 갈비뼈가 골절되었다고 들었지만, 불과 몇 개월 만에 의사들은 흉골과 척추 3개도 골절되었다고 밝혔다. 의료진은 레베카의 목숨은 구했으나 부주의하게 그 외 많은 부상을 입혔다.

우리와 만났을 때 레베카는 이렇게 말했다. "당신은 여러 유형의 환자들을 만나죠? 나는 상황을 다 알고 싶었어요. 하지만 내가 묻지 않았으면, 의사들은 아마 안 알려줬을 거예요. 의사들이 중환자실에서 갈비뼈가 부러졌다고 말했던 것은 폐를 확인해야 했기 때문인 것 같아요. 하지만 18개월 동안 척추가 부러진 것은 몰랐어요. 사실 그동안 내내 허리가 아팠어요. 그런데 류머티즘 전문의와 이야기하다가 우연히 그런 말이 나온 것 같아요."

레베카가 항암화학요법을 받으면서 너무 고통스러워했기 때문에, 암이 재발할 경우 의사들은 또 다른 치료법의 제시를 아주 꺼릴 것이다. 하지만 현재로서는 암이 완치되었다는 좋은 소식을 받았다. 그녀는 최근 또 다른 수술을 받은 후 회복하는 중이며, 다시 완전히 건강해지기를 희망하고 있다(부상을 입었는데도 그녀는 첫 수술을 받은 지 1년 만인 2018년에 철인 3종 경기를, 중환자실에서 나온 지 16개월 만에 하프마라톤을 완주했다).

"어쩌면 남은 평생 허리가 아프겠죠. 갈비뼈는 평소에는 웬만하지만, 지쳤을 때는 꼭 말에게 걷어차인 것 같아요."

그러나 레베카가 암과 CPR 시행 중에 입은 부상에서 잘 회복했음에도, 36세의 그녀는 '소생술 금지' 주문서를 작성했다.

"누군가의 삶을 살짝만 보는 거죠? 지난주에도 응급실에 다녀왔어요. 그러니까 당신이 지금 이야기하고 있는 나는 당시에 말할 수 없었던 나와는 아주 달라요. 이 통화를 끝내면 나는 다시 자러 갈 거예요. 건강 때문에 12년 동안 해외에 나가지 못했어요. 직장을 계속 다녀보려고도 했지만, 기진맥진해서 일을 할 수 없어요. 몸이 아프고 컨디션이 안 좋은 날에는 내 몸을 건사할 수 없어요. 경제적으로 독립하지 못해서 계속 엄마 집에서 살고 있죠. 그 점이 정말 감사하긴 하지만 서른여섯 살에 부모님 집에서 살고 싶지는 않아요. 지금 내 삶은 내가 원하는 것이 아니에요. 자신에게 있는 것을 최대한 이용해야 하지만, 나는 또다시 회복하기는 어려울 것 같아요. 내 말은 죽고 싶다는 것이 아니라, 아프지 않기를 바란다는 거예요. 다시 심장정지를 겪어야 할 이유는 없지만, 당한다 해도 내 모든 서류가 잘 갖추어져 있다는 것을 압니다. 지금으로서는 화학요법, 수술 모두 거부할 겁니다. 많은 사람들이 부정적으로 보지만, 나로서는 부정적인 것이 아니에요. 나는 죽고 싶지 않고 스스로 치료 방법을 통제할 수 있기를 바라지만 원하는 일을 할 수 없는 몸에 갇히고 싶지도 않아요."

다시 '통제'라는 단어가 나한테 다가왔다. 사람들은 자신이 통제할 수 있고, 의사들에게 이의를 제기할 수 있음을 깨닫게 되면, 자기 생각대로 의사들에게 동의하지 않을 수 있다. 하지만 레베카의 말처럼 환자의 이의 제기를 좋아하지 않는 의사도 있다.

레베카가 말한다. "의사들에게 항상 물어봐요. '당신 아내라면 어떻게 하겠어요?' 그러면 곤란해하면서 말하죠. '음, 좀 사적인 문제네요.' 하지만 나한테는 그래요, 이건 내 인생이고 내전부라고요. 그리고 내가 어려움을 겪는 또 다른 문제는 의사들이 내가 회복되는 것을 보지 못한다는 거예요. 나를 수술한 의사는 내가 집에서 힘들어한 것은 알지만, 체중이 얼마나 빠졌는지, 얼마나 아팠는지, 응급실에 얼마나 여러 번 갔는지는 몰라요. 그냥 수술실에 들어가서 수술만 하면 끝이죠."

그것이 레베카 같은 사람에게는 얼마나 실망스러운 일인지 알 수 있었다. 아마 나도 마찬가지일 것이다. 내가 치매를 진단받았을 때 만났던 상담사는 자기 일을 하고 진단서를 주고는 나를 보내버렸다. 그리고 파일을 덮고는 내가 치매를 앓으며 살아가는 모습은 보지 못했다.

나는 30대라는 젊은 나이로 병원을 오가며 수술과 치료를 받느라 시간을 모두 보내버린 레베카가 너무 딱했다. 하지만 여기 의사들에게 자신 있게 이의를 제기한 여성이 있었다. 나는 서류 작업을 하면서 내가 나를 통제하고 있다는 느낌이 더 커지는 것 같았다. 뇌 또는 신체에 병이 생기면 그것이 중요하다.

레베카는 말했다. "내 바람이 부정적이라고 생각하지 않아요. 모두가 자신에게 물어봐야 해요. '나는 소생되기를 원하는가?' 내가 원하는지 원하지 않는지는 중요하지 않아요. 하지만 그것을 기록으로 남기고 서류로 만들어야 합니다. 내 경우 그렇게 해서 통제권을 잡았어요. 우리는 결혼이나 출산 모든 것을 계획하는데, 이건 왜 하면 안 되나요?"

레베카에게 말했듯이 서류 작업과 대화를 끝마쳐서 마음이 편해질 필요가 있다.

피터 홀가튼은 레베카보다 50세나 더 많지만, '소생술 금지' 주문과 다른 생명 유지 치료를 거부한다는 사전 결정을 했다. 그래서 2020년에 코로나19에 감염되어 병원에 입원했을 때 마음이 편했다. 나는 피터에게 죽음과 화해를 해서 확실히 마음이 편해졌냐고 물었다.

"사람이 오래, 잘 살았고 만사가 순조롭다고 느끼면, 일어날 일에 맞서 싸우지 못할 때가 오는 것 같아요. '음, 가면 가는 거지. 하지만 한편으로는 가지 않으려고 노력할 거야'라고 마음속으로 말하면 병마와 싸워서 나을 수도 있어요. 그래도 분명 개입을 원하지 않았어요. 처음부터 분명했어요."

피터와 그의 아내는 10년 전에, 건강할 때 의사에게 서류를 등록했다. 나는 그에게 그렇게 해야겠다고 생각한 이유에 대하여 물었다.

"거의 10년 전에 내 담당 의사 사무실 환자들 사이에서 '잘 죽기'가 처음 제기되었는데, 그때부터 거기에 관심이 있었어요. 사전 결정을 내리는 것이 논리적이고 분명 합리적이었어요. 우리 동기가 확고해진 것은 사전 결정을 하지 않은 나이 든 친구 때문이었어요. 그 친구는 살고 싶어 하지 않았는데, 그를 살리느라 계속 병원을 들락날락하는 모습을 보며 아주 속상했습니다. 분명한 것은 같은 과정을 겪고 싶지 않았다는 거예요. 실제로 그렇게 하는 것이 좋은 것 같아요. 연명 치료를 받으면 정말 비참한 상태로 살아 있는 모습을 가족에게 보이게 되는데 그걸 원하지 않거든요."

피터는 양보다는 질적으로 좋은 삶을 선택하기로 했고, 나는 그 결심을 잘 이해할 수 있다.

영국의 일부 지역에는 ReSPECT라는 문서가 있다. 임상의들이 처음 도입한 이 문서는 환자가 선택할 수 없거나 의사를 표현할 수 없을 때 치료를 받을지 또는 받고 싶지 않은지를 대략적으로 표시하는 데 이용된다. 그런데 놀랍게도 이 ReSPECT 문서는 법적 구속력이 없다. 그냥 의료진에게 알려주는 권고에 불과하며, 환자의 선호도와 임상적 판단을 모두 존중하기 위한 것이다. 이 문서는 당사자가 늘 지니고 있어야 한다.

나는 우리 집 냉장고에 보관하고 있다. 약간 이상하게 들릴수도 있지만, 라이온스클럽도 배포한 '병 속에 든 편지(MIAB)' 키트를 냉장고 같은 장소에 보관하라고 하지 않는가. 환자의 건강 정보가 적힌 메시지가 들어 있는 MIAB는 환자의 집에 출동한 구급대원이나 다른 응급의료요원들이 환자의 의료 세부 정보와 가까운 친족을 찾는 데 도움이 된다. 영국 내에 600만 개 이상의 MIAB 키트가 배포되었다. 나는 또 응급의료요원들을 위해 냉장고 안에 내가 복용하는 약과 내 바람이 있다는 스티커를 현관문에 붙여놓았다. MIAB 키트는 라이온스클럽에서 무료로 받을 수 있다(lionsclubs.co/Public/messsage-in-a-bottle/).

나는 하나의 중앙 시스템이 없고 온갖 문서들(법적 구속력이 있는 것도 있고 단순한 권고도 있다)을 개별적으로 처리해야 한다는 사실이 여전히 너무 이상했다. 하지만 문서를 제대로 많이 준비할수록 죽음을 대비한 내 바람이 이루어질 가능성이 더 높아진다. 또한 담당 의사에게 지역의 NHS 신탁에서 사용하는 다른 문서가 있는지 알아보는 것도 좋다. 왜냐하면 당신 집에 출동한 의료진의 언어에 가까운 용어로 표현할수록 당신이 원하는 돌봄이나 치료를 받을 가능성이 높기 때문이다.

나는 치료를 거부한다는 사전결정을 내렸지만, 여전히 내가 제대로 했는지 확신이 가지 않았다. 예를 들어 ReSPECT처럼 내가 서명해야 하는 서식이 있는지 또는 나의 ADRT를 다른 문서들에 첨부해야 하는지 등을 잘 알지 못했다. 클레어와 함께 서류들을 살펴보면서 다른 문서와 마찬가지로 중앙 시스템이 없다는 것을 확인하니 마음이 놓였다. 차이점이라면 ReSPECT 서식과 달리 ADRT는 법적 구속력이 있는 문서이므로 18세 이상만 작성할 수 있다는 것이다.

작성인은 작성 내용을 이해할 수 있는 지적 능력이 있어야 하며, '나는 그 결과로 수명이 줄어들거나 끝나더라도 이 치료를 거부한다'는 문장이 반드시 들어가야 한다. 또한 작성할 때 증인이 입회해야 하는데, 담당 의사가 적합하다고 본다. 왜냐하면 법률상 필요조건은 아니더라도, 담당 의사는 작성인의 서명 능력을 보증할 수 있기 때문이다. 자선 단체인 컴패션 인 다잉의 사전결정 서식은 아주 간단하며, NHS에 연결되는 안내 메모가 있다. 이 서식은 각계각층 사람들과 의사, 법률가의 협력으로 개발되었으며, 무료 상담 전화를 통해 간호사의 도움을 받아 쉽게 작성할 수 있다.

여기에서 의사에 대하여 간단하게 언급하면 좋을 것 같다. 요즘에는 진료 예약이 아주 어렵고, 일반의사 사무실에 갈 때마다 같은 의사의 진료를 받기는 더 어렵다. 하지만 만성 질환자나 진행성 질환자는 일관된 진료를 받을 수 있도록 인내심을 갖고 기다려서 한 의사에게 예약하는 것이 좋다. 의사가 환자를 알고, 환자 상태를 오랫동안 관찰했고, 환자의 생각이 일관되게 변하지 않은 것을 지켜보았다면, 특히 일단 병이 진행된 후에는 전체적인 사전 돌봄 계획을 작성하는 것이 훨씬 수월해진다. 가능하다면 시간을 투자하여 의사와 관계를 맺는 것이 좋다.

이런 문서들을 작성할 때 도움을 줄 수 있는 단체들이 많지만, '컴패션 인 다잉' 웹사이트(compassionindying.org.uk)에는 좋은 자료와 서식이 많이 있으며 간호사가 상담해주는 무료 상담 전화도 있어 수월하게 작성할 수 있다.

ADRT를 구성하는 요소도 마찬가지다. 사전진술서(향후 특히 능력 상실 시 간병인에게 도움이 될 사항들, 원하는 돌봄 장소와 방법, 좋아하는 것과 싫어하는 것, 중요한 사항을 자세히 서술한 문서)와 치료거부사전결정(ADRT, 거부를 원하는 치료를 상술한 문서)의 차이를 간단하게 설명하는 것이 좋을 것 같다.

ADRT에는 심폐소생술, 인공호흡(기계 도움 호흡), 혈액과 박동조율기, 영양관, 항생제, 화학요법, 투석 등 체액 치환을 목적으로 하는 치료의 거부권이 있다. 중요한 점은 환자에게 중요한 사항이 분명하고 구체적으로 제시되어 있다는 것이다. ADRT는 아주 직설적인 수단일 수 있다. 나의 ADRT에는 입원하면 생명을 유지할 수 있을지라도 어떤 상황에서든 입원을 원하지 않는다는 사실도 포함되어 있다(치매 환자에게는 입원이 두렵고, 압도당하는 것 같고, 혼란스러울 수 있으며, 일단 입원하게 되면 퇴원이 아주 어려울 수 있다). 하지만 임종 돌봄으로 볼 수 있는 다른 치료는 받을 수 있다. 예를 들어 삼킴 능력을 상실한 사람에게는 주사기 펌프나 PEG 튜브(위루관)를 통해 진통제를 투여해야 할 수도 있다. 위루관을 삽입하려면 수술과 입원이 필요하므로 ADRT에 구체적인 문구가 진술되어 있어야 한다.

모든 상황을 상정하고 숙고하여, 앞서 논의한 것처럼 의료진이 이해할 수 있는 용어로 작성하는 것이 중요하다. 이 때문에 작성할 때 전문가의 도움이 필요하다. 또한 당사자가 구체적인 치료에 대해 스스로 결정을 내릴 수 있는 능력을 상실하면, ADRT를 적용할 수 있다는 점을 기억하는 것이 정말 중요하다.

여기에서 설명하는 나의 ADRT는 나의 사전결정을 직접적으로 알려주는 수단이다. 나는 예상되는 모든 상황을 생각했고 작성한 내용에 만족한다. 그래도 클레어는 나와 함께 살펴보면서 작성한 내용의 중요성과 결과를 내가 잘 이해하고 있는지 확인했다.

클레어 웬디, 치료를 거부한다는 사전결정의 첫 문장을 보니 '의
학적 치료에 대해 의사소통과 결정을 할 수 없을 때, 나
는 수명을 연장시킬 수 있는 모든 치료를 거부한다'라고
되어 있네요.

웬디 네.

클레어 이 문장은 무조건적이라서 다른 상황들이 고려되어 있지
않네요. 예를 들어, 당신이 오리 연못을 산책하다가 넘어
져서 머리를 부딪칠 경우, 지금의 웬디로 회복시켜줄 치
료를 원하나요?

웬디 여기에서 탈출할 기회가 온다면 난 잡을 거예요. 이 책
을 끝내지 못하면 아나는 기분이 안 좋을 수도 있겠지만
요….

모두 *웃음*

클레어 그러니까 지금 나는 이의를 제기하는 역할을 하는 거예
요. 지금 당신은 캠페인도 하고 교육도 하죠. 또 당신이
있어 딸들이 기뻐하고, 웬디를 웬디답게 만드는 일들을
하고 있죠. 이걸로 충분하지 않아요? 당신이 사고를 당했
는데 2주 동안 생명 유지 치료를 해서 지금의 웬디로 회
복될 수 있다면, 이 치료를 받을래요?

웬디 아뇨.

클레어 정말 분명한 '아니오'네요. 나는 당신과 대화도 하고 책을

봤으니까 당신이 무슨 말을 하는 건지 알아요. 하지만 어떤 사람들은 그게 너무 직설적이라고 생각하고, 또 다른 사람들은 '음, 그건 생각하지 못했는데요'라고 할 수도 있어요.

웬디 이 문장은 코로나19 시기에 나왔어요. 치매를 앓는 친구들과 대화하던 중에 우리가 코로나19에 걸리면 모든 치료를 받을 건지에 대해 이야기했어요. 많은 친구가 받는다고 했는데, 나는 원하지 않았거든요.

아나 웬디, 내가 묻고 싶었던 게 있었는데 물어봐도 될까? 내가 알기로 작년인가 재작년에 폐렴에 걸렸을 때 항생제를 먹었잖아. 그런 생각이었는데 그 항생제는 왜 먹은 거야?

웬디 그때는 아직 돌아다닐 수 있었고, 여러 일들을 할 수 있었으니까. 의식이 있는 상태로 병원에 갔잖아. 하지만 의식이 없어서 원하지 않는다고 말할 수 없는 상황에서는 그런 것들을 원하지 않을 거야.

아나 그래, 하지만 이건 클레어가 네게 말하고 있는 건데, 네가 오늘 오리 연못에 갔다가 의식을 잃으면 병원에 갈 수 있다는 거야.

웬디 하지만 구급대원들은 그걸 몰라. 그렇지? 내가 의식을 잃으면 구급차가 와서 나를 병원으로 데려갈 거야. 병원에 가는 걸 원하지 않는다는 내 바람을 전달할 수 없으니까 모르고 데려가는 거지. 그리고 내가 깨어날 때 어떤 상태일지도 모르지. 병원에 며칠 입원하면 치매가 무의식 상태에 영향을 줄지 안 줄지도 몰라. 그런데 병원에 2주간 있으면 치매에 영향이 있겠지. 아마 지금의 웬디 상태로 퇴원하지는 못할 것 같아. 그러니까 넘어져서 머리를 다친 그때가 내가 치매에서 탈출할 기회가 될 것이고 나는 기꺼이 그 기회를 잡을 거야. 하지만 폐렴에 걸리면 폐가 기능을 좀 더 잘하도록 그냥 항생제를 복용하기만 하면 돼.

클레어 이건 아주 귀중한 논의네요. 당신이 무슨 말을 하는 건지 잘 알겠어요, 웬디. 그러니까 폐렴 때문에 집에서 항생제를 복용해야 한다면 복용할 거고요. 하지만 그 항생제가 효과가 없어서 병원에 가서 항생제 정맥주사를 맞아야 한다면 맞지 않겠다는 거죠?

웬디 맞아요.

클레어 그렇다면 이 경우 웬디에게 항생제는 그냥 증상 조절 치료인 거죠. 폐렴을 앓는 것이 끔찍하니까요. 하지만 항생제 복용은 비침습적이고 당신이 계속 통제할 수 있는 거예요. 당신을 병원에 데려가서 항생제 정맥주사를 놓는 일은 하지 않을게요.

웬디 네, 치매 환자에게 일주일 입원은 치매 환자가 아닌 사람이 일 년을 입원해 있는 것과 같아요. 그래서 나는 일주일 후에 내가 어떻게 될지 모르는 상태에서 일주일 동안 입원하는 위험을 감수하고 싶지 않아요. 손목이 부러졌을 때도 입원해서 수술받는 것을 거부했어요. 그래서 병원에서는 외래 환자로 처치했죠.

아나 하지만 팬데믹 시기에는 장시간 외출을 할 수 없어서 기차표 예매 방법 같은 것을 잊어버렸잖아. 외출이 허용되고 넌 모든 걸 다시 익혀야 했는데, 해냈잖아.

웬디 그래. 하지만 그때도 나한테 중요한 다른 일들은 했어. 그러니까 하루에 한 번밖에 못했지만 산책도 하고 아이들도 보고, 타이핑이나 사진 찍기는 할 수 있었지. 여행하는 방법을 잊었다면 실망스럽기는 하지만, 그게 내게 기쁨을 주는 저 네 가지 일만큼 중요하지는 않은 것 같아.

아나 다그치는 것 같아서 미안한데, 너의 구별선이 어디에 있는지 알게 되니까 정말 흥미롭네.

클레어 바로 지금 같은 경우 때문에 나 같은 사람이 필요한 것이죠. 사람들은 치료를 거부한다는 사전 돌봄 계획이 간단하다고 생각하지만 사실은 그렇지 않으니까요. 그래서 웬디, 묻고 싶은 게 있어요. 지금의 웬디로 회복되려면, 일시적으로 인공 수액과 수분 공급이 필요할 수도 있어요. 그래도 원하지 않는다고 할 거예요?

웬디 입원해야 한다면, 원하지 않아요.

클레어 그러니까 당신의 구분선은 치료 자체가 아니라 입원이네
요.

웬디 네.

클레어 그렇다면 그 내용을 사전지시서에 기입해야 해요. 결론
을 내리면 당신은 병원 이송이나 입원을 원하지 않는다
는 것이죠.

위 대화가 까칠하게 들릴지 모르지만, 내게는 도움이 되었
다. 내 표현과 문구와 다양한 상황에 대하여 클레어와 아나에게
하나하나 질문을 받으면서 나는 내 구분선을 그들에게 명확하
게 밝힐 수 있었고, 또 어떤 상황에서도 입원을 원하지 않는다
는 생각을 확실하게 굳힐 수 있었다. 설령 그 때문에 내가 죽게
되더라도 말이다.

이것이 모두를 위한 결정은 아니라는 것을 안다. 많은 사람
이 병원에 있으면 크게 안심하며, 나도 병원에서 오래 근무했기
때문에 그 점을 잘 안다. 하지만 혼자 생활하는 치매 환자는 입
원해야 하는 상황이 되면 혼란스러울 수 있다. 그리고 퇴원도
하나의 사명이 된다. 나는 왜 입원을 반대하는가? 분명 내 딸이
간호사이고 나는 딸아이에게 목숨을 맡기겠지만, 그 애는 나를
잘 안다. 그것으로 상황을 요약할 수 있다. 딸아이는 내 바람을

알고 있고, 내 바람에 따라 행동한다. 병원 의료진이 아무리 온정적이고 잘 돌본다 해도 나를 잘 알지 못하고 또 알아갈 시간도 없다. 특히 응급 상황에서는 더 그럴 것이다. 그들은 내가 무슨 치료를 받는지 자세히 알아볼 틈도 없이 몰아치듯이 행동할 수도 있고, 그것이 내 바람과 일치하지 않을 수도 있다.

치매 환자에게 병원은 최악의 장소다. 우리의 일상과 친숙한 환경은 사라지고, 시끄러운 소리와 모르는 사람들로 가득 찬 완전히 낯선 환경이 된다. 내 주변에는 자신이 또는 사랑하는 사람이 입원 때문에 치매가 크게 악화된 경우가 너무 많았다. 병원에는 자극도, 친숙함도 없다. 퇴원할 때 신체적으로는 회복되었을지 모르나 치매는 독립적인 생활로 돌아갈 수 없을 지경까지 나빠질 것이다.

클레어는 내가 수명이 짧아질 수 있는데도 망설임 없이 결정한 선택에 놀랐다고 인정했다. 아마 이 책을 읽는 당신도 놀랐을 것이다. 클레어는 내 삶을 살펴보고 그것이 성취감 있고 정말 중요하다고 생각한다. 그녀는 내가 블로그에 쓴 글과 이 책을 보고 내가 귀중한 공헌을 하고 있음을 깨닫는다. 하지만 그것은 타인을 인식하는 방법일 뿐이지, 자기 자신에 대한 판단은 아니다. 대화를 끝내면서 클레어가 말했다.

"당신에게 이의를 제기하는 것이 전문가로서의 내 일이에요. 아나도 그렇고요. 웬디 당신은 '아, 그런 생각은 해본 적 없어요'라는 대답을 한 번도 안 했어요. 그것이 '감옥에서 나와 자유로워지는' 카드가 될 거라고 말했죠. 이렇게 말했어요. '나는 치매를 앓으면서 잘살고 있고 지금 생활도 괜찮아요. 여러 도전에 맞서고 있죠. 하지만 이런 삶이 내가 선택한 삶은 아니에요.' 따라서 치료를 거부하는 이 사전결정은 실제로 당신 바람과 예상되는 모든 옵션을 생각했다는 것을 알려주는 수단입니다."

그것은 사실이다. 사전결정에는 내 바람이 진술되어 있지만, 동시에 나는 클레어가 하려는 말을 이해했다. 많은 사람이 나의 확실한 입장에 놀라지만 그들은 나의 하루를 모두 보지 못하기에 좋지 않을 수도 있고 별로 성취감이 없을 수도 있는 나를 알지 못한다. 하지만 그런 날에도 나는 살아야 한다. 아마 신체 또는 정신적으로 건강한 사람들은 우리 같은 사람들의 삶을 잘 이해하기 힘들 것이다. 그런데 모두 결국에는 죽음에 이르지만, 그때까지의 삶 또는 죽음에 대한 최종 통제권을 우리에게 부여할지 말지의 결정을 그들이 한다는 것이 역설적이다.

세라와 젬마가 서류작업을 끝내기를 기다리며 초조했지만, 아이들 모습을 보는 순간 괜찮아졌고 평소처럼 사랑과 행복이 충만해졌다. 우리는 클레어가 점검해준 모든 서류를 가지고 함께 앉았다. 나는 깊게 숨을 쉬고 내 앞에 있는 사랑스러운 두 딸을 쳐다보았다. 갑자기 아이들이 어렸을 때 자리에 앉히고 여러 가지를 했던 때가 생각났다. 나는 아이들에게 세계에 대하여 가르치고, 학교에서 있었던 말다툼이나 잘못된 일을 해결해나가도록 도왔다. 예의범절의 중요성을 이야기해주고, 아이들 교육을 위해 열심히 노력했다. 그것은 우리가 함께해온 평생 학습이었다. 그런데 왜 나는 내심 이 서류들에 기록된 결정들이 있으니 그들과 떨어져서 첫걸음을 내디딜 수 있으리라고 생각했을까?

아이들 질문을 받고 나는 현재로 돌아왔다. 클레어와 아나가 했던 것처럼 아이들은 다양한 상황을 상정하여 나에게 질문을 했다. 내가 가장 사랑하는 두 사람에게서 '만약'이라는 가정의 상황을 들으니 상당히 다른 느낌이 들었지만, 아이들의 질문은 다 내가 전에 생각했던 것들이었다. 각각의 상황에 대하여 내가 부드럽고 자신 있게 대답하자 아이들 눈에 이해했다는 기색이 보였다. 나는 명쾌하지 않았던 부분을 아이들에게 분명하게 설명해줄 수 있었다. 아이들이 내 바람을 이해한다고 차례로 말했을 때, 무한한 자부심을 느꼈고 안심이 되었다. 그리고 당연히 아이들에 대한 사랑을 느꼈다. 아이들이 나 대신에 의견을 말해야 할 때, 그 서류들을 행사해야 한다는 점에 그들이 만족해할 것이라고 한다면 틀린 말일 것이다. 하지만 아이들은 내가 요청했던 것들을 잘 이해하고 있다고 스스로 더욱 확신할 수 있을 것이다.

그 일이 끝난 후, 나는 상자 두 개를 아이들에게 밀어주었다.

아이들이 눈을 반짝이며 금색 리본을 풀자 상자 안에서 케이크와 페이스트리가 모습을 드러냈다. 대화는 웃음으로 바뀌었다. 그렇게 웃다가 이틀 후에 아이들이 떠날 예정이고, 그전에 그 많은 간식을 다 처리해야 한다는 사실을 깨달았다.

"음, 아침, 점심, 저녁에 먹을 거는 충분하구나." 아이들이 문으로 향할 때 내가 말했다.

웃으며 끝나서 좋았는데, 아이들이 가버리자 왜 나는 그렇게 외로웠을까? 집이 너무 조용해서였을까?

딸아이들과 이야기하는 것은 내가 해야 할 대화 중 하나에 불과했고, 이제 담당 의사와의 대화가 남았다. 내 사례에서 자기 생각과 감정, 바람을 의사와 공유하는 일과 일관된 치료의 중요성을 깨닫길 바란다. 현재 건강 상태와 상관없이 결국 담당 의사가 향후 치료를 관리하게 될 수 있기 때문이다.

내 담당 의사는 내가 제멋대로 하는 요청과 질문에 익숙하다. 나는 두 번째 책에서 진료실에 가서 스카이다이빙 허가서를 들이밀었던 일에 대해 말했다(이번에는 의사의 서명이 필요한 완전히 다른 서류를 들고 갔다).

클레어와 검토를 끝낸 후 나의 사전결정서는 이전과 비슷하면서도, 어떤 상황에서도 입원하고 싶지 않다는 사실이 추가되어 좀 더 빈틈없는 서류가 되었다. 딸아이들과 클레어, 아나와

했던 것처럼, 의사가 물어볼지 모를 '만약'에 대비하여 대답을 준비했다.

나는 또한 집이 아닌 호스피스 센터에서 죽고 싶다고 덧붙였다. 많은 사람이 집에서 죽게 해달라고 요구한다지만, 나는 우리 집이 죽음과 연관되기를 원하지 않았다. 같은 마을에 사는 젬마와 스튜어트가 개를 산책시키면서 우리 집 앞을 지나가다가 내가 마지막 숨을 쉬었던 방의 창문을 올려다보는 것을 원하지 않는다. 나는 최근 몇 년 동안 우리 지역의 호스피스 센터 직원들과 대화를 하며 서로 알게 되었는데, 그들은 나를 편안하게 해주고, 통증을 다스리고, 분위기를 아주 차분하게 만들어줄 수 있다고 항상 안심시켜주었다. 가외로 거기에는 내다볼 수 있는 아름다운 정원이 있다.

이런 변경 사항은 내 ADRT에 담당 의사 서명이 들어가야 효력이 확실해지지만, 입원하지 않겠다는 내 요구에 의사가 어떻게 반응할지 자신이 없었다. 그래서 의사 앞에 앉으면서 평소와 달리 방어적인 태도로 서류를 내밀었다. 의사가 서류를 읽는 모습을 지켜보았다. 그녀는 눈으로 한 번 훑어본 뒤 다시 처음부터 읽기 시작했다. 이번에는 좀 더 천천히, 한 자도 빠트리지 않고 꼼꼼하게 읽었다. 그동안 둘 다 아무 말도 하지 않았다. 나는 그녀의 생각을 알아낼 수 있을까 하는 마음에 얼굴을 살피며 예상 질문이나 이의에 대답할 준비를 했다.

드디어 의사는 편히 기대앉아서 말하기 시작했다.

"만약에…."

나는 그녀에게 미소를 지으며 말했다.

"안 받아본 질문이 없어요."

그래도 그녀가 질문해볼 생각이라는 걸 알 수 있었다.

"만약에 산책하다가 다리가 부러지면 어떻게 하실래요?"

그녀가 물었다.

나는 손목을 들어 올려 보여주며, 몇 년 전 크리스마스에 손목 골절을 당했을 때 당일 수술을 받아 회복되었던 것을 상기시켰다.

그녀는 어깨에서 힘을 빼면서 내가 모든 상황을 상정했다는 사실에 만족했다. 잠시 말을 멈춘 뒤, 몸을 앞으로 내밀고 서류에 서명했다.

"웬디, 당신이 이럴 거라는 걸 이미 알았어요. 가고 싶지 않은 곳으로 당신을 보내는 일은 절대 없을 거예요."

나는 그녀의 친절한 눈을 바라보았다. 그녀가 진심이라는 것을 의심하지 않았다. 하지만 만일을 대비하여 내 ADRT는 내 파일에 업로드되었다. 그리고 나는 내 생각과 바람을 알렸다는 것을 더욱 확신하면서 진료실을 나왔다.

제4장

조력 사망에 관한 대화

오늘의 웬디가 미래의 웬디에게 바라는 삶

네덜란드에는 '자정 5분 전'이라는 표현이 있는데,
삶을 유지할 수 없게 되기 전에 세상을 떠나야 한다는 뜻이다.
사실은 이 표현을 이 책의 제목으로 쓰고 싶었다.
나한테는 죽음이 다른 사람들보다
조금 먼저 파티를 떠나야 하는 신데렐라 같은 느낌이었다.
다른 사람들도 파티를 떠나겠지만,
나는 더 빨리 떠나야 진짜 고통을 겪지 않을 수 있다.

One
Last
Thing

체중이 눈에 띄게 줄어든 것은 2021년이 끝나가던 무렵이었다. 그때 나는 아우터헤브리디스 제도의 루이스 섬에 사는 친구 필리를 방문 중이었다. 황량하고 바위투성이인 그 섬에는 살면서 처음 겪어볼 정도의 세찬 바람이 불었다. 필리는 빨래를 널 때 필요한 빨래집게 수로 바람의 세기를 매겼다. 특히 집 뒤에 있는 해안가 절벽으로 바다표범을 보러 가던 날은 '집게 5개'의 바람이 불었다.

나는 카메라를 들고 발을 질질 끌고 가다가 중간중간 멈춰서서 뷰파인더를 들여다보았다. 뷰파인더 속의 바다표범들이 정말 가깝게 느껴져서 놀랐고, 우리가 지른 환호성에 모습을 드러낸 바다표범들을 보고 또 놀랐다. 그리고 강풍과 승산 없는 싸움을 하면서 계속 바지춤을 추켜올리느라 걸음을 멈추었다.

그래서 빨리 움직이지 못해 들이치는 폭풍우를 피하지 못한 덕분에 집으로 돌아왔을 때는 온몸이 흠뻑 젖었고 머리카락에는 바람과 비와 파도의 물보라에 실려온 소금이 가득했다. 그래도 우리는 흥겨웠고 활기가 넘쳤다. 그 와중에 나는 다시 골반으로 흘러내리는 바지를 추켜올렸다.

지난 몇 개월 사이에 이미 내 옷 사이즈가 14에서 12로 작아졌는데, 그마저도 내 몸에 헐렁하게 걸쳐 있었고, 사이즈 10은 벨트가 있어야 했다. 집에 있을 때 물리 치료사인 헬렌에게 이에 대해 이야기했고, 그다음 주에 헬렌은 담당 의사 사무실에서 엉덩이에 스테로이드 주사를 놓아주었다.

"계속 하고 있는 건 산책이 전부인데요." 나는 기다란 주삿바늘에 신경 쓰지 않으려고 애쓰면서 헬렌에게 말했다.

"지난달에만도 6킬로그램 이상 빠졌어요."

난기류 속에서 비행기 승무원 얼굴을 확인하는 승객처럼 나는 그녀의 얼굴을 살폈다. 마음 한구석에서 불안감이 계속 느껴졌기 때문이다.

"클라크 박사에게 말했어요?"

그녀는 계속 속마음을 알 수 없는 얼굴로 말했다.

"아뇨. 하지만 다음 주에 예약되어 있으니까 기억하도록 해볼게요."

"노트에 적어두세요."

헬렌은 내가 병원에 갈 때마다 가져가는 예약 노트에 볼펜으로 다음 예약을 적어두면서 말했다. 이 노트는 내가 그 장소에 가 있는 이유를 일깨우는 역할을 한다. 그래서 여기에는 만나는 사람에게 물어볼 질문이 적혀 있고, 그 아래에는 답을 쓸 공간이 있다. 그래서 딸아이들이 물어보면 그것을 보고 대답해줄 수 있다.

다음 주에 나는 너무 긴장하지 않으려고 애쓰면서 진료 대기실에 앉아 있었다. 내가 거기에 있는 이유 때문에 긴장한 것이 아니라 그냥 항상 두려웠다. 의사가 내 순서를 잊을까봐, 또는 나를 불렀는데 내가 못 들을까봐, 잘못된 대기실에 앉아 있을까봐 생기는 두려움이었다. 의사는 항상 늦어, 혼잣말을 하며 주머니에서 빨간색 노트를 더듬어 찾았다. 노트를 펼치니 '체중 감소'라는 글자가 보인다. 쓸데없는 근심은 없었고, 가끔 약간 짜증이 났을 뿐이다. 아이들에게 말을 하긴 했지만, 그냥 새로 바지를 사야 할지 아니면 다시 체중이 늘지를 지켜볼지 잘 몰라서 말한 것뿐이다. 나는 배가 고프지 않으면 끼니를 거르기 쉽다. 그래서 식사 시간을 알려주는 알람을 아이패드에 설정해놓았다. 내가 식사를 하는 유일한 이유는 그래야 걷기에 필요한 연료를 공급할 수 있기 때문이다.

"웬디?"

담당 의사가 문밖에서 모습을 드러냈다. 나는 그녀를 따라 진료실로 들어갔다. 벽에는 익숙한 말 그림이 있었고, 창문이 열려 있어 햇빛이 환하게 들어오고 있었다. 환담을 나눈 후, 드디어 내가 갑자기 체중이 줄었다고 말했다. 의사는 차분하고 무표정한 얼굴이었다.

"예전 체중이 얼마였는지 아세요?" 의사가 물었다.

"10스톤(영국에서 예전에 사용하던 중량 단위, 63킬로그램-역주) 까지 가서 놀랐던 기억이 있어요."

나는 또 섬뜩한 불안감이 들어서 대화를 가볍게 하려고 농담을 했다.

의사는 나를 체중계로 데려갔고 나는 넘어지지 않게 그녀의 팔을 잡고 체중계 위에 올라갔다. 바늘이 왔다 갔다 하다가 멈추었다.

"음, 52킬로그램이네요." 의사가 말했다.

"옛날 단위로 하면 얼마예요?" 내가 물었다.

"8스톤 조금 넘어요." 의사가 대답했다.

"혈액 검사를 해봅시다."

의사가 내 팔에서 피를 뽑기 위해 또 다른 큰 바늘과 작은 유리병 몇 개를 준비하는 동안 나는 참을성 있게 앉아 있었다.

"암인 것 같아요?"

끈적이는 뜨거운 액체가 내 정맥에서 플라스틱 주사관으로 흘러 들어갈 때 내가 물었다.

대부분 나는 돌려 묻지 않고 솔직하게 물어본다. 거기에 익숙한 의사는 몇 가지 병은 고려해야 하는데 암도 그중 하나라고 대답했다. 나는 마음이 가라앉기를 기다린 후에 진짜 속마음을 꺼냈다.

"암이면 치료를 원하지 않는다는 것, 알죠?"

나는 확신을 갖고 말했다.

의사는 일 년 전에 내가 ReSPECT 양식을 작성하는 것을 도와주었기 때문에 이런 문제에 대한 내 생각이 얼마나 완강한지 잘 알지만, 그래도 다시 말해야겠다고 느꼈다. 나는 여전히 의사에게 알려야 했다.

"네. 하지만 그 문제는 그때 가서 생각해요. 2주 후에 다시 오세요. 검사 결과는 그때 알 수 있을 거예요." 의사가 말했다.

나는 2주 동안 검사 결과를 기다리며 암에 대하여 곰곰이 생각했다. 암이 최악의 악몽인 사람들이 있다. 내가 암을 얕잡아 보려는 것도 아니고 그런 사람들에게 암에 대한 두려움이 어떤 것인지 모른다고 말하고 싶지도 않지만, 나한테는 암이 다른 모습으로 보이기 시작했다. 나를 치매에서 해방시켜줄 수단으로 보인 것이다. 갑자기 해답처럼 여겨졌다. 치매에 완전히 휩싸이기 전에 내 몸을 멈추게 해줄 기회로 보였다. 나는 그 2주 동안 자신에게 묻고 또 물었다. 치료를 원하지 않는 것이 확실한가? 대답은 항상 똑같았다. 그렇다. 딸아이들에게 말해야 할지 아니면 의사의 확실한 대답을 기다려야 할지 고민했다. 최근 젬마가 체중 감소를 언급하며 걱정했을 때는 잘 안 먹어서 그렇다며 대수롭지 않게 넘겼지만, 암 환자를 돌보는 간호사인 세라는 속일 수 없다는 것을 알았다. 이미 나를 암 환자로 보고 있지는 않은지 궁금했다.

상태가 좋지 않은 날, 머릿속에 안개가 자욱하고 두개골 안쪽에서 무언가가 톡톡 두드리듯 아플 때는 암이야말로 가장 좋은 출구이고 치매 말기의 탈출구라고 되뇌었다. 그런 순간들에는 자기연민이 사라지고 암이 축복처럼 느껴졌다. 아마 그 기분을 이해할 수 있는 사람은 별로 없을 것이다.

그때 나는 여러 가지 생각을 하고 계획을 세우면서 암을 받아들이기 시작했다. 치료를 원하지 않는다는 말을 아이들에게 이야기할 방법, 의사와 완화 치료에 대해 이야기하기, 다른 사람들에게 설명할 방법 등등에 대해 생각했다. 아니, 그런 것들은 뒤로 미뤄두자. 내 인생이고 내 선택이니까, 아무것도 설명할 필요가 없었다. 나는 치매 환자가 아닌 암 환자가 될 것이다.

나는 지금까지 살아오면서 나쁜 소식을 긍정적인 것으로 바꾸는 방식으로 대처해왔고, 이번 일도 다르지 않았다. 혈액 검사를 하고 2주 후, 나는 클라크 박사의 평화롭고 작은 진료실을 다시 찾았다. 이번에는 마음이 더 편안했고 희망적이기까지 했다. 요즘에는 통증 완화가 훨씬 발전했으니까 엄마나 아빠처럼 고통받지 않아도 된다고 혼잣말을 했다. 죽음이 다가오고 있음을 알면 열심히 살 수 있을 것이다. 이제부터는 수명의 양이 아닌 질을 따질 것이다. 그렇게 생각하니 마음이 많이 진정됐다.

이번에도 의사의 도움을 받아 저울 위에 올라갔다. 바늘이 49킬로그램에서 멈추었다.

"2주 사이에 3킬로그램이 더 빠졌네요. 식사하신 거 맞아요?" 의사가 말했다.

"네." 나는 주저 없이 대답했다.

의사는 검사 결과를 모두 살펴보았다. 검사 결과 하나하나가 모두 정상 범위였기 때문에 그녀는 걱정스럽고 당황한 표정이었다.

"그래서 어떻게 된 건가요?"

나는 두려움보다는 호기심에서 물어보았다.

혈액 검사는 음성으로 나왔지만, 나는 여전히 내 몸 어딘가에 암이 잠복해 있다고 확신했다.

의사들이 흉부와 위장 스캔과 초음파검사를 예약했고, 나는 제시간에 가서 검사를 받았다. 10일 후 코로나19 추가 접종을 받기 위해 사무실에서 줄 서 있을 때, 내 담당 의사가 활짝 웃으며 진료실에서 나왔다.

"좋은 소식이에요."

그녀는 나를 자기 진료실로 데려가며 말했다.

"검사 결과가 모두 음성이에요. 암도 발견되지 않았고요."

그녀는 말을 멈추고 내가 그녀처럼 안심하고 기뻐하길 기다렸다. 하지만 내 마음속에서는 탈출구가 쾅 닫혔다. 그래서 지난 몇 주 동안 나를 사로잡았던 모든 생각을 얼른 정리해야 했다.

"아, 정말 멋진 소식이네요." 나는 단조롭게 말했다. 나보다 그녀를 위한 대답이었다.

"다음 주 진료 예약 시간에 자세히 설명할게요." 그녀는 그렇게 말하면서 다음 환자를 부를 준비를 했다.

그 소식에 행복해야 했지만 슬픔을 느끼며 사무실을 떠났다. 그리고 그런 좋은 소식을 가지고 진료실에서 나갈 수 있다면 무엇이든 할 사람들, 하지만 실제로는 반대로 나쁜 소식을 듣고 그에 수반되는 상황에 대처해야 하는 사람들에게 죄책감을 느꼈다(당연하다). 그런데 왜 복권에 당첨되었는데 그 복권을 잃어버린 것 같은 기분이었을까?

다음에 물리 치료사인 헬렌을 만났을 때, 그녀도 그냥 내내 하던 걷기가 체중 급감의 원인이라는 사실에 기뻐했다. 나는 그녀의 말에 동의하는 척했지만 사실은 누군가에게 너무 말하고 싶었다. '하지만 그거야말로 치매에서 벗어날 수 있는 합법적인 방법이었는데요.'

대신에 그냥 미소만 지었다. 그 미소는 그들을 위한 것이지,

나를 위한 것은 아니었다.

그래도 의료 시스템 안에 탈출 경로가 있다면, 우리처럼 지치고 너무 쇠진한 사람들이 최후에 영면을 택할 수 있다면 좋겠다. 만성병이나 진행성 또는 말기 질환자 모두가 그래야 한다는 것이 아니고, 말기를 피하고 싶은 사람들, 인생의 다른 모든 부분을 계획한 것처럼 마지막도 계획하고 싶은 사람들, 할 수 있을 때 작별을 고하고 싶은 사람들, 조력 사망을 고려할 권리를 원하는 사람들이 그런 선택을 할 수 있다면 좋겠다.

그러면 좋겠다.

이 책에서 정말 자주 거론하는 주제는 '선택'이다. 지금까지 우리는 사람들이 어떻게 죽기를 원하는지, 임종 시 중요한 것이 무엇인지 살펴보았다. 그것은 가족과 친구들 옆에서, 고통스럽지 않게, 자기 집에서 죽기를 원한다는 것이다. 그리고 치료에 관해 결정을 내리기 위한 대화도 살펴보았다. 예를 들어, 혹시 있다면 원할 수도 있는 치료는 무엇인지, 또는 내일 교통사고를 당해 더 이상 말을 할 수 없다면 어떻게 치료받기를 원하는지 등에 관해서다.

선택, 인간으로서 우리가 매일 하는 행동의 중심에는 선택이 있다. 여기에서 우리란 적어도 자기 몸에 대하여 자주적으로 선택할 정도로 운이 좋고, 제도나 다른 엄격한 일방적 결정에서 자유로운 사람이다. 그렇다 하더라도 죽는 시기까지 선택할 수는 없다. 아니 적어도 내가 살고 있는 나라에서는 그렇다.

나는 내 말이 무슨 뜻인지, 그리고 죽는 시기의 선택을 배제함으로써 어떤 영향을 받는지를 정확하게 이해하는 사람을 거의 만나지 못했다. 하지만 죽음, 임종할 때의 모습, 임종이 닥쳤을 때 통제할 수 있는 범위를 생각한 사람이 나만 있는 것은 아니다. 나는 주변의 치매 환자들에게 비슷한 생각을 했는지 물어보았고, 그 생각이 사람들 마음에 얼마나 큰 영향을 주는지를 듣고 깜짝 놀랐다.

조지   앓고 있는 병 때문에도 그렇고 너무 아프고 힘든 날이 많아서 솔직히 나 자신에 대해서 많이 생각합니다. 그래서 다른 무엇보다도, 누구보다도 죽음을 생각하죠. 디기탈리스 같은 강심제나 헴록 같은 독약을 먹을 때가 왔다고 느낄 때가 언제일까 생각해요. 솔직히 그래요. 사실 오늘 아침에 지지집단과 대화를 하다가 디기탈리스(강심제로 사용되는 디곡신이 함유된 다년초, 디기탈리스를 직접 먹으면 죽을 수 있을 정도로 독성이 강함-역주)라는 식물과 자살에 관한 이야기를 들었어요. 그걸 먹으면 그냥 조용히 자다가 갈 수 있는지 그런 이야기였죠. 한 남자가 말하더군요. "고든 베넷, 당신은 평소에 꽤나 긍정적이죠." 그래서 내가 말했죠. "부정적은 아니에요. 그냥 이것에 대해 진지하게 생각해야 할 때가 오겠죠." 일요일부터 화요일까지 사흘 동안 찌뿌둥하고 머리가 흐리멍덩했어요. 기절도 하고 발도 아팠죠. 그래서 생각했습니다. '하나님, 오래가지 않았으면 좋겠어요. 이대로라면 살고 싶지 않아요.' 언젠가 그때가 되면 디기탈리스를 캐고 물에 우려내서, 내가 선택한 때에 끝낼 수 있으면 좋겠지만, 다른 한편으로 정말 실행에 옮길지는 나도 모르겠어요. 그것은 단언하기 정말 어려운 일이에요. 우리는 그러고 싶지 않잖아요? 어느 누가 자기 스스로 목숨을 끊겠다고 단언하고 싶겠어요? 당신이나 나나 무슨 일이든 인본주의적으로 끝낼 확고한 책임이 있어요. 하지만 나는 아직 사는 게 즐거워요.

웬디 그것이 당신 말의 핵심인 것 같아요, 조지. '오래가지 않았으면 좋겠다.' 그런 생각이 매일매일 들기 시작할 때가 그때예요. 부질없는 생각이고 그때에는 계속 즐거울 수 없게 되죠.

조지 맞아요. 꽤 자주 즐거울 수 있으면… 오늘 같은 날은 괜찮아요. 가끔 피곤하지만 기분은 꽤 좋아요. 그냥 흘러가는 구름과 바람에 흔들리는 나무, 다른 모든 것을 보기만 해도 즐거워요. 아픈 생각을 하지 않으니까요. 중증 암 환자들은 어떻게 대처하는지 모르겠어요. 아마 이겨낼 것이라고 항상 생각하나 봐요.

웬디 그리고 그 사람들은 뇌가 손상되지 않았으니까요. 우리가 다른 점은 뇌가 손상되었다는 거죠. 눈에 보이지 않는 다른 장기들이 아니라요. 암은 몸 안에서 진행되면서 통증을 일으킬 수 있지만 뇌는 제 기능을 할 수 있죠. 내 머리가 제 기능을 하지 못하는 때가 되면 그런 날들이 오래가지 않길 바라기 시작할 거예요. 계속 머릿속이 어렴풋해서 이겨내기 힘드니까요.

조지 항상 눈앞에 얇은 종이나 천이 드리워진 것처럼 흐릿하게 보여요. 그걸 치울 수도 없고, 선명하게 보이지도 않고, 명확하게 생각하지도 못해요.

웬디 그리고 암 환자들은 모르핀을 더 맞아서 통증을 없앨 수 있지만, 우리는 증상에서 벗어날 수 없죠.

게일 그런 날에는 그냥 예전으로 돌아가고 싶어요. 산책이나 사진찍기처럼 할 수 있는 일들을 다 해보는 거죠. 그러면서 안개가 걷히길 바라고요. 그리고 머리가 아파요. 두통과는 다른데, 어떻게 다른지는 나도 모르겠어요. 그냥 아픈데, 생각도 할 수 없고 단어도 생각나지 않아요. 성가셔요.

웬디 진통제 두 알을 먹어도 나아지지 않죠. 내가 머리가 쾅쾅 울린다고 말했더니, 딸들이 약 먹었냐고 물었는데, 아니

안 먹었어요. 그건 약으로 치료할 수 있는 종류의 통증이 아니니까요.

조지 비유적으로 말해서 통증이지 진짜 아픈 건 아닌 것 같아요. 치매에 걸리면 감각이 전달하는 내용을 잘 처리하지 못하고 이해력도 떨어지죠. 그래서 감각이 과부하되면 아주 빨리, 많이 불쾌해져요. 그리고 내 경우 가끔씩 통증과 피로의 과부하에 압도당하는데, 이것이 한꺼번에 들이닥치면 지치고, 머리가 흐리멍덩해져요. 그럴 때 어떻게 하나요? 할 수 있는 게 아무것도 없지만, 문제는 자살을 생각한다는 거예요. 그런 날에는 '젠장, 이제 그만하고 싶어'라는 생각이 들 수도 있어요. 우리는 그런 날들이 익숙하지만, 한꺼번에 그런 날이 너무 많으면 어떻게 할 수 없어요. 동시에 들이닥치는 일을 몇 번 겪으면, 낙담해서 자기 영혼을 들여다보기 시작하고 거의 이렇게 말합니다. '도대체 문제가 뭐지?' 뇌 기능이 떨어져서 실제로 내일을 장담할 수 없게 되면 어떻게 될까요?

웬디 전적으로 동의해요. 내 생각에는 그냥, 그래요. 지금 당신은 머리가 흐리멍덩하고, 나는 생각할 수 있죠. '아마 내일은 더 좋아질 거야.' 하지만 내일은 좋아질 거라고 장담할 수 없게 되면, 나한테는 그때가 경계를 넘어간 때인 거죠.

조지 맞아요. 다시 좋은 날이 올 수 있다는 걸 알려면 그런 날을 생각해낼 수 있어야죠.

웬디 지금은 우리가 직관력이 있는 것 같죠. 하지만 직감력이 사라질 때, 더 이상 직관적이지 않을 때가 문제예요. 치매 때문에 그런 느낌이 생기는데, 경계를 넘어가서 머릿속에서 무슨 일이 벌어지고 있는지 영원히 분석할 수 없는 상태로 둥둥 떠갔기 때문이에요.

게일 하지만 우리가 정말로 알까요?

웬디 글쎄요. 중요한 질문이네요.

이것은 우리 치매 환자들이 다른 사람들, 심지어 가까운 사람들에게도 거의 보여주지 않는 면이다. 아마도 가까운 사람들에게는 특히 더 안 보여줄 것이다. 이 때문에 어떤 병이든 지지집단이 정말 중요하다. 지지집단 구성원들과는 이렇게 가장 내밀한 감정까지 이야기할 수 있기 때문이다. 그런 감정에 대해 이야기할 수 있다면, 우리는 거기에 압도당하지 않을 것이고, 그 영향을 받지 않을 것이다.

다발성경화증 환자와 나눈 대화

사람들은 가끔씩 자기 삶을 끝내는 것에 대해 이야기한다.

하지만 이것은 그들이 느끼는 무력감과 절망감의 표현에 불과하다. 사람은 누구나 때때로 그렇게 느낄 수 있다. 중요한 것은 그것에 대해 이야기하고, 아마도 누군가의 손을 잡고 그 길을 헤매다가 다시 돌아와 다른 날을 위한 삶을 선택할 수 있다는 것이다. 임종 돌봄에 대해 이야기하고 계획하는 것은 자살을 생각하는 것과는 다르다. 사람들 대부분은 죽음이 아닌 삶을 선택하다가 더 이상 할 수 없다고 느끼는 때가 되면 죽음을 이야기한다. 그렇다면 그때는 언제인가? 그것은 정말 흥미로운 토론이다.

아나에게 그녀의 가장 친한 친구인 제인을 소개받았다. 제인은 영국인이지만 미국에서 20년 이상 살았다. 딸 에밀리를 출산한 후(현재 에밀리는 스물두 살이다)에 다발성경화증 진단을 받았다. 그녀는 에밀리에 이어 아들 엘리엇을 낳았고 그 아들은 지금 스무 살이다. 그런데 2년 전에 그녀의 병은 이차진행형 다발성경화증(완화기 없이 악화되는 유형) 중 하나로 바뀌었다. 작년에 제인은 척수 주위 체액에 약물을 직접 주입하는 바클로펜 펌프를 삽입했다. 그 덕분에 다리 경련은 줄었지만 그 과정에서 하반신이 마비되어 현재 휠체어를 사용한다. 그 외에 장과 방광에 실금 증세가 있고, 신경병(신체 말단 신경이 손상되어 통증이 있는 병)을 앓고 있으며, 다발성경화증의 한 증상인 극심한 피로감을 느낀다. 현재 제인은 배우자인 태비스와 함께 미네소타에서 살고 있는데, 태비스가 직장을 다니면서 제인을 돌보고 있다.

제인은 아나에게 아주 특별한 사람이다. 나는 아나가 자신의 가장 친한 친구가 진행성 질병에 맞서는 방식에 얼마나 놀라워하는지, 그 친구를 얼마나 자랑스러워하는지 잘 안다.

우리 같은 진행성 또는 말기 질환자의 운명을 좌우하고 우리가 살아가거나 죽는 방법에 대한 법률을 제정하는 사람들은 대체로 몸과 마음이 건강한 사람들이다. 우리는 이런 법률의 범위 내에서만 자신을 통제할 수 있다. 나는 사전 돌봄 계획을 확실하게 작성하여 더 많은 권한과 통제권을 갖게 된 것 같은 기분이 들지만, 아직도 애매한 부분이 남아 있다. 그것은 응급 상황에서 구급대원들이 내 바람을 고려하지 않고 빨리 행동하는 것만 신경 쓸지도 모른다는 걱정이다. 그들은 그래야 임무 불이행으로 조사받지 않기 때문이다. 누군가를 돕지 않는 것처럼 보이는 것이 의료진의 가치관에 어긋난다는 것을 이해하지만, 우리 같은 환자들 가운데 일부는 바로 그런 도움을 주지 말라고 요구한다. '감옥에서 자유롭게 벗어나기' 카드를 기다리고 있기 때문이다. 그 카드는 환자의 병이 무엇이든, 몸속에 파고들어 자리 잡고 있다가 다른 병이 환자의 삶을 바꾸려고 할 때 환자를 해방시켜줄 기회다.

이런 감정을 진정으로 이해할 수 있는 사람은 아마 제인처럼 불치병을 앓고 있는 환자밖에 없을 것이다. 제인은 언제 삶을 멈출지에 대한 딜레마, 특히 개인 선택의 중요성에 대해 나와 대화를 나누기로 했다.

나는 정부와 의료진이 자기 건강은 자기가 평생 책임져야 한다고 말하지만 정작 마지막 때가 되면 죽는 방식에 대한 통제권을 우리에게 주지 않고 그 책임을 앗아가는 현실에 대한 이야기로 대화를 시작했다. 제인도 내 이야기에 동의했다.

"의학 분야에서 이루어진 모든 발전은 항상 사람을 가능한 한 오래 살게 하는 것이었지만, 모든 사람이 다 그걸 원하지는 않아요. 우리 사회는 너무 거기에만 초점을 맞춰요. '아뇨, 난 괜찮아요'라고 말하면 반역자가 되는 거죠."

과학계 전체가 그렇듯이 의학도 수명을 계속 늘리는 방향으로 발전했다. 내가 아는 한 암환자는 살아 있어야 한다는 의무감을 느낀다고 한다. 그 이유는 의료진이 그녀를 살려주었기 때문이다. 또 다른 친구는 자신이 중환자실에 있을 때, 자신의 가족에게 의료진이 치료를 중단하고 싶은지 묻지 않았다고 한다. 그래서 그들은 당연히 그 친구가 '틀림없이 살아날' 것이라고 생각했다. 하지만 현재 그 친구는 너무 비참한 삶을 살고 있다. 투석을 받으러 병원에 가는 것 외에는 외출도 못한다. 자신의 선택이 아닌 의료진 결정에 따라 원하지 않는 삶을 살게 된 것이다. 나에게 절대 일어나지 않았으면 하는 일이다.

제인은 동의했다.

"내 입장은 아주 분명해요. '소생술 금지'라는 문신을 받겠다는 농담도 하니까요. 미국에 '소생술 금지' 서식이 있으니까 영국에도 분명 있을 거예요. 하지만 걱정되는 부분이 있어요. 자동차 사고 같은 일을 당할 경우, 어떤 처치든 소생술에 들어가기 전에 그들이 내 파일을 확인할지 잘 모르겠어요. 내가 조수석에 앉았을 경우, 내 문제가 뭔지 모를 테고 그냥 여느 사람처럼 보일 테니까요. 지금 내 삶은 경계 직전에 있고 이 선을 넘어가면 살고 싶지 않다고 아주, 아주 분명하게 밝혔기 때문에 그들이 실수하지 않길 바라요. 오랫동안 거기에 대해 생각하고 또 생각했어요. '계속 이렇게 살 수 있을까, 얼마나 오랫동안?' 내가 사고를 당할 경우 의료진이 나를 되살리지 않길 원하고, 만약 그들이 되살린다면 너무 화가 날 게 아주 분명해요."

나는 제인의 문신 아이디어가 마음에 들었다. 우리는 '(뒤집어주세요)'라는 문신을 등에 새기면 어떨까 하는 농담도 했다. 나는 '소생술 하기만 해봐!'라고 하겠다고 으르대기도 했다. 다만 나에게 '잉크를 주입'해주겠다는 타투이스트를 찾을 수 없고, 그래서 정말 슬펐다.

제인과 나는 완전 반대다. 제인은 뇌 기능은 정상이고 다발성경화증 때문에 신체가 무력하지만, 나는 신체는 정상이나 뇌기능이 떨어진다. 어느 쪽이 더 나쁜지는 나도 모르겠다. 실제로 양자를 비교할 수 없고, 어느 쪽이 더 좋다 나쁘다 할 수 없다. 하지만 내 삶을 가치 있게 만들어주는 것들을 생각해보면 (그러니까 나의 큰 문제는) 신체적인 건강인 것 같다. 오래 걷고, 사진을 찍고, 타이핑을 하는 것들이다. 물론 두 딸도 있다. 하지만 제인은 걸을 수 없는 상황이었기 때문에, 우리는 같은 것을 고려할 수 없었다.

"2021년부터 휠체어를 사용했는데, 그때부터 정말 우울해져서 몇 날 며칠 침대에만 있었어요. 그냥 죽고만 싶었거든요" 라고 제인은 말했다.

"그런 다음 뭔가가 바뀌었어요. 물리 치료사와 재활 운동을 했고 지금은 혼자서 침대에 들어가고 나올 수 있어요. 화장실 사용도 연습하고 적응해서 혼자서 할 수 있고요. 이 정도면 적응한 것 맞죠? 내게 문제가 되는 것은 무엇일까 생각했어요. 두 팔로 몸을 움직이는 거죠. 그렇게 사는 다발성경화증 환자들이 있으니까 크게 말하기도, 큰 문제라고 말하기도 좀 신경 쓰여요. 하지만 그렇게 되면 난 팔과 손을 제대로 쓰지 못할 거예요. 또 카테터가 필요해질 것이고 자가 카테터를 삽입해야 하겠죠."

인간으로서 우리는 어떤 상황에 처하든 거기에 적응하지만, 팔을 사용할 수 없다면 제인은 삶의 질을 평가해야 한다. 내가 가장 먼저 생각한 것은 팔을 사용하지 못하면 그녀는 아이들을 안아줄 수 없다는 것이다. 하지만 그것은 내가 매일 혼자서 몸을 움직이는 것이 현실적으로 가능한지를 생각하지 않아도 되기 때문이다. 삶의 질은 아주 개인적인 문제이므로, 항상 선택의 문제로 귀결된다.

제인은 말했다. "적응하는 것은 정말 흥미로워요. 왜냐하면 그냥 적응하니까요, 그렇죠? 당신이 아이패드에 알람을 설정해놓은 것과 비슷한데, 내 질문은 충분히 적응했으니 이제 그만두고 싶을 때가 언제냐 하는 거예요. 그때가 되면 사랑하는 사람들과 함께 앉아서 이렇게 말하고 싶어요. '괜찮아. 지금까지 잘 적응해왔고 계속할 수 있지만, 더는 하고 싶지 않아. 그러니까 나한테 찬성해줘. 이쯤에서 멈춰도 모두 괜찮지?'"

제인의 말은 정말 사실이었다. 결국 중요한 것은 제인(또는 나, 이 책을 읽는 사람들)의 적응 수준이다. 왜냐하면 우리는 각자의 몸과 정신 안에서 살아야 하는 존재이기 때문이다. 아무리 힘들어도 사는 것이 정말 행복한 사람들이 있다. 그들은 그런 삶을 원하고, 그저 쉴 수만 있다면 삶을 입증하기 위해 기꺼이 계속 적응한다. 그리고 나는 그들을 존중한다. 그러나 제인과 마찬가지로, 내가 어느 정도나 적응하려고 하는지, 매일 적응하는 삶이 얼마나 고될지, 수명의 양과 질 가운데 어느 쪽을 중시할지 등의 면에서 나 역시 한계에 도달할 것임을 안다.

그런데 왜 사회는 우리에게 자기만의 삶의 질을 선택할 권리가 있다는 것을 인정하지 않는가? 우리가 유일하게 선택하지 못하는 것은 세상에 태어날 때뿐이다. 다른 모든 것, 죽음까지도 개인의 선택에 달려 있다. 우리가 그만두고 싶다고 느끼는 때, 특히 우리를 위한 지원을 모두 소진했을 때를 선택하는 것에 다른 사람들이 눈살을 찌푸리거나 불법이라고 하는 것은 온당하지 않은 일 같다. 그리고 많은 사람이 자신의 바람보다 이르게 또는 혼자 외롭게 삶을 끝내는 것은 실제로 마지막에 대한 선택권이 없기 때문이다. 동시에 현행법이 우리에게 그것을 강요하기 때문이다.

현재 입법 상황

이쯤에서 조력 사망과 관련하여 영국의 상황을 살펴보면 좋을 것 같다. 현재 영국과 웨일스에는 조력 사망을 허용하는 법률이 없다. 스스로 목숨을 끊는 것은 합법이지만, 1961년 자살법(Suicide Act 1961)에 따라 타인의 자살을 돕는 행위는 최고 14년 징역형을 선고받을 수 있는 형사상 범죄다. 2021년 YouGov 여론 조사[1]에서 영국인의 73퍼센트가 말기 환자에 대한 조력 사망 합법화에 동의한다는 결과가 나왔지만(여전히 내게는 도움이 되지 않을 것이다), 하원의원들의 동의율은 35퍼센트에 불과했다. 어떤 문제가 현 의원들의 우선순위가 아니라는 것은 가까운

---

1 Euthanasia(안락사), YouGov

시일 내에 법이 개정될 가능성이 거의 없다는 뜻이다. 적어도 내가 살아 있는 동안은 확실히 아니다.

미처 남작 부인이 발의한 조력 사망법은 의사 두 명과 고등법원 동의하에 말기 질환자에게 삶을 끝내는 약을 처방할 수 있다는 내용이 주요 골자다. 이 법은 2021년에 상원에서 반대의견 없이 두 번째 독회를 통과했다. 이 법은 의사결정 능력이 있고 '합리적으로 6개월 이내에 사망할 것으로 예상되는' 말기질환자에게 적용되며, 이를 위해서는 의사 두 명의 승인과 부서가 들어간 증인 선언이 필요하다. 그 의사들은 환자와 의료 기록을 검토하여 환자가 말기 질환자이고, 위압이나 강박에 의하지 않고 자세한 정보에 입각하여 자발적으로 결정했다는 것을 확인해야 한다.

내가 보기에는 그 조건이 모두 합리적이지만, 반대자들은 의사가 받은 예후가 간혹 틀린 것일 수 있다고 주장했다. 그들은 이렇게 질문했다. '해당 환자의 남은 수명이 6개월 미만이라는 것을 의사들이 어떻게 확신할 수 있는가? 해당 환자가 강박을 받지 않은 상태에서 결정했다는 것을 의사들이 어떻게 확신할 수 있는가?' 그들은 또한 이 법안이 조기 사망으로 금전적 이익을 얻으려는 가족 구성원들에게 악용될 수 있다고 주장했다(어차피 그 환자들이 몇 주 또는 몇 달 내에 사망할 것이 합리적으로 예상되는데도 그런 주장을 한다). 어쨌든 이 법안은 더 이상 진행되지 않았고 그해 회기가 종료됨에 따라 법률화되지는 않았다. 아직까지 의회에 제출된 후속 법안은 없지만, 2022년에 보건복지 특별위원회가 하원 역사상 최초로 조력 사망에 대한 조사를 시작했으며 그 결과가 2023년에 나올 것으로 예상된다.

그리고 '존엄사(Dignity in Dying)' 단체의 세라 우튼이 올린 청원이 2022년 6월 현재 십만 명 이상의 서명을 받았고, 그에 따라 하원의원들이 의회 토론을 했다. 의회 사상 최초로 연이어 2년 동안 조력 사망이 논의된 것이다.

한편 스코틀랜드 상황은 이보다 좋아서 앞으로 몇 년 안에 진전될 수 있을 것 같다. 2021년에 조력 사망에 대한 공개 협의에 응답한 수가 전례 없이 거의 1만 5,000명에 달했고, 응답자의 4분의 3이 이 법안을 지지했다. 이 법안은 또한 남은 수명이 6개월 미만인 환자들이 자기 선택에 따라 생을 마감할 수 있도록 허용하려고 한다. 현재 최종 법안이 스코틀랜드 의회에 제출된 상태다.

2022년에 맨섬의 하원의원들은 조력 사망 법률 제출권을 맨섬에 부여하는 안건에 압도적인 찬성 표결을 했고, 이 책을 쓰고 있는 현재 초안이 입안되고 있다. 저지섬의 의회 역시 법률 변경을 찬성하는 안건을 통과시켰고, 2024년 또는 2025년에 시행될 수 있도록 법률이 입안되는 중이다.

영국의학협회(BMA)는 조력 사망에 관한 법률 개정에 대하여 공식적으로 반대 입장이었으나, 2021년 연례대표회의에서는 반대 입장을 철회하고 중립을 표방했다. 마찬가지로 왕립내과의사회, 왕립의학협회, 왕립간호협회, 왕립정신과의사회, 왕립약사회 모두 지금은 중립적 입장을 고수하고 있다.

2016년부터 캐나다에서 의료조력 사망이 합법화되었고, 콜롬비아와 미국의 11개 주에서도 말기 질환자 중 정신 능력이 있는 성인에게 조력 사망이 옵션으로 주어지고 있다. 미국의 경우 1997년에 오리건에서 가장 먼저 시행되었고 그 이후 워싱턴, 버몬트, 몬태나, 컬럼비아 특별구, 캘리포니아, 콜로라도, 하와이, 뉴저지, 메인, 뉴멕시코 등의 다른 주로 확대되었다. 뉴질랜드는 2021년에 국민투표를 통해 말기질환을 앓고 있는 국민에 대한 조력 사망을 합법화하였고, 호주의 모든 주에서도 법률이 통과되었다.

유럽에서는 스페인이 2021년에 조력 사망을 허용하는 법을 통과시켰다. 오스트리아에서도 2022년부터 말기질환이나 영구적으로 약화시키는 질환을 앓고 있는 국민에게 조력 사망이 합법화되었다. 스위스, 벨기에, 룩셈부르크 모두 죽을 권리에 관한 법률을 시행하고 있다.

네덜란드에서는 2002년부터 '호전될 전망이 없고 참을 수 없는 고통'을 겪고 있는 환자들에게 안락사와 조력 사망이 합법화되었으며, 사람들은 치매 환자처럼 능력을 상실한 후에도 안락사를 위한 사전 의료 의향서를 작성할 수 있다. 이 법은 2016년에 네덜란드의 한 의사가 알츠하이머 환자에게 안락사 약물을 투여한 혐의로 법정에 출두하면서 시험을 받았다. 투여 당시에 환자는 아직 능력이 있었지만, 요양원에 들어가기 전에 자신의 삶을 끝내기로 사전결정을 내렸다. 또한 '아직 제정신이고 내가 생각하기에 적절한 때'를 정하고 싶다고 덧붙였다.

담당 의사는 다른 두 의사와 함께 이전에 작성된 그녀의 바람을 들어주기로 결정했다. 계획 예정일에 그녀는 진정제가 들어간 커피를 마시고 의식을 잃었지만 다시 깨어났다. 그래서 의사가 안락사 약물을 투여하는 동안 그녀의 딸과 남편이 그녀를 붙잡고 있어야 했다. 검찰은 그녀가 사전결정에 대해 거부감을 내보인 것이라고 판단했지만, 그녀의 딸은 '의사가 어머니를 정신적 감옥에서 해방시켰다'고 느꼈다. 그녀의 바람을 들어주기로 한 의사의 결정에 대해 대법원은 2020년에 타당성을 인정하는 판결을 내렸고, 의사는 환자의 바람에 따라 행동했다고 판단했다.[2]

이 환자가 능력을 상실하기 전에 사전결정을 했다는 것은 그녀에게 안전망이 있었다는 뜻이다. 또한 그녀는 아직 능력이 있는 동안 의향서를 정기적으로 검토하고 필요하면 수정할 수도 있었다. 가장 중요한 것은 때가 되면 누군가가 자신의 바람

---

2 다니엘 보페이, '이정표적인 안락사 사건에서 무죄선고를 받은 네덜란드 의사', 가디언 2019. 9. 11

을 들어주어 죽을 수 있게 도와줄 것임을 알고 살아갈 수 있었다는 것이다.

머리가 맑지 못하고 흐리멍덩한 나날이 며칠씩, 요즘은 몇 주씩 지속되는 때가 종종 있다. 그런 때에는 안개를 흐트러뜨리고 날려줄 햇빛이 하나도 없다. 그 순간의 나는 주변 상황이 전혀 이해되지 않는다. 차라리 캄캄하고 텅 빈, 속박되지 않은 심연 안에 있는 것이 나을지도 모른다. 그런 시간이 몇 분, 몇 시간 또는 며칠 동안 지속되기도 한다. 최근에 가장 오래 지속되었던 때는 일주일이었다. 그 시간 동안 나를 버티게 한 것은 내일은 나아질 수도 있다는 생각뿐이었다. 그 희망이 여전히 안개 속을 뚫고 나갈 수 있다면, 내일이 더 나을 수도 있다고 합리적으로 생각할 수 있다면, 나는 아직 그 경계까지 간 것은 아니라고 자신을 위로했다.

하지만 그 경계가 어디인가? 여전히 안개 속에 있는 내 앞 어딘가에 있을까? 한 발자국 앞일까 아니면 열 발자국 앞일까? 알 수 없지만 일단 경계를 넘어가면 능력을 상실한 것으로 간주될 것이다. 더 이상 혼자서 결정을 내리지 못할 것이고, 내 위임장 효력이 발생하여 아이들이 나를 대변할 것이다. 지금은 내 바람을 표현해야겠다는 필요성을 간절하게 느끼지만, 치매에 완전히 잠식되기 전에 내 삶을 마감하겠다는 내 결정을 지원해줄 법률이 아직은 없다.

이 나라 영국에서는 남은 수명이 6개월 미만인 말기 질환자를 위한 조력 사망이 합법화될 날이 아직 요원하다. 영국 정부가 네덜란드와 유사한 모델을 시행한다는 것은 생각조차 할 수 없다. 만약 네덜란드 모델이 시행되면 내 인생의 마지막 6개월을 평가할 수 있고, 머리가 흐리멍덩한 날의 빈도가 높아지는 것 같은지 여부도 스스로 제어할 수 있을 것이다. 그리고 경계가 코앞에 있다고 느껴지면 나는 해방될 것이다. 무엇보다 가장 중요하지만 사람들이 잘 잊어버리는 점은, 남은 시간 동안, 아직 할 수 있는 동안의 삶에 집중할 수 있다는 것이다.

완화 치료 의사와 나눈 대화

하지만 당장 내일 법이 바뀌어 내가 죽음의 방법과 시기를 선택할 수 있게 된다 해도, 그 결정이 틀리지 않는다는 것을 어떻게 알 수 있을까?

앞에서 살펴보았듯이 법률상으로 내가 생각했던 것보다 더 많은 통제권을 가질 수 있도록 입법 준비가 되고 있다. 하지만 내 입장에서 보면 그중 다수는 내가 이미 경계를 넘어간 후에 시행될 것이다. 그러나 나는 여전히 그 경계를 넘어가고 싶지 않은 마음이 강하다. 내 경우 사진을 찍을 수 없게 된다고 해도, 카메라 없이 살아갈 수 있다. 아이패드에서 사진을 보면 되니까 말이다. 따라서 남는 것은 세 가지다. 첫째는 딸아이들을 알아보지 못하는 것이다. 이것은 가장 중요하면서 가장 나쁜 일이다. 두 번째는 타이핑을 더 이상 할 수 없는 것이다. 타이핑을 할 때가 내가 치매에서 벗어나 있는 시간이기 때문이다. 그리고 세 번째는 더 이상 걷지 못하는 것이다. 그렇게 되면 나의 마지막 행복이 사라지게 된다.

하지만 말기가 되면 위 세 가지 일들이 일어날 수 있고, 뇌에 이어 내 몸도 망가질지 모른다. 그렇게 되면 너무 늦어 어떤 결정도 내릴 수 없을 것이다. 이것이 내게는 어려운 문제다. 친구들 중에 요양원에 들어갈 계획이라고 말하는 이들이 있다. 그들은 어떤 일이 생겨도 행복할 수 있기에 경계를 넘어가는 것을 별로 신경 쓰지 않는다. 하지만 나는 타인의 보살핌에 의존해야 하는 사람이 되는 것을 원하지 않는다. 그 상태가 되면 아무것도 모른 채 행복할지도 모르지만, 사실 그런 사람이 되고 싶지 않다. 그것이 딜레마다. 이 점에 대해 캐스린 매닉스와 이야기하고 싶었다.

"대단히 철학적인 질문이네요." 캐스린이 말했다.

"당신이 옳아요. 미래의 웬디는 더 이상 산에 올라갈 수는 없지만 앉아서 자전거를 타고 스트라이딩 엣지 정상에 오르는 사람들의 동영상을 볼 수도 있죠. 그녀는 동영상 보는 것을 좋아하고 거기에 마음을 빼앗길지도 몰라요. 그리고 이유는 기억 나지 않지만 자신이 산에 있는 것을 좋아한다는 사실을 잘 알죠. 당신은 지금의 웬디(오늘의 당신인 웬디)로서 미래의 웬디가 그런 경험을 하지 않도록 결정을 내릴 수 있어요. 당신이 예를 들어 영양관을 거부하면 그녀는 그전에 죽을 테니까요. 하지만 그다음에는 철학적 딜레마에 빠지게 되죠. '그런데 그 웬디가 자기 동영상과 사진을 보는 것을 좋아하고 가까운 곳만 다녀도 외출을 좋아하면 어떡하지?' 사실 시간여행을 하지 않는 한 우리는 그것을 알 수 없죠. 그래서 딜레마예요."

내가 그런 사람이 되고 싶지 않다는 것은 정말 분명하다. 그런 사람이 된 내가 행복할 수도 있고 아니면 행복해 보일 수도 있지만, 지금 당장은 그런 사람이 되고 싶지 않다고 자신 있게 말할 수 있다. 캐스린은 이 점을 이해한 것 같았다.

"웬디, 당신 말은 잘 들었어요. 사실 당신 이야기를 들으면서 요양원에 계시다가 돌아가신 시아버지 생각이 났어요. 원래는 야외 활동을 좋아하고, 새를 관찰하고, 손자들에게 활과 화살을 만들어주던 분이었죠. 하지만 요양원에서는 그 모습이 점점 사라졌어요. 그래서 정말, 정말 슬펐어요. 그래도 인스턴트커피는 잘 드셨어요. 진짜 커피 애호가였는데. 머리가 반짝반짝할 때는 정말 관심도 없던 사소한 것들에 관해서 요양원에 있는 분들과 이야기 나누는 것을 좋아했어요. 그래요. 시아버지는 헤어질 때 우리만 집에 가는 것 때문에 늘 약간 당혹해했어요. 요양원에서 불행하지는 않았지만 동시에 과거와 같은 분도 아니었죠."

나와 대화를 나누면서 제인은 이렇게 간결하게 표현했다.

"우리가 이제 적응을 그만두고 싶을 때가 올 거예요."

그때가 되면 나는 치매에 항복하지 않고 이렇게 말할 것이다. '지금까지 너와 지내면서 네 게임을 했어. 하지만 네가 이기는 게임을 이제는 하지 않을 거야.'

캐스린이 자신의 시아버지에 대해 했던 마지막 말이 다시 생각난다. '불행하지 않았지만, 동시에 과거와 같은 사람도 아니다.' 캐스린은 그가 요양원에서 즐길 수 있었던 것들, 그래서 그녀가 놀랐던 것들을 언급했다. 하지만 그의 나머지 생활에 대해서는 말하지 않았다. 혼자 옷을 입을 수 있었는가? 개인 위생 처리를 할 수 있었는가 아니면 다른 사람 도움에 의존해야 했는가? 나로서는 그런 의존은 고려할 가치도 없었다. 현재의 웬디, 치매에 걸렸어도 여전히 혼자 사는 웬디는 딸들도 있고 함께하는 모임도 있고 이야기 상대로 알렉사도 있지만, 독립적으로 살아가기 위해 열심히 노력하고 있기 때문이다.

같은 색상의 바지를 여러 벌 준비해놓고 매일 입는다고 무슨 문제가 되는가? 적어도 그 바지 입는 법은 잘 알기 때문에 내가 그 바지를 입을 수 있다는 뜻인데 말이다. 디자인이 같고 색상만 다른 상의 여러 벌이 있지만, 내가 옷 입는 법을 매일 기억할 수 있다면 무슨 상관인가? 보다 개인적인 일(내밀한 일)을 다른 사람에게 의존하게 되는 때가 언제일까를 생각하는 것은 내 예정표에는 없다. 하지만 내가 그것을 결정하지도 못하는가? 다시 강조하지만, 나는 치매는 물론 죽음도 두렵지 않았다. 내 말의 요지는 나 개인으로서는 다른 사람에게 전적으로 의존하여 지금의 나와는 완전히 다른 사람으로 사는 것보다 죽음이 더 나은 선택이라는 것이다.

조력 사망 옹호자와 나눈 대화

2022년 의회에서 조력 사망이 마지막으로 논의되었을 때, 의사당에서 있었던 폴 블룸필드의 연설은 모든 이의 심금을 울릴 정도로 감동적이었다. 노동당 소속의 블룸필드는 셰필드 센트럴 선거구의 하원의원인데, 조력 사망 의안에 대해 동료 의원들을 설득하기 위해 가슴 아픈 개인사를 꺼냈다. 그의 아버지는 2011년에 87세 나이로 자택 차고에서 홀로 세상을 떠났다. 폐암 말기 진단을 받은 그는 고통스러운 마지막 몇 주, 몇 달을 피하기 위해 조기에 삶을 마감하기로 결심하고, 그 계획에 대하여 아내나 가족 누구에게도 말하지 않았다. 자신이 한 결정의 공범으로 만들지 않기 위해서였다. 하지만 폴은 마지막 순간에 외로

윘을 아버지를 생각하면 몇 년이 지났어도 너무 가슴이 아프다고 했다.

폴은 우리와 만났을 때 이렇게 이야기했다. "비공개라고 해도 그 이야기를 하는 것은 여전히 힘듭니다. 의회에서 토론하면서 확실히 느꼈어요." 그는 의사당에서 토론하는 중에 자연히 아버지 이야기를 떠올리고 감정을 추스르기가 너무 힘들었지만, 나를 만나 더 많은 이야기를 해주기로 했다.

"아버지가 아프기 전에 일이 해결되었다면, 즐겁게 사셨을 거예요. 아버지는 87세에 많은 친구가 세상을 뜨는 걸 보셨겠죠. 그중에는 괴로운 상황에서 가는 분들도 있었을 거예요. 아버지는 친구들이나 아버지 자신의 그런 죽음에서 어떤 의지도 볼 수 없었을 겁니다. 그래서 죽음을 맞기 전에 선택에 대한 문제를 모든 면에서 생각했어요. 아버지는 사람에게 죽을 권리가 있어야 한다는 생각을 분명히 밝히셨어요. 당시 그 입장이 되었을 때 분명하게 표현하셨죠. 하지만 의사당 연설에서 말했듯이, 말기 진단을 받았어도 여전히 질적으로 괜찮은 삶을 살고 계셨기 때문에 저는 지금도 그 사건이 충격적이에요."

폴의 말을 들어보면 그의 아버지 역시 나와 비슷한 생각을 했던 것 같다. 법률이 좀 더 유연했다면, 그는 성급하게 결정할 필요가 없었을 것이고 그렇게까지 하지 않아도 됐을 것이다.

폴이 의사당에서 아버지 이야기를 공개한 것은 아주 용기 있는 일이다. 그의 말처럼 주제가 무엇이든 의회에서 실제 경험을 꺼내는 것이 중요하다는 사실을 알게 되었다.

"아버지 죽음이 비극인 것은 아버지가 사망했기 때문이 아닙니다. 80대까지 행복하게 사셨으니까요. 비극은 아버지가 그런 방식으로밖에 할 수 없었다는 거예요. 나는 그 방식을 외로운 결정, 아주 외로운 죽음이라고 설명했죠. 내가 보기에는 이 논쟁의 논점이 법 개정에 대한 사람들의 두려움에 너무 맞춰진 것 같아요. 내가 정말 하고 싶은 말은 기존의 법이 사람들에게 어떤 영향을 미치는지 인식해야 한다는 겁니다. 법이 달랐다면 아버지는 더 사셨을 거라고 확신해요. 조력 사망 반대자들 주장 중에 있는, 법률을 개정하면 사람들에게 목숨을 일찍 끊으라고 조장하는 것이라는 주장과 모순되는 말이죠. 현행법에서는 사람들이 통제권을 잃을까봐 두려워서 아직 지적 능력이 있을 때 행동하기 때문에 일찌감치 목숨을 끊죠. 또 다른 반대 주장은 완화 치료 시스템이 잘 갖추어져 있으므로 시스템대로 적절하게 잘 운영되면 모든 것이 괜찮다는 거예요. 하지만 현실의 완화 치료는 그다지 좋지 않아요. 아버지는 맥밀런 간호사를 만난 직후에 목숨을 끊기로 결심했어요. 그 간호사는 아버지의 병이 마지막 몇 주 동안 어떻게 진행될 것인가에 대해 말해주었어요. 아버지는 그런 말을 듣고 구체적인 계획을 세운 것 같아요. 통제권을 상실할 거라는 두려움 때문에요."

폴이 법률 개정이 아니라 현행법하에서 이루어지고 있는 일이 문제라고 말했을 때 나는 그가 정곡을 찔렀다고 생각했다. 현재는 실제로 생명이 아닌 죽음이 연장되고 있기 때문이다. 대중은 언제나 법을 바꾸는 중대한 결정을 내리는 데 주저한다. 하지만 정부도 그런 중대한 결정을 내리지 않기 때문에 폴의 아버지나 나 같은 사람들은 이런 상황에서 살아갈 수밖에 없다. 비극은 거기에 있다. 폴의 아버지나 나처럼 느끼는 사람들이 정말 많다. 내 말은 치매 말기(치매를 예로 들었을 뿐이다)의 모든 환자가 조력 사망을 해야 한다는 것이 아니라(그것은 잘못된 일이다), 말기에 조력 사망을 선택할 수 있어야 한다는 것이다(지금은 하지 못한다). 폴도 내 말에 동의했다.

폴이 말했다. "그것이 논쟁의 핵심이라고 생각합니다. 삶의 질을 선택하고 질적으로 충분하지 못한 삶을 살고 있다고 느낄 때 적절한 순간을 선택할 수 있는 권리 말이에요. 나는 양쪽의 주장을 잘 들었어요. 친한 동료 의원들 중에도 조력 사망을 반대하는 사람들이 있어요. 다른 문제들에 대해서는 나와 의견이 같았지만, 이 문제에는 솔직하지 못한 점이 있는 것 같아요. 많은 사람이 완화 치료에 대한 논쟁이나 조기에 목숨을 끊는 사람들에게 가하는 압력에 대한 논쟁 뒤에 숨어 있어요. 조력 사망에 반대하는 대부분의 논쟁 뒤에는 사람들의 개인적인 신념과 생명이 고결하다는 절대적인 믿음이 있습니다. 그런 사람들에게 내가 하고 싶은 말은 이거예요. '당신 견해가 그렇다면 당신은 그렇게 사세요. 하지만 다른 사람한테까지 그것을 강요하지는 마세요.'"

하지만 폴은 느리지만 확실하게 추세가 바뀌고 있다는 느낌이라며 몇 가지 긍정적인 소식을 전해주었다. 가장 최근에 있었던 의회 토론회에서 동료 의원 두세 명이 이런 말을 했다고 한다. "전에는 법률 개정에 반대했지만 지금은 지지합니다."

폴이 이어서 말했다. "의회에서 균형점이 바뀌고 있는 것 같아요. 아직 확신할 수는 없지만, 의료계와 다른 분야에서도 견해가 바뀌고 있어요. 다른 나라에서 이미 입법화되고 있으니, 영국과 웨일스에서도 법률 개정은 시간문제라고 봅니다. 하지만 내가 걱정하는 것은 법률이 개정될 때까지 우리 아버지가 직면했던 것과 같은 고통스러운 죽음을 겪어야 하는 사람이 많다는 거예요."

다시 이 논쟁으로 돌아가보자. 우리가 죽는다는 것은 100퍼센트 확실한데 사람들은 존엄한 죽음을 맞이하는 것에는 거의 관심을 두지 않는다. 하지만 우리와 비슷한 상황에 처한다면, 그 문제가 정말 단순하다는 걸 알 수 있을 것이다. 내 말은 사람들이 나와 같은 관점이어야 한다는 것이 아니라, 이런 관점도 있을 수 있으며 각자 자신의 관점을 가질 수 있어야 한다는 것이다. 그리고 그런 법률을 이용하고 싶지 않은 사람은 이용하지 않으면 되고, 원하는 사람에게는 허용하면 된다.

폴은 의회에서 하지 못했던 아버지 이야기를 자세히 해주었고 나는 그 이야기가 너무 가슴 아팠다. 그의 아버지는 생을 마감하기 전에 모든 일을 정리했고, 사후 청구서에 지불할 현금을 남겼다. 그런 일들을 함께 짊어질 사람도 없이 아버지 혼자 했고, 가족의 도움을 받지 못한 채 신변정리를 해야 했다는 사실이 폴에게 얼마나 속상한 일이었는지 알 수 있었다.

내 생각에는 치매에 걸리면 아직 할 수 있을 때 죽음을 선택해야 할 것 같다. 신체장애가 큰 사람들도 마찬가지다. 아직 신체 활동을 할 수 있을 때 떠나는 선택을 해야 한다. 미국의 일부 주에서처럼 안락사 약물을 복용하거나 캐뉼러에 주입하든지, 아니면 차마 여기에서는 언급할 수 없는 아주 지독하거나 위험한 다른 방법으로 스스로 목숨을 끊는 것이다.

네덜란드에는 '자정 5분 전'이라는 표현이 있는데, 삶을 유지할 수 없게 되기 전에 세상을 떠나야 한다는 뜻이다. 사실은 이 표현을 이 책의 제목으로 쓰고 싶었다. 나한테는 죽음이 다른 사람들보다 조금 먼저 파티를 떠나야 하는 신데렐라 같은 느낌이었다. 다른 사람들도 파티를 떠나겠지만, 나는 더 빨리 떠나야 진짜 고통을 겪지 않을 수 있다.

사람들에게 죽을 권리를 주는 대신에 더 좋은 완화 치료 시스템이 필요하다는 주장 뒤에 숨는 것으로는 충분하지 않다. 나

는 이미 여러 가지 이유로 완화 치료에 초점을 맞추어야 한다
고 썼다. 앞으로 완화 치료를 필요로 하는 인구가 급증할 것이
라는 보고서 때문이 아니라, 그냥 현대 의학의 특성상 복합 치
료를 받으며 살아야 하는 사람들이 훨씬 더 많아질 것이기 때
문이다. 하지만 NHS는 창설된 이후로 완화 치료에 중점을 두
었던 적이 한 번도 없었으며, 오히려 이는 대개 자선 단체 소관
이었다. 따라서 조력 사망을 덮어버린다고 해서 완화 치료 시스
템이 완벽해질 것이라는 생각은 버려야 한다.

폴은 이렇게 말했다. "완화 치료가 아무리 좋아도 모든 사람
이 영화에서처럼 고통이나 쇼크 없이 조용히 잠자다가 죽을 수
는 없다는 것을 인식해야 합니다. 완화 치료 시설을 운영하는
사람들이 최선을 다해도, 완화 치료를 받다가 비참하게 죽는 사
람들이 많아요. 그래서 완화 치료가 대안이라고 주장하는 사람
들 말이 다 옳다고 할 수 없는 거예요. 어떤 병은 정말 고통스러
워서 완화 치료로는 존엄한 죽음을 맞이하게 해줄 수 없으니까
요."

조력 사망 반대자와 나눈 대화

나는 여러 사람과 대화를 나누면서 조력 사망 합법화에 가

장 심하게 반대하는 사람들이 완화 치료 분야에서 일하는 사람들이라는 것을 알게 되었다. 이들이 죽음, 그리고 환자들이 고통받는 모습을 누구보다도 자주, 가까이에서 본다는 것을 생각하면 이상한 일이다. 2020년에 영국의학협회(BMA)가 실시한 설문조사에 따르면, 의사의 40퍼센트는 의사 조력 자살을 인정하는 법률의 변경을 찬성했지만 완화 치료 의사들은 70퍼센트가 이에 반대했고 7퍼센트만이 찬성했다.[3] 소송이 점점 늘어나고 있는 세상에서 완화 치료 의사들 가운데 이렇게 반대가 많은 것이 네덜란드 의사들처럼 책임감 및 소송 가능성과 어떤 관련이 있지는 않을까 궁금해졌다.

아나와 나는 란다프의 일로라 핀레이 남작 부인을 만났다. 그녀는 완화 치료 교수이고 상원의원이다. 그녀는 조력 사망을 크게 반대하고 있고 완화 치료 분야에서 평생 일했기 때문에 우리는 그녀의 논거를 듣고 싶었다. 많은 반대자와 마찬가지로 핀레이 남작 부인은 완화 치료가 임종 환자에게 위로를 줄 수 있고, 또 그래야만 한다고 믿는다.

우리는 사람들이 자기 삶을 참을 수 없다고 느끼지 않도록 적절하게 치료할 방법이 있으리라 생각한다는 말로 대화를 시작했다. 그녀는 조력 사망을 합법화할 경우, 해야 할 치료의 비중이 약해질 것이라고 우려했고 나도 그 점을 인정했다. 하지만

---

3 영국의학협회의 의사조력 사망에 대한 조사(BMA Survey on Physician-Assisted Dying), 2020

나는 그녀에게 말하고 싶었던 것이 있었다. 첫 번째, 현실적으로 환자에게 맞는 치료를 제공해야 한다는 것과 두 번째, 일부 환자들은 욕구 충족을 위해 계속 적응해야 하는 상황을 원하지 않는데 그들에게 선택권이 있는지 여부였다.

핀레이 남작 부인은 이에 대답하면서 환자들이 필요한 치료를 제대로 받지 못하고 있음을 인정했지만, 그다음에는 진행성 질환자나 만성질환자가 아니라 NHS 직원들의 과로에 대한 이야기로 넘어갔다.

그녀는 말했다. "일선 직원들이 많이 지쳤어요. 죽어가는 환자들을 돌보는 사람들을 보면, 환자들에게 안락사 약물을 처방하거나 그 대상자의 적격 여부를 판단하는 입장에 서고 싶어 하지 않는다는 것을 알 수 있어요."

나는 우리가 당연히 사회를 변화시켜야 하고 NHS에 더 많은 재원을 지원해야 하지만, 동시에 현재의 불충분한 시스템과 열악한 치료에 적응하느니 나처럼 차라리 죽고 싶어 하는 사람들이 있다고 말하면서 내 말의 요점을 재차 강조했다. 하지만 핀레이 남작 부인은 엉망인 시스템에 다시 초점을 맞추고 싶어 했다. 그녀는 내 말을 잘 듣지 않는 것 같았다.

그녀는 말했다. "지금은 그냥 시스템 이야기를 계속할게요. NHS는 공동체 스스로 돌본다는 원칙에 따라 설립되었다는 것을 잊지 말아요. 그러니까 NHS에게 바꾸라고 요구할 것이 아

니라 원래의 기본 가치를 되찾으라고 요구해야 한다고 생각해
요. 이제 적응에 대해 이야기해봅시다. 우리는 모두 인생에서
큰일들을 겪으면서 살아가고 있고 일이 생기면 항상 거기에
적응해야 해요. 예를 들어 자녀를 잃은 어머니는 너무 큰 슬픔
을 느끼겠죠. 내가 만났던 사람들 중에서 가장 큰 절망에 빠진
이들은 자녀가 살해당한 부모들이었어요. 그들은 아이를 그
런 상황에 처하게 한 자신을 용서하지 못했고, 평생 슬픔을 안
고 살아야 했죠. 그런 경우는 분명 적응이 불가능하다고 생각
합니다. 특히 젊은 여성들과 일부 젊은 남성들은 관계가 깨지
면 완전히 절망감을 느낀다고 하죠. 미래가 안 보여서 심한 우
울증에 빠진 젊은이들은 그래도 나중에는 적응하면서 살아가
죠…."

핀레이 남작 부인은 묵인할 수 있는 것과 없는 것에 대하여
아주 명확한 의견이 있는 것 같았다. 하지만 나 같은 사람들에
게는 적응이 앞에서 그녀가 언급한 부모의 삶만큼이나 참을 수
없는 것일 수도 있다는 사실을 이해하지 못하는 것 같았다. 그
녀는 조력 사망을 고려해달라는 내 청원을 '요청에 따른 죽음'
을 원하는 것으로 평가했다. 그러나 그것은 복잡하고 어려운 주
장을 너무 단순화시킨 것이다. 나는 그녀에게 나의 바람이 절망
적일 때를 위한 것이 아니라 치매 말기에 살고 싶지 않기 때문
임을 재차 설명했다.

핀레이 남작 부인은 내게 가장 두려운 것이 무엇이냐고 물었다. "두려운 건 없어요. 그저 지금의 웬디로서 미래에 될지도 모르는 웬디로 변할 위험을 무릅쓰고 싶지 않다는 거예요. 딸들을 알아보지도 못하고, 걷지도 못하고, 야외에 나가지도 못하고, 나한테 중요한 일들을 하지 못하는 그런 웬디가 되고 싶지 않아요."

"안락사 약물을 어느 시점에서 투여받기를 원합니까? 그리고 누가 당신을 대신해 그 결정을 할 겁니까?"

핀레이 남작 부인이 물었다.

"현재로서는 경계를 넘어가기 전에 내가 결정할 거예요."

"경계를 넘어가는 때를 어떻게 알 수 있죠?"

"글쎄요. 모르죠. 그게 문제예요. 죽을 때보다 이른 죽음을 선택해야 해요. 그래야 결정할 능력이 있으니까요."

핀레이 남작 부인은 누군가의 목숨을 끝내는 결정을 해야 하는 의무로부터 의사를 보호해야 한다는 점을 우려하는 것 같았다. 그리고 그녀는 의사가 죽음을 돕는 시스템이 '자원을 치료 제공에서 누군가의 생명을 끝낼 시기에 대한 평가로 전환하는 것'이라고 보았다.

우리는 의사들이 지금도 매일 그렇게 한다고 이의를 제기했다. 이에 그녀는 의사들이 하는 일은 암 같은 병을 살펴보고 어떤 치료를 할지, 그 이익과 위험은 무엇인지를 결정하는 것이라며 다시 반박했다. 하지만 그 '이익'이라는 단어가 나한테는 아주 주관적으로 들린다. 어떤 의사는 이익으로 볼 수 있는 것을 다른 의사는 아주 다르게 말할지도 모른다. 그래서 나는 의사들이 매일 삶과 죽음에 대한 결정을 내리고 있다고 주장하며 내가 옳다고 생각한다.

"아니, 그렇지 않아요. 병의 시기와 조직, 장애 유형을 알면 어떤 방법이 가능한지 알 수 있으니까요. 예를 들어 40년 전에는 소아백혈병 환자의 85퍼센트가 사망했지만 지금은 85퍼센트가 생존합니다. 네, 치료는 어렵죠. 힘들기도 하고요."

나는 지금 말기 진행성 질환자에 대한 이야기를 하는 중이라고 다시 상기시켰으나, 그녀는 여전히 소아백혈병도 예전에는 불치병이었다고 주장했다.

대화가 아주 답답하게 느껴졌다. 이때 아나가 나서서 내가 지금 정신이 또렷하지 못한 상태라고 설명하려 했다.

"치료법이 많이 발전했다는 걸 알아요. 하지만 우리는 지금 살날이 6개월도 남지 않았거나 호전될 기미가 없는 진행성 질환자에 대해 이야기하고 있는 거예요. 악화되기만 할 뿐 좋아질 가능성은 없어요. 그들의 삶은 점점 참을 수 없어지거나 더 고통스러워질 뿐이죠."

그러나 핀레이 남작 부인은 다시 나 같은 사람을 대신하여 결정을 내릴 사람을 정하는 문제에 집중했다.

"그럼 오늘이 안락사 약물을 투여하는 날이라고 누가 정하나요? 그리고 왜 당신은 그걸 치료에 포함시키고 싶어 하죠? 완전히 외부에 맡겨서 독립적으로 평가받게 두지 않고요?"

우리 눈에는 핀레이 남작 부인이 의료진을 보호하는 데 더 집중하고 있는 것 같았다. 그래서 스스로 견딜 수 없어 하는 말기 질환자들을 보호해야겠다는 생각은 얼마나 하느냐고 물었다.

핀레이 남작 부인은 자신이 의사들을 보호하고 있다는 사실을 부인하면서도, 안락사 약물을 투여하기 싫어서 일을 그만두는 캐나다 의료진 일화를 인용했다. 또 의료조력 사망을 시행하는 의사가 받는 정서적, 심리적 피해에 대해서도 말했다. 핀레이 남작 부인은 환자의 말을 귀 기울여 듣는 것이 중요하다고 주장하면서 내 말은 잘 안 듣고 있는 것 같았다. 나는 그녀에게 의료계에서 이런 결정을 내리지 않으면 어떤 대안이 있느냐고 물었다.

핀레이 남작 부인은 대답했다.

"예전에는 범죄자를 교수형에 처했죠. 그런데 왜 교수형 제도가 폐지되었을까요? 간혹 실수로 무고한 사람들이 교수형을 당했기 때문이죠. 균형이 위험한 것인가요? 한쪽의 위험이 반대쪽 위험보다 더 큰가요? 나는 삶을 끝낼 필요가 없을 때 삶을 끝내는 위험을 무릅쓰는 것보다 사람들이 살 수 있도록 지원하는 쪽으로 방향을 바꾸기를 원해요. 나는 잘못된 진단을 받은 사람들, 최선을 다해보지 않은 사람들을 너무 많이 봤어요. 그들은 받을 수 있는 지원을 다 받지 못했거나 너무 늦게 받았죠. 그래서 그 위험이 너무 큰 것 같아요. 그것이 위험의 균형입니다. 또 내가 보기에는 실제로 삶을 끝내는 데 익숙해지는 것이 상당히 유혹적인 것 같습니다. 나는 항상 처음은 정말 어렵지만 두 번째는 좀 쉽고, 세 번째는 식은 죽 먹기라고 했던 네덜란드 의사의 말을 생각합니다. 이제 무엇이 걱정인지 알게 되었어요. 누군가를 죽이는 것이 쉬운 일이 되어서는 절대 안 된다는 거죠."

아나가 핀레이 남작 부인에게 환자의 말을 경청하는 것이 중요하다고 하지 않았느냐고 다시 한 번 말하고, 내 말을 잘 들어보라고 요청했다.

"치매 환자 돌봄 시스템의 서비스 종류가 거주 지역에 따라 달라지는 것 같아요." 내가 다시 이야기해봤다. "하지만 그것과 상관없이, 받을 수 있는 최고의 서비스를 받는다고 해도, 내게 소중한 것들을 상실한 사람이 되고 싶지 않아요. 돌봄 시스템을 아무리 훌륭하게 재설계한다고 해도요."

핀레이 남작 부인은 나에게 20대였을 때를 생각해보라고 했다.

"그때나 지금이나 소중하게 여기는 것들이 같은가요?"

"당연히 아니죠." 내가 말했다.

"그렇다면 당신은 적응하고 변화한 거예요."

"네, 하지만 내 상황에서는 그것은 지금의 나를 위한 적응이 아니고, 다른 사람들이 초래한 적응이 될 거예요. 그때의 나는 더 이상 스스로 그런 결정을 내릴 수 없을 테니까요."

"당신은 지금 당신 입장에서 말하고 있죠. 나는 지금 당신이나 당신 생각에 대해 어떤 식으로든 판단을 내리려는 것이 아니에요. 내 말은 법을 바꾸어도 안전한지 아니면 법을 바꾸면 그전보다 더 많은 사람들이 위험해지는지 묻는 거예요. 영국 인구가 육천만 명이죠. 그중에 당신처럼 생각하는 사람들이 수백 명이고, 법을 바꾸면 위험해질 사람이 수백 명일 겁니다."

그러나 핀레이 남작 부인은 조력 사망을 원하지 않는 사람들은 선택하지 않아도 된다는 점을 도저히 받아들이려 하지 않는 것 같았다. 고통을 끝낼 기회를 원하는 사람들을 왜 인정하지 않는 걸까? 하지만 핀레이 남작 부인은 최악의 시나리오, 즉 가난한 사람들이나 스스로 말할 수 없는 사람들처럼 삶을 끝내도록 강요받을 수 있는 사람들에게 크게 집중했다.

핀레이 남작 부인은 말했다. "노인 6명 중 1명이 학대를 당하고 있는데, 가족 내에서 비공개로 이루어지고 있기 때문에 의료 시스템으로 추적되지 않는다는 사실을 무시하면 안 돼요. 안락사를 원한다고 말하는 환자가 너무 많았어요. 그들은 디그니타스 병원(스위스 취리히에 있는 안락사를 허용하는 병원-역주)에 가고 싶어 했죠. 그런데 그다음에 이렇게 말했어요. '당신이 안락사 약물을 주지 않아서 다행이에요.'"

하지만 현실은 내가 그런 말을 할 가능성이 전혀 없다는 것이다. 그런데도 나는 그 의견을 표현할 수 없을 것이고, 내 침묵을 자기 마음대로 해석할 사람들이 나를 관리할 것이다. 대변해줄 사람이 없는 사람들에 대한 핀레이 남작 부인의 우려에 동의하기는 하지만, 내가 그녀에게 요청한 것은 우리처럼 선택을 원하는 사람들의 말을 잘 들어달라는 것이었다. 그녀가 걱정하는 다른 사람들은 법 규정대로 돌봄 시스템 내에서 돌봄 서비스를 받으면 된다. 나는 치매 환자들도 다른 사람들만큼 중요하다고 주장한다. 내가 하고 싶은 말은 나는 선택권을 원하고, 할 수 있을 때 스스로 결정할 수 있는 선택권을 원하는 사람들이 있다는 것이다.

"나는 이것을 입법 변경 관점에서 보고 있다고 생각해요. 사람들의 안전, 가장 취약한 사람들의 안전이라는 관점, 악용될 수 있다는 관점에서 보고 있죠. 그리고 당신은 당신(오늘의 웬디 그리고 다음 달, 그다음 달, 그다음 해의 웬디)의 관점에서 보고 있어요. 희망이 없는 미래를 보고 있죠. 나는 사람들을 위해 힘들더라도 희망을 찾는 미래를 원해요. 비록 그러려면 유심히 살펴야 하며, 이르든 늦든 누구나 죽기 마련이고 종종 삶을 놓아버리면 그냥 죽는 사람도 있다는 사실을 인정해야 한다고 해도 말이에요. 나는 거의 작별 인사 같은 것을 한 뒤, 그다음 날 세상을 뜬 사람들을 정말 많이 봤어요. 그 사람들의 기저질환이 무엇이었든 상관없이요."

우리는 그녀의 이야기를 중단시키고 그 사람들에게 기저질환이 있다는 점을 상기시켰다. '사람이 죽는 것'에 대하여 이야기하는 것이 단순하고 정말 섬뜩한 표현이기 때문에, 핀레이 남작 부인은 그냥 '놓았다'고 이야기했다. 하지만 그 사람들 역시 진행성 질환자 또는 말기 질환자였다.

"하지만 내 나이쯤 되면 누구나 기저질환이 있죠." 핀레이 남작 부인은 주장했다.

이번에도 그녀는 내 말을 잘 안 듣고 있는 것 같았다.

"당신이 옹호하는 선택권은 흑백 두 가지밖에 없어요. 당신이 살아 있거나 이미 죽은 것이라고 나누고 있죠." 핀레이 남작 부인이 주장했다.

그러나 그것은 우리가 말하려던 것이 절대 아니고 우리는 보호와 돌봄 시스템이 중요하지 않다고 말하지도 않았다. 단지 우리가 하려던 말은 사람들이 정신과 상담, 돌봄, 가정 통증 관리 등 모든 시스템을 다 소진하면 할 수 있는 일이 없다는 말이야말로 이분법적 선택이라는 것이다. 죽을 때까지 그냥 기다려야 하니까 말이다.

핀레이 남작 부인이 말했다. "난 더 이상 할 수 있는 일이 없다는 말을 할 수 없어요. 내겐 요술 지팡이도 없고, 내가 할 수 있는 일이 아주 미미하고 하찮아 보일지 모르지만, 그것으로 위로가 된다면 가치 있는 일이죠. 하지만 의사인 나로서는 '네, 당신은 안락사 약물을 처방받을 자격이 있습니다. 여기 있어요'라고 말하는 입장이 되고 싶지 않아요. 나와 분야가 같은 다른 의사들도 그렇고요."

하지만 내가 핀레이 남작 부인에게 전달했으나 그녀가 이해하지 못한 뜻은 이 사람들이 이미 죽어가고 있고, 받은 진단만으로도 그들은 안락사를 선택할 자격이 있으며, 조기에 생을 마감하고 싶은 바람으로 새 법을 이용하려고 한다는 것이다. 원하지 않는 사람들은 이용하지 않아도 되므로 결정은 의사가 아니라 환자(아마도 나)가 내릴 것이다. 그러나 핀레이 남작 부인은 이런 내용을 듣지 않는 것 같았고, 나는 그 점이 실망스러웠다.

사실 온라인에서 핀레이 남작 부인을 만난 것은 이번이 두 번째였다. 처음 만났을 때 그녀는 치매가 많이 진행되었는데도 치매 요양원에서 입소자들에게 매일 완벽한 피아노 연주를 들려주던 한 남자의 이야기를 해주었고, 우리는 깊은 인상을 받았다. 그녀가 우리에게 알려주고 싶었던 것은 그가 피아노 연주를 하는 순간에는 그의 삶이 본인은 물론 입소자들(일부는 일어나서 춤도 추었다)에게도 여전히 효용이 있다는 것이었다. 나는 이 이야기가 잊히지 않았다. 핀레이 남작 부인이 삶을 가치 있게 만든 순간들을 간직한 다른 사람들 이야기도 들려주었지만 말이다. 예를 들어 의식이 없다가 며칠 만에 깨어나 옆에서 병간호를 하던 딸에게 사랑한다는 말을 하고 마지막 숨을 거두었던 어떤 어머니의 이야기도 있었다.

물론 이 이야기들은 감동적으로 들리지만, 이런 짧은 시간들이 나머지 시간들을 견딜 수 있게 해주었는지 나 자신에게 묻지 않을 수 없었다. 예를 들어 요양원에서 피아노를 치던 그 남자에게 피아노를 치지 않는 나머지 시간은 어땠을까? 그 시간을 어떻게 보냈을까? 혼란스러운 동요 상태에 있지 않았을까? 어쩌면 더할 나위 없이 만족했을 수도 있지만, 내가 보기에는 개인의 삶을 의미 있게 만드는 것을 외부자들이 결정하는 것 같았다. 그래서 그가 의사소통을 할 수 있다면 거기에 동의할지 궁금했다.

나는 지난 6년 동안 치매 환자들도 의미 있는 삶을 영위할 수 있고 여전히 사회에 기여할 수 있다고 옹호하는 글을 쓰면서 지냈다. 한편 경계를 넘어가 주변과 사랑하는 사람, 내가 그토록 놓치지 않기 위해 애썼던 자아감을 거의 인식하지 못하는 사람이 되면, 나에게 삶이 아무 의미가 없어지게 된다고도 주장해왔다. 그렇다면 미래의 나를 위해 지금 결정을 내릴 수 있어야 하지 않을까?

어떤 가족과 나눈 대화

수십 년 동안 완화 치료 분야에서 일해온 핀레이 남작 부인은 환자를 마지막 순간까지 편안히 지내게 할 수 있다고 믿는 것 같지만, 그렇지 않다는 것을 알려주는 이야기들이 있다. 세라 드러먼드의 어머니인 헤더 블랙은 식도암을 앓았는데, 임종기가 되자 삶을 끝내게 해달라고 딸들에게 간청했다. 헤더의 사망 후 세라와 그 자매들은 사람들의 마음과 생각, 법률이 바뀌기를 바라는 마음으로 어머니 이야기를 공유했다.

세라는 어머니가 암에 걸리기 전까지는 조력 사망에 별로 관심이 없었다고 털어놓았다. 그녀는 가족 내에서 다양한 죽음을 경험했는데, '기분이 좋지는 않았지만 감당할 수 있었다'고 한다. 하지만 어머니의 죽음은 달랐다. "너무 충격적이어서 그런 식으로 고통받는 것을 멈추게 할 방법이 있다면 하겠다고 맹세했어요."

세라는 스코틀랜드에 거주하고 있다. 스코틀랜드에서는 조력 사망 관련법이 어느 정도 진전되어 입법 초안을 위한 제안이 진행되고 있다. 이 계획이 잘 되어 입법화되면, 세라의 엄마 같은 환자는 마지막 며칠 동안 고통을 겪지 않아도 되겠지만, 나 같은 사람에게는 도움이 되지 않을 것이다. 우리가 만났을 때 세라가 한 말처럼, 우리는 변화를 향해 조금씩 나아가야 하며 그 사실을 인정해야 한다.

세라가 설명했다. "엄마와 함께할 수 있는 일이 없다는 것을 알게 되었을 때가 4단계, 말기였어요. 그건 일종의 피해 대책이 었어요. 그 당시 우리는 임종기를 맞았기 때문에, 스코틀랜드 의회의 법안은 우리 엄마 상황에 잘 맞았어요. 분명 그렇지 못한 사람들도 있겠지만, 기회를 얻을 수 있는 기준은 아주 한정 적이고 엄격해야 했어요. 그렇지 않으면 아예 이 법이 제정되지 않았을 것이고, 그랬다면 우리 같은 사람들은 무척 실망하게 될 테니까요."

사람들이 이 아이디어에 익숙해지도록 하려면 이런 단계들을 거쳐야 한다. 의학은 거의 모든 병을 치료할 수 있을 정도로 발전했는데 왜 죽음은 치료할 수 없는가? 어딘가에서 세라의 인용문을 읽었는데, 그녀는 엄마가 수월하게 죽음을 맞이할 수 있게 하는 약이 있다고 했다. 그래서 그녀는 엄마에게 도대체 누구를 위해 살아 있는 거냐고 말했다.

세라가 말했다. "정말 말도 안 되죠. 엄마는 우리한테, 호스 피스 센터 사람에게 말했어요. '이제 됐어.' 운이 좋았다면 트라우마를 겪지 않고 작별 인사를 할 수 있었을 텐데. 마지막 순간은 실제로 더 나빠져서 점잖고 차분한 죽음이 아니라 그냥 끔찍했어요. 엄마는 식도 주변에 거대한 종양이 있었기 때문에 숨 쉴 때마다 숨 막히는 듯한 소리가 났어요. 숨 막혀 죽을 것 같은 소리였어요. 그리고 센터 요원들이 엄마에게 약물을 투여하자, 마지막 12시간 동안 말 그대로 기침하고 토하고 꾸르륵대며 작은 갈색 점액물이 튀어나왔어요. 토사물에는 피부, 피, 종양이 뒤섞여 있었어요. 정말 공포영화의 장면 같았죠."

이런 묘사는 읽기도 힘들지만, 자주 언급되지도 않는다. 사실 많은 사람이 이런 이미지 때문에 너무 불쾌해하고 조력 사망에 대한 이야기를 참을 수 없게 된다. 나는 그 장면이 세라와 그 가족에게 너무 충격이었고 그들이 그 모습을 영원히 잊지 못하고 괴로워할 것임을 깨달았다. 그러니까 헤더의 딸들은 엄마의 죽음을 종결짓지 못했다는 뜻이다.

세라는 말했다. "계속 끔찍한 일이 벌어져서 작별 인사도 하지 못했어요. 그냥 말도 안 돼요. 그 시간 동안 엄마가 살아 있다고 해서 도대체 누구에게 이로웠나요? 모두들 동물도 고통을 겪게 놔두지 않을 거라고 말하죠. 사실이에요. 그러면 안 되죠. 하물며 사람은요. 동물과 다른 점이라면 설령 고통스럽지 않아도, 당신의 삶을 끝내고 싶은지는 당신에게 달려 있다는 겁니다."

나는 줄곧 조력 사망을 하나의 선택으로 원하지 않는 사람들을 존중한다고 말했다. 그것은 분명 선택이다. 하지만 그렇지 않은 사람들도 선택할 수 있어야 한다고 생각한다. 세라의 엄마 같은 사람들은 '이제 됐어'라고 말할 수 있어야 한다.

"우리가 가장 먼저 한 말은 '이건 미친 짓이야. 어떻게 이게 정상일 수 있지?'였어요. 엄마는 거기에 누워 있었고 아직 살아 있었어요. 그런데 누구를 위해 살아 있는 거죠? 우리는 왜 이 병실에 있는 거죠? 어떤 종류의 삶의 질이 남아 있다는 건가요? 다른 사람들이 이런 일을 겪지 않게 하려면 우리가 뭘 해야 하죠? 남편이나 아이들이 나 때문에 이런 일을 겪는 일은 없었으면 좋겠어요. 엄마는 우리한테 여러 번 부탁했어요. 죽여달라고, 끝내달라고요. 그래서 우리는 무슨 일을 할 수 있을까 생각했습니다. 얼굴 위에 베개를 올려놓을까 등 온갖 생각을 했어요. 생각만 했죠. 하지만 일이 어떻게 될지 알았더라면 직접 처리했을 겁니다."

나는 세라의 이야기, 특히 엄마가 딸들에게 죽게 도와달라고 부탁했을 때 느꼈던 절망감에 대해 듣고는 너무 슬펐다. 이야기를 들으면서 우리 아버지가 암 진단을 받았을 때가 생각났다. 아버지는 가장 먼저 의사들에게 죽음이 연장되지 않도록 의사들이 해줄 수 있는 일이 있느냐고 물었다. 왜냐하면 어쩔 수 없었기 때문이다. 우리는 수명 연장에 대해 정말 많이 이야기하지만, 거기에 수반되는 고통에 대해서는 이야기하지 않는다. 그렇기에 실제로는 죽음을 연장시키고 있는 셈이다.

세라는 자기 어머니의 마지막 며칠에 대한 이야기를 자세하게 듣는 것이 정말 불쾌할 것이라고 인정하면서도 이렇게 말했다. "사람들이 그런 이야기를 하는 것으로는 충분하지 않아요.

우리가 이 이야기를 나눈 후, 사람들에게서 '아, 우리 할아버지도 그랬어요', '우리 아빠도 그랬어요'라고 적힌 편지들을 받았어요. 하지만 누군가가 죽을 때 손을 잡아준다는 아름답고 사소한 장면이 이런 끔찍한 내용을 모두 가리죠. 그런 장면은 항상 현실과 다르고 진실도 아닙니다. 우리는 그것에 관한 이야기를 해야 해요."

다시 말하지만, 우리는 죽음에 대해 충분히 이야기하지 않는다. 조력 사망을 논할 때 많이 강조되는 점은 보호 장치를 마련해야 한다는 것이다. 이 주제를 다룰 때 항상 최악의 상황이라는 관점에서 보는데, 내가 보기에 그것은 너무 복잡한 문제다. 특히 다른 나라들에서 보호 장치에 대하여 협의할 때 어떻게 했는지를 생각하면 더 복잡해진다.

물론 보호 장치를 마련해야 한다. 하지만 세라 엄마의 경우, 어떤 의사도 그녀가 고통을 겪고 싶어 하지 않는다는 것을 의심하지 않았다. 어떤 의사도 그녀가 본인 의사가 아닌 가족에게 큰 영향을 받아 죽음을 결정한 것이라고 걱정하지 않았다. 어떤 의사도 그녀가 가족에게 부담이 되니 죽음을 선택하는 것이라고 생각하지 않았다. 사랑하는 사람이 그 같은 고통을 받는 것을 보고 싶어 할 가족은 없기 때문이다. 세라의 말처럼, 세라의 가족이 엄마에게 무슨 일이 일어날지 알았다면 설령 기소를 당하더라도 엄마를 도와주기로 결정했을 것이다. 헨리 마시가

《And Final: Matters of Life and Death(그리고 최후, 삶과 죽음의 문제)》에 썼듯이 영국에서 자기 삶을 끝내는 것은 불법이 아니다. 하지만 불법이 아닌 일을 하는 누군가를 돕는 것은 불법이다.

조력 사망 담당 의사와 나눈 대화

핀레이 남작 부인과 대화를 하는 동안, 그녀는 삶을 끝내려는 사람을 도우면서 의사들이 느끼는 불편한 감정에 대하여 많은 이야기를 했다. 하지만 전 세계의 모든 조력 사망 법률에는 양심에 따른 거부 조항이 있어서, 불편함을 느꼈거나 그것이 개인의 행동 원리에 반하면 하지 않아도 된다. 그녀는 조력 사망이 허용된 국가들에서 법률에 따라 말기 질환자의 죽음을 돕도록 강요받을 가능성에 대해 얼마나 많은 의사가 우려를 제기했는지 일화를 들어 설명했다. 핀레이 남작 부인 표현대로 정말 이 일이 '식은 죽 먹기'가 될지를 알아보기 위해 말기 질환자에게 삶을 끝내는 약을 처방하는 의사와 이야기해볼 필요가 있겠다는 생각이 들었다.

2016년 6월, 캘리포니아주 안락사법(California End of Life Option Act)이 제정되었다. 이 법에 따르면 캘리포니아주에 거주하는 성인 말기 질환자는 의사에게 자기 삶을 끝내는 약을 요청할 수 있다. '의료조력 사망(Medical Aid In Dying, 미국에서는 MAID 라고 함)'을 요청할 수 있는 자격은 18세 이상의 치료 또는 호전 될 수 없는 말기 질환자 중 남은 수명이 6개월 미만이고, 신체 적으로 약을 복용하고 소화할 수 있어야 하며, 정신 장애로 인 한 판단력 장애가 없는 사람이어야 한다.

안락사 약물을 입수하는 과정에서 단계별로 많은 보호 장치 가 있다. 예를 들면 환자가 의사에게 세 차례에 걸쳐 요청해야 한다는 조항이 있다. 먼저 서면으로 신청하고, 두 번째 자발적 인 결정임을 확인하기 위해 환자 단독으로 의사를 만나야 하며, 세 번째 진단이 말기임을 확인하기 위해 자문의사를 만나야 한 다. 또 약을 처방하는 의사는 환자 및 그 가족과 다른 임종 선택 에 대하여 의논해야 한다. 2021년에 캘리포니아 공중보건국에 서 발표한 데이터 보고서[4]에 따르면, 이 법이 시행된 후로 3,766 명이 처방전을 받았고 그중 2,422명이 약을 복용하고 사망했다 고 한다. 나머지 사람들은 약을 복용하지 않았다. 이런 결과 양 상은 의료조력 사망을 합법화한 다른 10개 주에서도 일관되게 나타나서 처방약의 약 3분의 1이 사용되지 않았다.

캐서린 포레스트는 이런 조력 사망 약의 처방전을 발행해주 는 의사다. 아나와 나는 줌을 통해 산타크루즈 자택에 있는 포 레스트 박사를 만났다. 나는 안락사 약물을 처방하는 의사를

---

4 California End of Life Option Act 2020 Data Report(캘리포니아주 안락사법 2020 데이터보고
   서), 2021년 7월

'죽이는 사람'으로 표현하는 사람들에게 하고 싶은 말이 있는지부터 물었다.

포레스트 박사는 이렇게 대답했다. "내가 조력 사망 약을 처방할 때 사람들이 나한테 무엇을 하고 있냐고 물으면, 그들이 스스로 정의 내린 것처럼 고통을 멎게 해주겠다는 의료약속을 이행하고 있다고 대답해요. 그리고 그들의 고통이 무엇인지 나한테 말해주는 것은 환자의 행위라고 생각해요. 그들에게 내가 사는 곳에서는 그것이 합법이고, 합법이 아니라면 하지 않겠다고 일깨워주죠. 하지만 나는 그 행위를 합법으로 만들기 위해 열심히 싸웠습니다. 왜냐하면 죽어가는 사람들이 자기 죽음의 시기와 방법을 스스로 선택할 수 있어야 한다고 믿었거든요."

또한 포레스트 박사는 의료조력 사망에 대해 아주 개인적인 경험이 있다. 그녀의 남편이 코로나19와 관련된 것으로 판단되는 근위축측삭경화증 일명 루게릭병(amyotrophic lateral sclerosis, 영국에서는 일반적으로 운동신경질환으로 더 많이 알려짐)을 진단받았고, 2021년에 캘리포니아주 안락사법을 이용하여 삶을 마감하기로 결정했던 것이다.

조력 사망이 합법화된 주에서 그 법이 거주자들에게 어떤 영향을 미친다고 생각하는지 포레스트 박사에게 물어보고 싶었다. 해당 주에서 처방된 안락사 약물의 3분의 1이 사용되지 않는다는 것을 알고 있기 때문에 특히 궁금했다.

이에 포레스트 박사는 말했다. "죽음에 대한 선택권이 있다는 것을 알면, 살면서 덜 불안하고 사랑하는 사람들과 더 많은 시간을 보낼 수 있어요. 나는 그 효과를 수량화하지는 않아요. 그것을 더 많이 산 날수로 해석할 수 있다고는 생각하지 않으니까요. 크게 달라지는 것은 삶의 양이 아니라 질이라고 생각해요. 실제로 그 효과는 보편적이고, 환자가 조력 사망을 선택하느냐 안 하느냐 여부로 나타납니다. 내가 항상 듣는 말이 있어요. '난 조력 사망을 선택할 것 같지 않아요.' 그리고 그들은 절대 요청도 안 하죠. '하지만 할 수 있다는 건 알아요.' 그것만으로도 사람들은 마음의 짐을 크게 덜게 됩니다. 하지만 남편이 말했듯이 '살고 싶은 욕구가 굉장히 크죠.'"

캘리포니아주 법률상으로 환자 본인이 요청하고 자격 기준에 부합할 경우, 포레스트 박사는 말기 진단을 받은 환자에게 환자가 직접 투입해야 하는 안락사 음료나 약물 주사를 처방할 수 있다. 환자가 약물을 직접 투입할 수 있어야 하기 때문에 일부 진행성 질환자들은 조력 사망을 원해도 처방을 받을 수 없다. 예를 들어 다발경화증이나 루게릭병 환자의 경우, 말기에는 신체적으로 약을 들어 올려 복용하지 못할 수도 있다. 하지만 튜브나 카테터를 통해 약물을 주입할 수 있는 기술이 개발되었다. 이 기술은 심지어 눈 깜박임을 명령으로 받아들이기도 한다. 중요한 사실은 여전히 환자가 통제한다는 것이다. 하지만 치매 환자는 여전히 그 법률의 적용 대상이 아닌데, 자기 삶을 끝낼 결정 능력이 없다고 여겨지기 때문이다.

포레스트 박사는 설명한다. "우리 주에서는 임종 때에 능력이 있어야 해요. 그래서 일례로 치매 환자는 우리 법을 이용할 수 없어요. 그것이 이 법의 한계죠. 나는 사람들이 미래에 원하는 것과 미래에 대한 의지를 표명할 수 있다고 생각해요. 실제로 우리 주에는 의료에 대한 지속적 위임장이 있습니다. 위임장에는 이렇게 적혀 있어요. '스스로 결정을 내리지 못할 경우, 이사람이 나를 대신하여 결정을 내린다.' 더 이상 의료에 대한 의사결정 능력이 없는 미래의 자신을 위한 의지죠. 하지만 캘리포니아주에서는 필요한 보호 장치가 복잡하기 때문에 자격 기준 확대 계획이 없습니다."

능력을 상실한 경우, 심지어 영국에서도 앞서 설명한 사전결정으로 구명 치료를 거부할 수 있는데(그로 인해 다른 의료 응급 상황이나 다른 질병 발병에 영향을 줄 수는 있다), 캘리포니아주 법률상으로 나 같은 사람은 일단 경계를 넘어가면 미래의 나 자신의 고통을 끝내는 결정을 내릴 수 없다는 것이 이상하다. 포레스트 박사는 캐나다에서는 조력 사망법에 따라 최종 동의 포기서를 제출할 수 있는 치매 환자(그들의 죽음을 합리적으로 예측 가능한 것으로 간주함)도 대상자가 되며, 따라서 능력을 상실한 후에도 그들의 의료조력 사망은 진행될 수 있다고 지적했다. 그러나 결정적으로 그들은 그 일이 일어날 미래의 시일을 정해야 하고, 그날에 '말 또는 소리, 몸짓'으로 반대를 표시하면 무효가 된다.

2016년에 캐나다에서 의료조력 사망법이 제정(2021년에 신청 자격자 범위가 죽음을 '합리적으로 예측할 수 없는' 환자까지 확대됨)된 이후 총 3만 1,644명이 의료조력 사망을 통해 사망했다.[5] 캐나다 시스템으로는 나도 대상자에 포함되기 때문에 능력과 미래 계획 문제에 대하여 포레스트 박사와 좀 더 이야기하고 싶었다.

그녀는 말했다. "나는 지금 조력 사망을 이용하여 사망한 사람의 아내이고, 남편은 더 오래 살기를 선택했을 거예요. 하지만 신체 능력이 있어야 한다는 우리 법 때문에 남편은 자기 선택보다 이르게 사망했어요. 그래서 특히 치매를 생각하면, 웬디 당신이 말한 것들 중 하나인 생각하는 능력이 떠올라요. '나는 평생 일관되게 살아온 사람입니다. 당신도 나를 알죠. 내 인생의 이 부분, 그러니까 마지막, 죽음에서 도와줄 미래의 당신을 위해 이 글을 쓰고 있습니다. 내 대리인이 사라지고 있거든요. 사람은 누구나 죽는데, 다른 사람에게 내 대리권을 부여할 방법이 있습니까? 완벽하지 않으리라는 걸 알지만, 이런 조건들이 충족될 경우, 지금 나는 그런 식으로 사는 것을 고통으로 인식하고 있으니 그 고통의 시간을 줄여주세요.'"

---

5 Third annual report on Medical Assistance in Dying in Canada 2021(2021 캐나다 의료조력 사망에 대한 3차 연례보고서), 2022년 7월

포레스트 박사는 나처럼 경계를 넘어가면 고통스러울 것이라고 믿는 치매 말기 환자를 많이 접했다고 인정했다. 그녀가 보기에 그들은 많이 고통스러워 보이지 않았지만, 그들의 주치의로서 그들이 무엇을 원하는지 알고 있었기 때문에 일례로 방광염 치료를 위해 병원으로 이송하지 않았고 원치 않는 치료를 중단하고 그저 육체 고통을 보살피면서 '최선을 다했다'고 말했다.

"우리가 왜 배제가 아닌 포용을 위해 싸우는지 그 이유를 정확하게 알 수 있습니다. 임종 시에 대리권 이용을 배제하는 것, 바로 그게 현재 상황이니까요." 포레스트 박사가 말했다.

나는 그녀에게 설명했다.

나는 그녀에게 현재 영국에 있는 내가 생을 마감하기 위해 선택할 수 있는 유일한 방법은 스위스의 디그니타스 병원으로 가는 것이지만, 낯선 곳에서 죽고 싶지 않고 내 딸들이 나와 함께 갔다가 둘만 다시 돌아올 거라는 생각을 하면 견딜 수 없다고 했다.

포레스트 박사는 말했다.

"우리는 미국 여기에서 25년째 살고 있어요. 여기에서는 자동차를 타고 조력 사망이 합법인 곳에 가서 거주할 수 있지만, 당신이 거주하는 곳에서는 그럴 수 없죠. 하지만 문제는 당신이 사는 지역에서는 무엇이 옳은가예요. 당신이 속한 사회는 그것을 지지해줄 정도로 변화했나요? 나는 나가서 다른 의사들과 이야기할 거예요. 여론조사를 해보면 사람들은 조력 사망에 대한 선택권을 지지하죠. 어려운 상황에 처하게 되면 사람들이 불편해하는 부분, 사회가 바뀐 부분과 바뀌지 않은 부분을 알게 되죠. 그리고 능력 문제 주변에서 일부 불편한 부분이 드러납니다. 관할 지역이 중요해요. 그래서 당신이 사는 곳과 내가 사는 곳이 비슷한 점이 있는데, 치매 개념이 매 순간 의식적인 결정을 하지 못한다는 것이에요. 그리고 그것이 많은 사람에게 방해가 됩니다. 내 경우 미래를 위해 '난 지금 말짱해'라고 말할 수 있어야 해서 힘들게 지내고 있어요."

나는 캐나다나 네덜란드 같은 나라에서 유효한 사전 의료 의향서에 대하여 포레스트 박사와 이야기를 나누었다. 이들 나라에서는 사람들이 능력을 상실하기 전에 자신의 바람을 진술하고 질환의 진행에 따라 재진술도 가능하다. 내 경우는 치매가 불안정하다. 정신이 흐릿한 날에는 아무것도, 아무 말도 할 수 없지만, 다음 날 정신이 맑아지면 다시 모든 것을 할 수 있다. 그렇게 나는 지금도 불안정하며, 병이 더 진행되면 더욱더 불안정해질 것이다. 그러나 치매는 너무 복잡해서 환자들을 하나의 범주에 넣을 수 없다.

"그것이 어떤 느낌인지 알 것 같고 나한테도 어느 정도 그렇게 느껴져요. 아마 거의 모든 치매에는 초기와 중기의 진행 순서가 있다고 생각하는 것이 가장 좋을 것 같아요. 그리고 그다음 단계는 초기와 중기의 어디쯤일 것이고, 그때는 환자의 임종 시 바람으로 짐작되는 내용을 어느 정도 일관성 있게 결정하기 때문에 주변 사람들이 분명하게 알 수 있을 거예요. 그 경우에 환자 본인이 그 내용을 기록해놓으면 가족과 친구들에게 좋겠죠. 진행된 치매 양상에 대한 몇 가지 증상이 있겠죠. 환자가 그 상태가 되면, 모든 결정이 이루어지는 그 순간들에 의료 의사 결정권을 가진 가족(또는 그 대리권을 받은 자)이 대리권을 받게 될 것이고, 그 옵션 중 하나는 조력 사망이 될 겁니다. 그 옵션들에는 '당신이 전부터 이 사람을 알았는가?', '이 사람이 그 상태가 되었는가?', '그때인가?' 등이 있겠죠. 하지만 이미 말한 대로 현행 법률이 바뀔 계획도 없고, 가족에게 부탁하는 것도 힘든 일이에요."

"당신은 누군가에게 당신 없이 스위스에서 돌아오라고 하는 것이 힘든 일이라고 했지만, 누군가가 행복해 보일 때는 그에 따른 많은 책임이 있어요. 당신은 치매에 대해 잘 알죠. 치매에 걸려도 환자 본인은 고통스러워 보이지 않아요. 고통스러워 보이지 않는 누군가의 삶을 책임지고 끝내달라는 부탁을 다른 사람에게 하기가 힘들죠. 그래서 그 사람에게 미리 이렇게 말해두어야 합니다. '이건 현재의 내가 치매에 걸린 나의 죽음을 보는 관점이에요. 내게는 이것이 고통처럼 보여요. 그러니까 나를 믿고, 내가 부탁한 일을 해주세요. 그게 나한테는 선물이에요.' 복잡하죠. 모든 옵션을 고려하면 우리는 그 상태가 될 거예요. 그러니까 초기에 미래 대리인에게 맞는 언어를 찾아보세요. '나한테는 고통이 이런 느낌일 것 같아요. 제발 이렇게 해줘요.' 우리는 그 상태가 될 거라고 생각해요."

핀레이 남작 부인과 달리 포레스트 박사는 경계를 넘고 싶지 않다는 내 말을 이해한 것 같았다. 내가 설명했을 때 포레스트 박사는 다음과 같이 긍정적으로 말했다. "지금 당신의 삶은 과거의 당신이 살고 싶었던 삶이 아니죠." 그 말이 맞다. 의료계 종사자로부터 그 감정을 알아주고 존중한다는 말을 들으니 아주 후련했다.

포레스트 박사는 다음과 같이 말했다.

"사람들이 고통을 거론할 때, 그 뜻은 '당신에게는 고통이 무슨 의미입니까?'일 거예요. 우리 남편의 경우, 자기 몸에 영양관과 호흡관을 다는 것을 상상도 할 수 없었어요. 그렇게 되면 의사소통을 할 수 없으니까요. 그 사람은 평생 의사소통을 하며 살았어요. 하지만 내 환자들 중에 정신이 있으면 살아 있는 것이라고 생각하는 환자가 한 명 있었어요. 그래서 당신 말이 정말 중요한 거예요. 우리는 다른 사람의 경험을 모욕해서는 안됩니다. 정말이지 다른 사람의 말을 잘 들어야 해요. 웬디가 누구죠? 웬디는 지금 이렇게 말하고 있는 거예요. 웬디의 본질은 그런 미래를 바라지 않는다고, 미래에는 진술할 수 없을 거니까

지금 미래를 위해 진술하고 있다고요. 자길 믿어달라고요."

캐서린 포레스트와 이야기하면서 내가 얼마나 안심했는지 말로는 설명 못한다. 그녀가 내 언어로 말해준 것도 좋았지만 더 중요한 점은 내 말을 잘 들어주었다는 것이다. 절제해서 표현하자면, 그녀는 그 주제에 대해 열정뿐만 아니라 동정심도 가지고 있었다. 내가 느낀 좌절감을 그녀도 느꼈고 함께 나누었다. 그녀가 '고통'이라는 단어를 여러 번 언급했을 때, 나는 내가 두려운 것은 미래의 고통이 아니라 미래의 삶이고, 현재의 웬디는 다른 사람에게 의존해서 살아야 하는 미래의 웬디가 되고 싶지 않다고 설명했고 그녀는 내 이야기를 잘 들어주었다. 미래의 웬디가 얼마나 '행복'해 보이는지 아니 더 정확하게 말해서 사람들이 내 표정을 어떻게 해석하는지는 중요하지 않다. 포레스트 박사는 아프고 고통스러운 사람과 그냥 스스로가 바라지 않는 삶을 사는 사람을 구별할 줄 알았다. 그녀의 남편이 말했던 사람은 후자였지만, 그는 거주지가 캘리포니아주였던 덕분에 자신의 선택에 따라 행동할 수 있었다.

나는 일반적인 사람들과 조력 사망 반대자들로부터 '하지만 당신은 행복할지도 모르잖아요'라는 말을 항상 듣고 있다. 그럴 때마다 그들을 향해 이렇게 외치고 싶다. '나한테는 그게 중요하지 않다고요!' 자율성도, 독립성도 없이, 내가 언제, 어디에서, 어떻게 일을 하는지에 대해 전적으로 타인에게 의존하는 것은 오늘의 웬디가 미래의 웬디에게 바라는 삶이 아니다. 포레스트 박사는 내가 대화를 나누었던 의료인들 중에서 처음으로 이 것을 완전히 이해해주었고, 내가 자주적으로 이 말을 할 수 있게 해주었으며, 내 말을 믿어주고 귀 기울여 들어주었다. 우리는 단순히 들어주는 행위, 심지어 공감하지도 않고 그냥 듣기만 하면서 '듣고 있어. 네가 왜 그렇게 느끼는지 알겠어'라고만 대답하는 행위를 정말 당연한 일로 생각한다.

포레스트 박사의 말처럼, 우리는 어려움에 처하면 법을 개정하여 사람들에게 개인의 삶에 대한 자율권을 허용할 때 사람들이 어떤 저항을 하는지 이해할 수 있게 된다. 하지만 이 문제는 극복할 수 있다는 것이 다른 지역에서 입증되었다. 그들은 여전히 어렵긴 하지만 보호 장치 문제의 해결책을 찾았다. 캐나다에서는 우울증처럼 심각하고 치료할 수 없는 정신질환자들이 자기 삶을 끝내게 해달라는 신청을 할 수 있도록 법의 적용 범위를 확대하는 가능성이 고려되고 있다(하지만 입법자들이 증거와 보호 장치를 추가 조사할 수 있도록 2024년까지 유예되었다). 하지만 잉글랜드와 웨일스에서는 수명이 6개월도 남지 않은 환자의 죽음을 연장시키지 않는 입법 활동의 첫발도 떼지 못했다.

포레스트 박사와 나눈 대화는 전체적으로 흥미로웠을 뿐만 아니라(이 책에 모두 기록할 수 있으면 좋겠지만), 그녀는 자신과 다른 의사들이 기존 조력 사망법의 대상이 되지 않는 사람들에게 합법적으로 제시할 수 있는 대안도 말했다. 포레스트 박사는 자신이 캘리포니아주와 그 외 지역에서 자발적으로 식음을 전폐하고자 하는 환자(자발적 단식자)들을 지원해준다고 했다.

"내가 상담한 사람들 중에 남은 수명이 6개월 미만이고 조력 사망법이 없는 주에 거주하는 암 환자들이 있었어요. 그런 상황에 처한 환자들을 위해 우리는 자발적으로 식음을 전폐하는 결정을 내리게 한 뒤, 배고픔을 느끼지 않도록 진정제를 복용시켰어요. 그러면 그냥 잠자다가 기관들이 기능을 멈추고 사망하는 거죠. 이 과정은 보통 7일에서 14일 정도 걸려요. 하지만 이 방법이 (조력 사망이) 아닌 이유는 사망 원인이 내가 준 진정제가 아니고 단식이기 때문이에요. 그들이 선택해서 스스로 한 것이죠. 그리고 우리 주에서는 환자가 능력이 있으면, 음식을 포함한 치료를 거부할 수 있어요."

포레스트 박사는 환자들에게 준 진정제가 완화 진정제가 아니라고 지적했다. 그래서 환자는 깨어났다가 다시 잠이 든다. 그녀는 환자가 사망할 때 그 증상을 관리해줄 뿐이다.

"우리는 치매 진단을 받은 환자들을 오랫동안 많이 봤어요. 그들은 치매 때문에 많이 고생했는데, 치매의 마지막이 어떤지를 깨닫자 아직 할 수 있을 때 자발적으로 식음을 전폐해서 다른 선택을 했을 때보다 수명을 단축할 수 있었어요. 만약에 좀 더 기다렸다면, 능력을 상실해서 할 수 없었겠죠. 나는 그 점이 슬펐어요. 스위스행을 망설이는 것과 같은 이유로 그들은 그런 결정을 내리지 않을 수도 있기 때문이에요. 그들은 능력 때문에 귀중한 시간을 포기하고 있는 것 같았고, 그것은 양립되기 어려워요. 남은 시간 동안 원하는 삶을 살 수 있는 능력이 없다는 것이 참 안타깝습니다."

'남은 시간 동안 원하는 삶', 그 말이 나한테 꼭 맞는 것 같았다.

나 자신과의 대화

나는 자발적으로 식음을 전폐한다는 이 아이디어에 대해 더 자세히 알아보고 싶었다. 이미 식사를 자꾸 잊어서 식사 시간 알람을 아이패드에 설정해놓았기 때문에, 이 방법을 쓰면 경계를 넘어 내 몸을 건사하지 못하는 상태가 되기 전에 수명을 단축시킬 수 있지 않을까 하고 생각했다. 물론 포레스트 박사의 말처럼 내가 아직 선택할 능력이 있을 때, 세상을 뜰 '준비'가 되기 전에 가야 한다는 의미일 것이다. 이런 선택을 하게 되는 것은 입법자들의 잘못이다. 아니면 이 나라 영국의 경우, 입법을 거부한 사람들의 잘못이다. 어쩌면 이 책을 보는 사람들은 내가 삶을 끝내는 것을 고려하고 있다는 이 글을 읽기 힘들어

할지도 모른다. 하지만 나는 임종 시의 선택권과 존엄성에 대하여 알고 싶고 이처럼 합리적인 사고를 하고 있다는 것이 '자살 생각'과 같은 것이 아님을 분명히 밝혀야 한다.

포레스트 박사가 설명한 것처럼 내 담당 의사가 나를 도와줄 수 있을지, 그러니까 내가 자발적 단식을 선택하면 고통 없이 편안하도록 나를 보살펴줄 수 있을지에 대해 나는 한 번도 생각해본 적이 없다. 그래서 영국에서 이 법이 유효한 곳이 어디인지 알고 싶었다. '컴패션 인 다잉'에서 자세한 정보를 얻을 수 있었다. 전국에서 활동하는 이 단체는 죽음을 준비하는 사람들을 지원하고, 그에 대한 대화와 계획, 의사결정능력법 2005(Mental Capacity Act 2005)에 따라 바라는 소망을 기록하는 방법을 안내한다.

나는 '컴패션 인 다잉'의 임상 책임자이자 서비스 관리자인 세라 말릭을 만났다. 그녀는 이 단체에 전화하여 죽음을 앞당기기 위한 수단으로서 자발적 단식에 대해 정보를 부탁하는 사람이 많다고 했다. 그리고 내가 이 글을 쓰는 현재 영국에는 대중이나 임상의들이 이용할 수 있는 명확하고 전국적으로 인정받은 정보가 없기 때문에, 자발적 단식을 선택하는 환자들이 담당의사나 다른 간병인에게 기대할 수 있는 돌봄이나 지원이 지역별로 많이 다를 수 있다고 설명했다. 이 때문에 2022년에 '컴패션 인 다잉'은 자발적 단식에 대한 국가적인 지침을 요구했다.

세라는 다음과 같이 설명했다.

"잉글랜드와 웨일스에서는 관습법상으로 자발적 단식이 합법적 선택 사항이에요. 하지만 결정적으로 능력이 있는 성인만이 이것을 선택할 수 있고, 따라서 사전결정에는 이 조항을 포함시킬 수 없어요. 사전결정은 당신이 치료에 대한 결정을 내릴 능력을 상실한 경우에만 이행되니까요. 일반적으로 나한테 전화하는 사람들은 예를 들어 암 같은 질환의 말기 환자들이에요. 그들은 임종이 힘들어지거나 늘어지는 것을 걱정하면서 식음을 전폐하여 임종을 앞당길 수 있기를 바라죠. 그러나 우리는 임상 지침이 없다는 점을 절실하게 인식하고 있습니다."

잉글랜드와 웨일스의 의사결정능력법은 자동으로 치매 환자는 의사결정능력이 결여되어 있다고 가정하지 않고, 그것이 수시로 변동할 수 있고 '치매 환자는 일부 결정을 내리는 능력이 결여되어 있을 수 있지만 그 외 결정은 아직 내릴 수 있다'고 인식한다.

그러나 증상 관리에 항상 지속적으로 접근할 수 있는 것은 아니라는 문제가 있는데, 삶을 이 방식으로 끝내기 위해 그 과정을 전체적으로 보기로 결심한 사람에게는 이 점이 큰 문제가 될 수 있다.

세라는 이렇게 설명했다. "음식과 물을 거부한다고 해서 모든 치료를 거부하는 것은 아니에요. 진통제와 증상 관리까지 거부하는 것은 아니니까요. 하지만 분명한 임상 지침이 없으면, 의료팀은 환자의 선택이 반영된 가장 적절한 치료를 제공하기가 힘들 수 있어요."

세라는 사람들이 구강으로 진통제 복용을 원하지 않으면(물과 함께 복용해야 하므로), 의사는 물을 마시지 않아도 되도록 혀밑에서 녹여 먹는 설하정을 처방할 수 있다고 설명했다. 그녀는 이것을 '지지적 접근'이라고 표현했다. 하지만 이런 종류의 진통 완화 방법을 쓸 수 없는 상황도 있다.

자발적 단식 과정은 일반적으로 7일에서 14일이 걸리며, 단식자는 일반적인 사망 과정에서 발생하는 증상과 비슷한 증상들(예를 들면 불안)을 겪을 수 있다. 세라는 이런 방식으로 세상을 떠나기로 결심하는 사람들 유형이 있다는 것을 알아챘다. 하지만 일부 사람들에게는 단식이 죽음 과정의 아주 자연스러운 부분이다. 일부 문화권이나 종교에서는 단식이 널리 수용되고 관례화된 선택 사항이다.

"자발적 단식 과정은 임상팀과 함께 계획하고 가능한 한 투명하게 실행해야 합니다. 환자의 선택을 지원하고 증상 관리를 하기 위해서는 임상팀이 정말로 필요하죠. 또한 건강과 복지에 대한 대리인의 지원을 받는 것이 정말 중요한데, 임상팀이 당신의 바람을 받아들이고 존중하도록 대리인이 도와줄 수 있기 때문이에요. 내가 하는 일 중에서 큰 비중을 차지하는 또 다른 부분은 임상팀이 대리인의 말을 경청하게 돕는 것입니다. 대리인이 자신의 역할과 책임을 잘 알고, 환자의 서류 내용을 숙지하는 것이 매우 중요해요. 대리인이나 간병인은 임상팀과 협력하여 단식을 지원하는 방법과 증상 관리법에 대하여 합의를 이루어야 합니다. 예를 들어 음식이 가득 올린 쟁반은 들이지 말고 입안 건조와 흥분을 적절하게 관리해야 해요."

그렇다면 잉글랜드와 웨일스에서는 이 문제에 관한 입법 진행 상황이 어떠한 걸까? 두 아이의 아버지인 토니 니클린슨은 2005년에 심각한 뇌졸중을 앓았다. 그는 목숨을 끊고 싶었지만 타인의 도움 없이 혼자서는 할 수 없었다. 고등법원은 그가 목숨을 끊도록 의사가 돕는 것이 합법이라는 진술을 받아들이지 않았다. 그래서 그는 자발적으로 식음을 전폐하여 스스로 문제를 해결했다. 그가 사망하고 2년이 지난 2014년에 대법원은 의사가 환자에게 자살 방법을 조언해줄 수는 없지만 '환자가 확실히 결정했다면 사용할 수 있는 (진정제와 다른 완화 치료 같은) 임상 선택'에 대하여 객관적인 의견을 제시할 수 있으며 '법률적으로나 정신적으로 능력 있는 사람은 결과적으로 사망하게 되더라도, 물과 음식을 거부하고 인공 영양공급을 포함한… 치료를 거절할 자격을 갖는다'고 분명히 밝혔다.[6] 2019년에 발표된 영국의 학협회(BMA)의 현 지침에는 다음과 같이 명시되어 있다.

---

6 R(니클린슨 외 1인)(항소인) 대 법무부(피항소인), 2014년 6월 25일

능력 있는 성인이 정보에 근거하여 [보살핌 또는 치료를] 거부하는 것은 설령 그로 인해 심각한 부상 또는 사망에 이르게 되더라도 중시되어야 한다. 여기에는 음식과 액체의 정당한 거부가 포함된다. 이런 경우, 필요한 시점에 어떤 통증 및 증상 완화가 가능한지 사전에 환자와 상의하는 것이 적절하다.

환자에게 진정제를 제공하는 조건에 관하여 영국의학협회는 의사에게 다음과 같이 권고하고 있다.

죽음이 임박하고 다른 방법으로는 효과적으로 제어되지 않는 고통스러운 증상을 겪고 있는 환자에게 지속 또는 완화 진정을 제공할 수 있다. 이는 의사의 동기와 가능한 대안의 이용가능성을 면밀하게 조사해야 하는 중대한 결정이다.

예를 들어 필요한 시점이 되기 전에 진정제를 제공 또는 제공 시도, 제공하기로 동의하는 것은 부적절하다. 하지만 일부 경우에는 그렇게 할 수 있다. 예를 들어 그것이 음식과 액체 거부와 결부될 경우, 조력 자살과 구별할 수 없는 것으로 해석된다. 이로써 증상 관리 필요성이 발생할 경우, 의사가 통증과 불편함을 완화시키기로 사전에 동의하는 것을 막지 못한다.[7]

---

7 'Responding to patient requests for assisted dying: guidance for doctors(환자의 조력 사망 요청에 응답하기: 의사용 지침)', 영국의학협회, 2019년 갱신

그런데 진정한 조력은 구분하기 쉽지 않은 일이다. 따라서 모든 것은 환자를 돌보는 의료인(일반적으로 담당 의사)의 일이지만, 컴패션 인 다잉 같은 단체의 도움을 받아 환자가 원하는 단식에 필요한 치료와 지원을 찾을 수 있다. 예를 들어 세라 말릭은 사전에 가족 및 담당 의사, 괜찮으면 호스피스나 완화 치료팀도 함께 최종 논의를 하는 것이 중요하다고 말한다. 이 부분은 앞에서 일관된 치료의 중요성을 논하면서 다루었다. 의사도 환자의 생각이 바뀌지 않고 일관되는지를 살펴보아야 하기 때문이다. 내 생각에 대화가 아무리 어색하거나 감정적으로 된다고 해도 의사는 임종 시에 어느 정도 통제권을 원하는 환자를 두려워해서는 안 된다고 본다. 그리고 합리적이고 합법적인 한, 의사는 환자가 자신의 몸과 원하는 삶, 실제로 죽음에 대하여 의사결정을 할 때 환자를 지원해야 한다.

세라 말릭은 자발적 단식에 대해 이야기하면서 많은 것을 명쾌하게 설명해주었다. 그 덕분에 나는 적응의 한계에 도달한 우리 같은 사람들에게 여러 가지 옵션이 있음을 알게 되었다. 그녀는 담당 의사와 대화하기 같은 사전준비에 대해 이야기했는데, 그것이 내 마음을 울렸다. 내가 자발적 단식 같은 것을 선택할 경우, 딸들을 준비시키고, 의사와 이야기하고, 내 바람을 사람들에게 확실히 알리는 식으로 어떻게든 실행할 것이다. 또 자발적 단식이 조력 사망의 대안이라기보다 자연스럽게 생을 마감하는 방법인 사람도 있다는 그녀의 이야기를 듣고 위안을 얻기도 했다.

그 선택권이 있다는 것만으로도(선택하지도 않았는데도), 그에 관해서 알게 되었기 때문에 이 책을 쓰기 시작했을 때보다 훨씬 더 큰 힘을 얻은 것 같은 느낌이 불현듯 들었다.

법률상으로 능력이 유동적이라는 점을 알게 된 것도 위안이 되었다. 돌보는 환자들에게 능력이 없다고 말하는 건강관리자들과 요양원 관리자들이 너무 많다. 그것은 사실이 아니지만, 나는 내가 잘못 알고 있는 것이 아닌지 의심이 들기 시작했다. 나는 능력이 유동적이라고 항상 말해왔는데, 세라가 간단히 표현한 바에 따르면, 의사결정능력법에서 능력은 결정마다 다르게 판단된다고 명시되어 있다는 것이다.

세라나 캐서린 포레스트 같은 사람들과 대화를 나눌 수 있는 것만으로도 나는 치매에서 벗어날 수 있다. 그래서 이런 대화가 정말 중요하다. 그것에 대해 이야기할 수 있다면 더 이상 의료진과 현행법에 지배되지 않을 수 있기 때문이다.

세라의 이야기 중에서 말기 불안과 함께 일부 의료진은 자발적 단식을 일반적인 죽음과 같은 태도로 대하지 않을 수도 있다는 점이 흥미로웠다. 일반적인 죽음 과정에서 의사는 자연스러운 출생 단계들이 있는 것처럼, 불안이 죽음의 자연스러운 단계라고 가족 친지에게 알려준다. 그러나 의료진에게 꼭 필요한 임상 지침이 없으면, 그들은 환자가 단식을 선택한 후 임종을 지키는 가족 친지를 지원하지 못하고 다음과 같은 말도 해주지 못한다. '환자의 불안에 대해 걱정하지 마세요. 일반적인 증상이에요. 그리고 환자가 편안해지도록 진정제를 투여할 거예요.' 이런 것들에 대해 이야기하기가 어렵지만, 그렇다고 이야기하지 않으면 말기 불안이 죽음의 자연스러운 증상일 수 있다는 사실을 어떻게 알겠는가?

내가 이 책을 끝내고 스위스행 비행기표를 예매한다면, 희망적인 소리를 전혀 듣지 못했다는 뜻일 것이다. 대신 모든 대화를 통해 내가 아는 것이 옳다는 것이 더욱 공고해졌고, 내가 원하는 것이 무엇인지 알고 있다는 확신을 더욱 강하게 갖게 되었다는 뜻이다.

사회와 정부가 조력 사망을 허용하여 말기 환자들에게 해방과 친절을 베풀지 못한다면, 장차 나는 할 수 있는 유일한 옵션으로 자발적 단식을 선택해야 할 수도 있고, 아닐 수도 있다.

그것은 앞으로 내가 해야 할 일이다.

제 5 장

삶에 대한 대화

삶에의 집착을 놓으면 더 부지런해진다

인생에 대한 강한 집착을 놓을 때,
손가락을 조금 펼치고 그 사이로 시간이
모래처럼 빠져나가는 것이
더 끈질기게 느껴질 때가 되면, 두려움이 없어진다.
우리 모두에게 일어날 일이 더 강하게 느껴지기 때문이다.
그리고 바로 그때 정말로 부지런하게 삶을 살아간다.

이 책을 중간쯤 썼을 때 항상 염려했던 문자메시지 하나를 받았다. 어느 날 저녁, 휴대전화에 친구인 줄리 이름이 뜬 것을 보고 좋은 소식이 아님을 직관적으로 알 수 있었다. 친한 친구만이 느끼는 본능이었다. 애석하게도 그 본능이 맞았다. 그녀의 아들 제이슨이 47세 나이로 사망했다는 소식이었다. 그는 내가 기억할 수도 없을 정도로 여러 번 병원에 입원했었고, 그의 어머니인 줄리는 항상 그의 생존권을 위해 그를 대신하여 싸웠다. 그랬는데 마침내 그의 육신이 포기를 했다.

안락의자에 앉아 휴대전화로 줄리의 가슴 아픈 목소리를 들으며 뺨 위로 눈물이 흐르던 그 순간, 우리 가족이 막 이사했던 수십 년 전 어느 화창한 날을 떠올렸다. 당시 우리 가족은 (거의) 네 식구였는데, 그때는 삼 년 내에 세 식구가 되어 그 집에 두 딸과 나만 남을 줄 몰랐다. 어쨌든 이사한 날 우리는 이 방 저 방을 신나게 돌아다녔다. 그때 세라는 세 살이 채 안 되었고, 젬마는 아직 태어나지 않은 상태였다. 뉴포트 파넬에 있는 침실 세 개의 이 집은 전에 살던 침실 두 개의 방갈로에 비해 아주 커 보였다. 새집의 내 방 창가에서 임신으로 나온 배를 부여잡고 뒤뜰을 내다봤다. 잡초가 웃자라 지저분해서 곧 정리해야겠다고 생각했다.

옆집 정원과 비교하니 우리 정원이 부끄러워졌다. 단정하고 깔끔한 데다 모든 구획이 반듯반듯하고, 잔디밭도 그림처럼 완벽해서 우리 정원과 달랐다. 밝은색으로 멋있게 부분 염색된 헤어스타일의 아담하고 예쁜 여성이 정원에 있었다. 전에도 아장아장 걷는 남자아이와 함께 있는 그녀를 본 적이 있었다. 그 꼬마는 우리 세라 또래로 보였는데, 이번에 그녀는 몸을 굽혀 세발자전거를 타는 큰아들을 도와주고 있었다. 그 소년은 여덟 살 정도였을 것이다. 그렇게 큰 아이에게 도움이 필요하다니, 생소했다. 아마 그래서 시선이 갔는지도 모르겠다. 나는 창가에 서서 함께 있는 그들을 지켜보았다.

그녀는 아들을 자전거 안장에 앉히고 뒤에서 밀면서 정원을 돌아다녔다. 승객이 된 이 아이는 많이 움직이지 않았지만, 세발자전거가 정원 길을 천천히 오르락내리락할 때 엄마와 똑같이 활짝 미소를 지었다. 침실 유리창 너머로 볼 때도 그 아이는 뭔가 다른 점이 있었다. 다시 아이 엄마를 보며 이번에는 얼굴에서 두드러지는 특징을 자세히 보았다. 작은아들과 함께 있는 그녀를 보았을 때는 알아채지 못했던 불안한 그림자가 보였다. 가끔 아이의 어린 동생이 아장아장 걸어와 형을 안아주거나 뽀뽀를 해주었다. 참 사랑스러운 장면을 집중해서 보고 있었는데, 세라가 자기 방에서 장난감을 푸는 소리에 퍼뜩 정신이 들었다.

그 여성의 이름이 줄리였다. 우리는 빨래를 널거나 화창한 오후에 아이들이 노는 모습을 지켜보면서 정원 울타리 너머로 친해졌다. 줄리의 두 아들은 제이슨과 라이언이었다. 나중에 알게 된 제이슨은 줄리 부부에게 기적 같은 아이였다. 희귀병을 안고 태어난 제이슨은 오래 살지 못할 것으로 여겨졌다. 점점 자라면서 발을 질질 끌기만 하고, 말도 못하고 듣지도 못하고 걷지도 못했다. 시간이 흘러 그는 점점 부모에게 의존하게 되었지만, 그래도 살면서 기쁨을 느낀다는 것은 확실했다. 그는 우리를 보고 그냥 엄지손가락을 치켜세웠지만, 그래도 우리는 즐겁게 많은 '대화'를 했다.

몇 개월이 지나고, 몇 번의 여름이 지나고, 또 몇 년이 지나가는 동안 줄리와 그녀의 남편인 테리는 셋째 아들 알렉을 낳았다. 그리고 나는 그 집에 싱글맘으로 혼자 남았다. 제이슨은 여전히 잘 자라고 있었다. 그의 부모와 남동생들은 하루하루 사는 것, 지금 제이슨과 함께하는 이 순간을 소중히 여기는 것이 얼마나 중요한지를 배웠다. 여전히 제이슨은 사람들 기대를 뛰어넘었다.

그랬다. 많은 검사와 입원, 수술이 있었다. 그의 부모는 그를 데리고 화장실에 갔다가 와야 했다. 제이슨의 욕구는 더욱 복잡해졌고 키가 커지고 몸집이 커짐에 따라 불쌍한 줄리 등에 지워지는 요구는 점점 무거워졌다. 그래도 그녀는 조금도 움찔하지 않았고 테리도 마찬가지였다. 두 사람은 그들의 큰아이가 아직 살아 있음에 그저 감사할 따름이었다.

줄리와 테리는 우리 가족을 친척으로 받아들였고, 나는 제이슨을 돌보는 요령을 터득했다. 이를테면 그의 배변주머니가 터지지 않도록 공기를 빼는 법 같은 것 말이다. 그런 식으로 내가 밤에 제이슨을 돌보는 동안 그의 부모는 너무나도 절실한 휴식을 즐길 수 있었다. 테리는 나에게 DIY를, 줄리의 남동생인 로빈은 자동차를 관리하는 법을 가르쳐주었다.

결국 우리는 아이들이 서로 오갈 수 있도록 정원 울타리를 치웠다. 많은 면에서 우리는 하나의 행복한 대가족이었다. 우리는 아침에 함께 아이들을 학교에 데려다주면서 세상사를 논했고, 장도 함께 보러 갔다. 우리를 데리러 온 테리의 차에 함께 올라타고 집으로 와서 짐을 내린 뒤, 서로의 물건을 분류했다.

제이슨의 상태는 전혀 호전되지 않았고 점점 나빠지기만 했다. 그래도 그는 여전히 삶, 가장 단순한 일상을 즐겼다. 특히 젤

리와 조각 그림 맞추기를 좋아했다. 정신을 집중하여 조각들을 조심스럽게 집어서 제자리에 놓아 한 줄씩 차례로 맞추고 그림을 완성했다. 제이슨은 의사들 진단에 도전했다. 그의 부모는 최악의 상황을 예상하라는 이야기를 얼마나 많이 들었던 걸까? 그러나 그는 굴하지 않았고 항상 집으로 돌아왔다.

스무 살이 넘어가면서 제이슨을 안아서 옮겨야 하는 일이 너무 많아졌다. 줄리와 테리는 아래층에 제이슨의 침실과 욕실을 만들기 위해 증축 허가를 받으려고 시의회와 다투었다. 줄리는 밤에 잠을 자다가 시간마다 깨서 그를 살폈지만, 한밤에 무슨 일이 생겼다는 이야기는 듣지 못했다. 그녀가 갑자기 잠에서 깨어 계단 꼭대기로 가서 아래를 보니, 계단참에 명명백백하게 유령 같은 그림자가 내려오라는 듯이 손짓을 하고는 그녀가 다가가자 홀연히 사라졌다. 제이슨의 방으로 갔더니 그는 도움이 절실한 상태였다. 나는 이런 이야기가 항상 거짓말 같고 믿기지 않았다. 아마 그 존재는 제이슨의 수호천사였던 것 같다.

세라와 젬마, 라이언, 알렉이 성장하고 집을 떠나 어른이 되는 모든 과정을 통과하는 동안, 제이슨은 집에 남아 엄마, 아빠와 함께 지냈다. 제이슨에게 쏟은 두 사람의 헌신, 하루하루의 삶을 살아가려는 그들 의지 덕분에 제이슨은 처음 예상보다 훨씬 오래 살았다.

제이슨의 죽음을 알리는 줄리 목소리에서 전해지는 아픔이 너무나도 선명했다. 그 순간 우리가 지내온 그동안의 세월과 지금 우리 사이의 거리를 없애고 정원을 넘어가 그녀를 안아줄 수 있다면, 나는 무엇이든 했을 것이다.

이 책을 쓰는 동안 제이슨이 죽었다는 사실에서 나는 두 가지를 깨달았다. 첫 번째는 선택의 중요성이다. 이 책에서 내가 줄곧 이야기한 것은 현재 삶이 나에게 어떤 의미인지, 나의 장애요인은 무엇인지, 남은 생을 어떻게 살아갈지였다. 어떤 사람들에게는 제이슨처럼 사는 것이 큰 문제일 수 있지만, 제이슨에게는 그 선택권이 없었다. 그는 태어날 때부터 자기 몸에 갇혀서 아무것도 할 수 없었다. 줄리와 테리는 거의 50년 동안 그를 대변했지만, 그는 정말 소소한 순간들에서 기쁨을 찾았다. 우리도 어느 정도는 제이슨처럼 할 수 있지만, 정신없이 바쁘게 살다 보면 그 점을 잊기 쉽다. 그는 우리 모두를 일깨우는 존재였다.

그리고 두 번째는 현재를 살아가는 것의 중요성이다. 바로 치매가 가르쳐준 것이다. 나는 이 책을 시작하면서부터 일단 치매 진단을 받으면 미래를 예측할 수 없다고 말했다. 나에게는 미래가 보이는 수정구슬도 없고, 치매라는 병의 특성상 나는 다른 선택권 없이 현재를 사는 수밖에 없었다. 그런 면에서 제이슨과 비슷하다. 어쩌면 제이슨은 그동안 내내 나에게 암시를 주었던 것 같다.

내가 삶보다 죽음을 선택할 권리를 가져야 한다고 믿는 만큼, 사람들은 죽음보다 삶을 선택할 권리를 갖고 있다. 줄리와 테리는 계속해서 제이슨을 위한 삶을 선택했는데, 그들은 그에게 얼마나 대단한 삶을 주었던 걸까.

수요일 저녁이었다. 텔레비전 앞에 앉아 날씨 예보를 보면서 커다란 잉크병이 쏟아진 듯이 잉글랜드 북동부에 드리워진 푸른색 얼룩이 기상도에서 사라지길 바라고 있었다.

'지금 봐서는 힘들겠네.' 일요일 비 예보에 낙심하면서 생각했다.

나는 아이패드를 열고 윙워킹(날고 있는 비행기 위에서 하는 곡예-역주) 회사의 웹사이트에 접속하면서 오랫동안 고대했던 비행을 다시 예약해야 할지도 모른다고 생각했다. 나는 종종 이런 경험들을 서둘러 하고 싶다는 욕구와 조바심을 느낀다. 낭비할 시간이 없다.

주말 전에 할 수 없을까? 생각했다.

이메일을 보내고 금방 답장을 받았다.

'금요일 오후 1시에 있어요.'

좋았어.

그다음 날, 젬마가 와서 그 이벤트를 위해 머리카락을 분홍색으로 염색해주었다. 선명하고 밝은 분홍색 머리카락이 조금

의심쩍어서 염색약을 몇 방울만 넣으라고 했다. 그런데 나중에 마을을 돌아다니며 유리창에 비친 모습을 보고는 자책했다. 좀 더 용감했어야 했는데.

금요일 새벽 4시 25분에 일어났는데, 너무 일찍 일어나서 시간이 남았다. 새벽하늘과 잘 어울리는 새 헤어스타일을 보고, 좀 더 용감해지기로 결심했다. 어쨌든 나는 그날 비행기 날개에 묶인 채 180미터 상공으로 올라갈 예정이었다. 나는 염색약을 두 배로 늘려서 다시 염색했다. 여전히 선명한 분홍색은 아니지만 색이 훨씬 짙어지고 선명해졌다.

이제 공중에 떠 있는 내가 확실히 보일 거야, 속으로 말했다.

세라는 그날 아침 늦게 도착해서 나를 링컨셔 비행장까지 데려다주었다. 차에서 수다를 떨던 중 내가 중요한 두 가지를 잊고 왔다는 것을 깨달았다. 비행할 수 있다는 담당 의사의 편지와 친구 일레인의 사진이었다. 일레인과는 요크셔에 있는 치매 환자 지원 단체인 '마음과 목소리' 모임에서 만났다. 일레인은 항상 내 모험심과 위험을 무릅쓰는 의지를 칭찬했다. 나는 그저 더 이상 잃을 것이 없기 때문에 두려움이 사라졌을 뿐이다. 그래서 최근 그녀가 죽었을 때, 나는 그녀의 남편인 에릭에게 그녀의 사진을 주머니에 넣고 비행을 하겠다고 약속했던 것이다.

세라와 나는 차를 돌려 집으로 돌아갔다. 게다가 험버브리지에서 교통체증까지 있어서 드디어 비행장에 도착했을 때에는 진이 빠지고 예약 시간까지 몇 분 남지 않았다.

안내데스크로 갔더니 직원이 가장 먼저 담당 의사 편지부터 달라고 했다(고맙게도 그것 때문에 다시 집에 갔다 왔다).

"미안해요, 늦었어요." 내 순서가 지났다는 말을 들을까봐 걱정하면서 말했다.

"괜찮아요. 마음 놓으세요." 안내데스크 너머의 여성이 말했다. "그리고 우리 안전 비디오 좀 보세요."

내 옆에는 나보다 30년 정도 젊은 남자가 앉았다. 커다란 플리스 점퍼를 입은 그는 불안한 미소를 지었다. 그도 곧 하늘로 올라갈 예정이었다. 우리는 비디오를 보면서 도대체 저 내용들을 어떻게 다 기억하느냐고 농담을 했다. 나에게는 더 어렵다는 것을 그는 당연히 몰랐다. 내가 꼭 기억해야 할 내용은 다섯 개인 것 같았다. 다섯 개라니, 불가능할 것 같았다. 그래서 나는 두 개만 골랐다(그 두 개가 올바르게 고른 것이길 바랐다). '끈에 있는 안전핀을 건드리지 말기, 건드리면 잠금장치가 풀린다'와 '그만하고 싶거나 문제가 생겼을 때는 팔을 내밀고 엄지손가락은 아래로 내리기'였다. 이 두 가지는 정말 기억해야 할 중요한 것으로 보였다.

비디오를 본 후, 세라와 나는 밖으로 나가서 자기 비행 순서를 기다리는 다른 사람들과 벤치에 앉았다. 밝은색 광대 모자를 쓴 한 여성이 앉아서 헬렌이라고 자기소개를 했다. 비행을 하려는 사람은 그녀의 친구 리즈였는데, 오히려 헬렌이 너무 긴장해서 욕지기가 날 것 같다고 했다. 나도 하늘로 올라갈 것이라고 이야기하자 그녀는 더욱 겁에 질린 것처럼 보였다.

알고 보니 리즈는 자신의 쉰 번째 생일을 자축하기 위해 엉뚱하게도 윙워킹을 하려는 참이었고, '치매 UK'를 위해 모금을 한다고 해서 나는 더 짜릿함을 느꼈다. 내가 치매에 걸린 사실을 그녀에게 이야기한 순간 그녀는 너무 감격했다. 그 순간부터 우리는 절친한 친구가 되었고, 서로의 열정에 대해 이야기를 나누면서 비행할 생각에 더욱 들떴다.

리즈의 이름이 호명되었다. 나는 강사들이 그녀에게 이야기하는 모든 주의사항을 주의 깊게 듣고 그녀가 비행기에 올라가는 모습을 지켜보았다. 안전 비디오에서 배운 내용들은 이미 오래전에 잊어버렸고, 두 가지만 기억났다. '안전핀을 건드리지 말 것, 문제가 생기면 팔을 뻗고 엄지손가락을 아래로 내릴 것.' 리즈가 탄 노란색 비행기가 우르릉거리며 이륙하기 시작하자 그녀는 활주로만큼이나 활짝 웃는 것처럼 보였다.

잠시 후, 내가 탈 은색 비행기가 우리 옆으로 다가왔다.

"플리스 점퍼를 하나 더 갖다줄게요. 하늘에서는 더울 일이 절대 없어요." 강사 한 명이 말했다.

나는 구름을 향해 올라가는 리즈의 비행기를 올려다봤다.

좀 전의 그 강사는 내가 비행기에 올라가는 것을 도와주고, 나를 날개에 묶은 뒤, 귀마개를 주고, 고글도 조정해주었다. 그리고 발밑에서 우르릉거리는 비행기 엔진이 느껴졌다. 이젠 돌아갈 수 없다.

"조종사한테 내려가고 싶다는 표시를 어떻게 하는지 기억나세요?" 강사는 질문을 하면서도 의심스럽다는 표정이었다.

다행히도 그는 내가 기억하는 두 가지 중 하나를 물어보았다. 나는 즉시 두 팔을 뻗고 엄지손가락을 아래로 내렸다. 그는 안심한 표정으로 비행기 날개에서 내려갔다.

드디어 활주로로 이동할 시간이 되었다. 울퉁불퉁한 잔디밭을 지나갈 때 몸이 이리저리 흔들렸지만, 세라와 리즈의 친구를 향해 마지막으로 손을 흔들 수 있었다. 헬렌이 나보다 훨씬 더 긴장한 것처럼 보였다. 복엽비행기 바퀴가 스피드를 내고, 세찬 바람이 귀 옆을 스쳐 지나갔다. 발밑에서 울리는 엔진 진동이 온몸에 느껴진 뒤 갑자기 땅에서 떠올랐다. 비행기가 위로, 위로, 위로 올라가면서 약간 오른쪽으로 기울어져 선회하자 방금 이륙한 활주로가 보였다. 우리는 더 높이, 훨씬 더 높이 올라갔고, 나무 꼭대기들이 만들어낸 녹색 카펫이 내 앞에 펼쳐졌다. 그래도 우리는 하늘 높이 더 올라갔다. 땅에서 나는 소리는 아무것도 들리지 않았고, 세찬 바람이 내 몸을 비행기 날개에 고정시켰다. 팔을 쭉 뻗고 있어야 한다는 것을 알고 있었지만, 맞바람이 너무 세서 그럴 수 없었다. 그래서 그냥 팔꿈치는 허리에 붙이고 아래 팔만 밖으로 내밀기로 했다. 그래야 할 것 같았다.

우리는 계속 더 높이 올라갔고, 나는 얼굴에 세찬 바람을 맞으면서 활짝 웃었다. 미소가 위아래로, 좌우로 흔들렸다. 비행기가 좌우로 기울어져서 선회하자 땅에서 위를 쳐다보며 손을 흔드는 사람들이 작은 점처럼 보였다. 바람 때문에 미소 지은 표정을 바꿀 수 없었고, 공중에 뜬 내 몸 주변으로 손에 닿을 듯 구름이 있었다. 찬란하고 경이로운 이 순간, 그리고 이런 순간들을 살아가는 것에 얼마나 능숙해졌는지 외에는 아무 생각도 나지 않았다.

어느새 비행기는 하강하기 시작했다. 아래로, 아래로 내려가다가 바퀴가 풀밭에 닿고 쿵, 쿵 부딪히면서 착륙했다. 비행기가 직원들이 있는 쪽으로 이동할 때, 나는 세라에게 손을 흔들어서 살아남았음을 알렸다.

똑바로 설 수 없어서 비행기에서 내릴 때는 강사들 도움을 받아야 했다. 세라가 지팡이를 들고 와서 맞이해주었을 때 그 마법 같은 경험을 말해주고 싶었지만 말로 형용할 수 없었다.

그저 '와!'라고만 계속 말했다.

조종사가 만든 비행 영상을 가지고 왔는데, 나중에 집에서 보니 감탄하는 조종사의 말이 들렸다. '끝내주네.'

정말 그랬다. 치매 때문에 여러 가지 두려움이 없어졌다고 전에 말한 적이 있다. 이제는 어둠, 동물, 죽음이 두렵지 않다. 치매가 내 머리에서 '만약'을 모두 밀어내고 대신에 언젠가부터 솜뭉치 같은 것이 들어찼기 때문에 이런 엉뚱한 일을 할 수 있었다는 뜻이다. 하지만 우리는 할 수 있는 부분에서 긍정적인 점을 찾는다. 치매가 나 자신을 더 대담하게 만들어서, 뜨거운 석탄 위를 걷거나 비행기에서 뛰어내려 스카이다이빙을 하거나 상공 180미터에서 비행기 날개 위에 설 수 있게 되었다면, 그것이 선물임을 알 수 있을 것이다.

인생에 대한 강한 집착을 놓을 때, 손가락을 조금 펼치고 그 사이로 시간이 모래처럼 빠져나가는 것이 더 끈질기게 느껴질 때가 되면, 두려움이 없어진다. 우리 모두에게 일어날 일이 더 강하게 느껴지기 때문이다. 통제는 환상에 지나지 않는다(항상 그랬다)는 것을 보다 직관적으로 알게 된다. 그리고 바로 그때 정말로 부지런하게 삶을 살아간다.

마지막 당부

그날 아침 현관문을 나섰을 때 세상은 아직 잠에서 깨어나지 않았다. 나무들은 짙은 검푸른 하늘을 배경으로 검은 윤곽만 보였다. 다른 사람들이 아직 이불 속에 잠들어 있을 때 집을 나서는 것이 나에게는 드문 일이 아니다. 기억이 나요.

내가 현관 문지방을 넘어간다는 것은 요즘 늘 함께했던 것들로부터 분리된다는 뜻이다. 치매는 집에 두고 열쇠를 돌려 문을 잠근다. 카펫 주변을 어슬렁대고 이 방 저 방 돌아다니는 것도 그만둔다. 추운 아침에 첫발을 내디딜 때, 뺨에서 고요한 분위기가 느껴질 때, 그것은 탈출이고 자주성이다. 나는 여전히 자족하며 살고 있어요.

여름 내내 예년보다 새소리가 덜 들렸다. 평소 시끄럽게 울던 새벽의 합창 소리가 약해졌다. 마치 자연이 음량을 줄인 것 같았다. 가뭄 때문에 새들이 비가 많이 내리는 곳으로 이동했나 보다고 혼잣말을 했다. 자연은 그런 식으로 기후에 적응한다. 우리도 그런 식으로 자기도 모르는 사이에 적응한다. 하지만 특히 그날 아침에는 나무마다 새들이 잔뜩 날아와 반갑다고 지저귀었다. 길을 나선 나는 다시 나와 친구가 되어준 새들의 소리를 들으며 미소를 지었다.

나는 먼저 마을 끝까지 가기로 했다. 운동장을 지나 좁은 길을 따라가니 훤히 트인 들판이 나왔다. 아직도 해가 뜨기에는 이른 시간이었지만, 남색 하늘이 밝아지고 있었고, 구름은 모여 라일락 모양을 이루고 있었다. 어딘가에서 빛이 뚫고 나왔어요.

나는 뒷길을 따라 걷다가 질주를 하다 보니 안개가 무겁게 깔린 들판에 다다른다. 잠에서 깨어난 말들이 먹을거리를 찾고 있었고, 지평선 어딘가에서 태양이 서서히 떠오르며 하루를 열겠다는 약속을 지킨다. 매일 그렇듯이 오늘도요.

나는 그 가을 들판의 가장자리에 서 있었다. 뺨은 겨울의 첫 숨결이 닿아 차갑고, 손에 든 카메라는 찰칵찰칵 소리를 내며 언덕과 스카이라인이 맞닿은 곳에서 태양이 떠오르기 시작할 때 하얀 아침의 모든 색깔을 포착한다. 나는 그 순간을 기다렸다. 새로운 날의 황금빛 첫 햇살이 구름을 산산이 부수는 그 순

에필로그

간을. 그다음에 태양은 불타오르는 광채 속에 있다. 선물 같은 새로운 날이네요.

그때 강한 욕구를 느꼈다. 예전에 자주 가던 곳을 다시 가보고, 아주 익숙했던 다른 길을 걷고, 맨발로 트랙을 느끼고 싶었다. 여전히 기억할 수 있는지 확인하고 싶어요.

그날 아침 세상이 깨어난 시간에 요크에 가는 이른 버스에 탔다. 잠에서 방금 깬 사람들이 아직 비몽사몽 상태로 버스에 올랐다. 내 주변 자리에 앉는 사람들을 지켜보았다. 그들은 창밖을 보거나 대부분 휴대전화 속에서 자동으로 휙휙 지나가는 세상을 보았다. 유리 너머 자연은 아름다움을 뽐내며 그들 시선을 끌어보려고 최선을 다했다. 놓치기 쉬운 것들이었다.

예전에는 나도 그랬어요.

요크 중심가에서 버스에서 내리고, 몸이 여전히 기억할 수 있기를 바라면서 발길 닿는 대로 가보기로 했다. 몸이 기억하고 있을까, 내 안에 각인되어 있을까?

요크에는 사람들이 더 많았다. 그들은 바삐 출근하고 있었다. 지팡이를 든 나와는 달리, 머리를 숙이고 부산하게 내 옆을 지나갔다. 나는 몸을 돌려 집으로, 안전한 곳으로 가고 싶었다. 하지만 현관문 뒤에서 나를 기다리던 말없는 동반자를 생각하자 계속 길을 따라가보자고 마음을 고쳐먹었다.

강 쪽으로 가는 길에 너무 친숙해 보이는 술집을 지나갔다. 야외 테이블 하나에 친구들과 앉아 있는 여성을 보았는데, 뒤돌아보니 사라지고 없었다. 가로수가 줄지어 서 있는 길을 따라 좀 더 시내로 들어갔다. 길은 보행자도로와 자전거도로로 나뉘어 있었다. 그리고 다시 그녀를 보았다. 순간적으로 그녀는 분홍색 자전거를 타고 급히 지나갔다. 아는 여자예요.

나는 지금 강가에 있다. 강물을 따라가며 우리는 함께 걸었다. 요즘은 흘러가는 강물의 반대 방향으로 가는 것이 너무 복잡했다. 강물을 따라 내려가는 편이 더 나았다. 어디로 가는지 확인하고, 정박한 보트를 지나서(기억난다), 그래, 저 파란색 다리가 기억난다. 길을 멈추고 쳐다본다. 강물은 나를 두고 계속 흘러간다. 다리 디자인과 구조가 특별히 아름답지는 않지만, 저 다리는 나를 반겨주었다. 마치 오랜 친구 같아요.

나는 한 발, 한 발 내디뎌서 강물을 따라잡았다. 나무들 사이로 그것이 보였다. 밀레니엄 다리. 금세 다리까지 갔다. 도착해서 친숙한 오래된 아스팔트를 밟았을 때, 또 다른 날이 생각났다. 화창한 날이었는데, 하늘에는 새들이 아닌 사람들의 재잘대는 소리가 가득했다. 강에 떠 있는 백조를 보며 기뻐서 소리치는 아이들과 묵은 마지막 빵 껍질을 던져주는 부모들 소리였다. 나는 병을 들고 사람들 틈에 앉아 세상 돌아가는 것을 보았다. 항상 그랬던 것처럼 말이죠.

에필로그

다리를 따라 기둥을 받치는 나무 대좌가 있어서 거기에 앉았다. 그때 그녀가 다시 보였다. 이번에는 미소를 띠고 바람에 머리를 날리며 달리고 있었다. 정말 태평하고 행복해 보였다. 즉시 알아보았어요.

"좋은 아침이에요." 그녀는 인사를 하고 지나갔다.

그녀가 지나갈 때 그녀에게 미소를 보내며, 곧 그녀에게 일어날 일을 알려줘야 하는지 생각했다. 그녀는 곧 이 다리를 건너가면 먼저 넘어질 것이고, 이유도 모른 채 멍이 들고 피투성이가 되어 비틀거리며 의사를 찾아가면, 간호사가 치료해주며 달리다가 일어난 사고에 대해 농담을 할 것이고, 그녀는 간호사와 함께 웃고, 어쩌다 한 번 일어난 사고라고 생각할 것이다. 하지만 그녀는 마음속으로 이미 알고 있을 것이다.

아니, 어쩌면 미래에 방해받지 않고 계속 달리게 두는 것이 더 나을지도 모른다.

그래도 아직 말해줄 수 있는 것들이 더 있다. 당신이 처음에 두려워한 것은 뇌종양이 아닐 거예요. 당신이 56세가 되어서야 처음으로 그런 생각을 했는지 그 이유를 알아요. 그렇지 않으면 당신 다리가 제멋대로 움직인 이유가 뭐겠어요? 지금부터 18개월 후에, 그들은 당신이 상담사와 둘이 있을 때 드디어 말해줄 겁니다. 당신 뇌가 어떤 병에 걸렸는지 상담사가 설명할 거예요. 이 병에 걸린 것은 당신 행동과 상관이 없어요. 그냥 운이 안 좋았을 뿐이에요.

운이 안 좋았어. 당신도 혼잣말로 그렇게 말할 거예요. 하지만 당신이 이미 생각해놓은 것과 결말이 다른 이야기를 해주고 싶네요. 내가 해주고 싶은 말은 당신이 조기 발병 치매라는 말을 들어본 적이 없겠지만, 곧 그 말에 익숙해져서 쉽게 말할 수 있게 된다는 거예요. 처음에는 저주처럼 여겨질 그 말이 여러 면에서 당신이 상상도 못할 기쁨을 가져다줄 거라는 말도 하고 싶어요. 그래요, 기쁨을 줄 거예요.

진단을 받아들이려면 시간이 필요하겠죠. 한동안은 이제 끝났다고 생각할 거고요. 서류들을 모두 함께 준비하는 일이 아주 일상이 될 거예요. 그런데 내가 그건 시작일 뿐이라고 말하면 믿겠어요? 새로운 시작이에요. 그래요, 어려움이 없지는 않을 거예요. 바닥으로 떨어질 때도 있을 거고요. 거기에서 벗어나진 못해요. 하지만 올라갈 때도 있어요. 말 그대로요. 그래도, 말할게요.

먼저 당신에게는 두 딸이 있죠. 당신 인생에서 가장 중요한 두 사람이죠. 가장 먼저 드는 생각은 당신이 그들을 더 이상 알아보지 못하는 날입니다. 하지만 말해줄게요. 당신은 언제나 그들을 사랑할 거예요. 사랑은 치매처럼 잔인한 병에도 깨지지 않을 만큼 강한 결속력이에요. 지금은 아이들 생일을 잊는다는 것을 상상도 못하겠죠. 하지만 그래도 괜찮아요. 당신은 다른 방법을 찾을 테니까요(항상 당신의 주문 같은 말이었는데, 알죠?). 음, 지금은 그 어느 때보다도 이 주문을 사용해야 할 때예요. 잊지 말라고 아이패드에 알람을 설정해놓을 거고, 상상도 못했던 창의적인 방법으로 아이들에게 쓸모 있는 사람이 될 거예요. 앞으로도 행복한 시간이 정말 많을 것이고, 그 시간들을 통해 당신은 지금 생각하는 것 이상으로 더욱 당당해질 거예요.

이제 당신이 완전히 믿을 수 있는 사람은 당신밖에 없다고 자신에게 말하겠죠. 살면서 사람들에게 상처받고 실망했기 때문에 이런 결론을 내렸다는 거 알아요. 하지만 지금은 나를 믿어달라고 부탁할게요.

당신은 항상 자기 이야기를 거의 안 했죠. 무관심하지는 않았지만요. 그리고 동료들 사이에 있으면 더 행복했어요. 하지만 이제 새로운 사람에 대해 이야기해줄게요. 미래의 당신이에요. 당신 아이들이 당신에게서 가장 먼저 알아챌 점은 갑자기 외향적으로 바뀌었다는 거예요. 기꺼이 자기 이야기를 사람들과 공유할 겁니다. 하지만 그건 필요에 따른 거예요. 왜냐하면 대중뿐만 아니라 불행하게도 의료전문가들까지 이 병에 대해 잘 모른다는 사실에 당신이 너무 놀랐거든요.

당신은 교육자, 운동가가 될 거고, 앞으로 치매 진단을 받을 수많은 사람에게 감화를 줄 겁니다. 그래요. 처음 진단을 받고 희망이 없다는 말을 의사에게서 들으면 심한 우울증에 빠질 거예요. 하지만 스스로 거기에서 벗어나면 다른 사람들을 위해 길을 밝힐 거예요. 그들이 우울증으로 고생하지 않게 하고, 한 여성에게 이메일도 받을 겁니다. 그 편지에는 그녀가 치매 진단을 받고 두려웠지만 지금은 '덤벼봐'라고 말한다고 적혀 있어요. 그 외에도 정말 많은 사람에게 이메일을 받을 것이고, 덕분에 그 모든 것이 보람 있어질 겁니다.

지금 당장은 이 모든 것이 상상이 안 된다는 거 알아요. 하지만 나를 믿어봐요.

당신은 항상 정리가 잘 되어 있는 것을 좋아했죠? 음, 이제 그 덕을 톡톡히 볼 겁니다. 그냥 버릇으로 당신의 시간, 여행, 혼자 사는 생활을 체계적으로 정리했을 뿐인데, 머릿속에 자리 잡은 이 불청객을 피하게 되는 경우가 수없이 많을 거예요. 당신은 독립성을 정말 소중하게 생각하니까 혼자 살기가 가장 중요하죠. 신발 끈 묶는 법을 잊어도 걱정하지 말아요. 세라가 묶지 않아도 되는 신축성 있는 끈을 찾아줄 거예요. 새집으로 이사를 가서 방문을 보고는 그 방이 무슨 방인지 모르면, 드라이버를 들고 문을 떼어내면 됩니다. 당신이 극복하지 못할 문제는 없어요. 실제로 당신은 치매 때문에 생긴 어려움들을 해결하면서 오히려 즐거워할 겁니다.

지금은 가까운 친구가 몇 명 없지만, 치매라는 이 병 덕분에 아주 소중한 사람들을 많이 알게 될 거예요. 그리고 그들을 마치 평생지기처럼 사랑하게 될 겁니다. '치매의 혁신'(이 이름을 기억하세요), 여기에서 믿을 수 있고 헌신적이고 훌륭한 사람들을 만나게 될 거예요.

밤에 불을 끄면 어둠이 내려앉은 방안에서 몸부림칠 정도로 외로울 때가 있을 겁니다. 하지만 다시는 외롭지 않을 거라고, 이제 만나게 될 단체가 앞으로 내내 같이 있어줄 거라고, 그렇게 잠들지 못하는 밤에는 휴대전화를 열고 소셜미디어에서 친구를 찾으면 된다고 말해주면 기분이 좀 괜찮아질까요? 네, 소셜미디어를 이용해봐요. 기술을 무서워하던 당신은 벌써 사라지고 이제는 스마트폰, 아이패드, 카메라 등 기술을 받아들일 겁니다. 진단을 받고 몇 주 만에 블로그를 시작해서 당신이 글을 올리면 전 세계 사람들이 읽게 될 겁니다.

이제는 알아요. 이 다리를 건너면, 당신은 다른 사람들처럼 한 주 쉬기를 바라고, 주말을 기다리며 살겠죠. 그런 당신에게 일을 계속할 수 없을 거라고 말해야 한다니 마음이 아픕니다. 치매 환자들이라도 여전히 쓸모가 있다는 것을 세상은 아직 몰라요. 치매 진단을 받았다고 해서 하룻밤 사이에 모든 기능을 잃지는 않아요. 우리가 바뀐 상황에 적응해야 하는 것처럼, 직장들도 적응하는 법을 배워야 합니다. 사람들이 그런 것을 배우도록 당신이 돕게 될 거예요. 당신은 고용주가 고용인을 지원하도록, 치매 환자를 돌보는 간호사를 양성하도록 돕고, 치매 환자를 배려하는 환경을 만들도록 병원과 요양원에 자문을 할 겁니다. 그리고 학자들이 뇌를 부검할 수 있도록 뇌를 제공하고(네, 이 일은 사후에 일어나겠죠), 이 모든 일에 대하여 두 개 대학에서 명예박사학위를 받게 될 겁니다. 그러면 당신은 자부심을 느끼게 될 거예요.

상태가 안 좋은 날이 있을 거고(거짓말을 할 수는 없으니까요), 치매가 진행됨에 따라 그런 날이 더 자주 있을 겁니다. 몇 개월 지나고 어느 날, 사무실에서 나서는 순간 주변 환경을 전혀 못 알아보게 될 거예요. 비틀비틀 복도를 지나 화장실을 가면서 중간에 말 거는 사람이 없기를 희망할 겁니다. 그 사람이 누구인지 알아보지 못하니까요. 그리고 화장실 안에서 흐리멍덩한 정신이 맑아지길, 뿌옇게 보이던 세상이 다시 또렷해지길 기다릴 겁니다. 그리고 그렇게 될 거예요.

하지만 결국 그렇게 되지 않는 날이 올 거예요. 그것이 몇 년 후의 일이 될지는 나도 몰라요. 그것만이 당신에게 남은 유일하게 두려운 일일 겁니다. 당신은 사람들에게 이해해달라고 부탁할 것이고, 사람들은 그래도 그런 일이 일어난 것보다는, 경계를 넘어간 것보다는 낫다고 말할 거예요. 하지만 그 사람들은 나만큼 당신을 알지 못해요. 내가 지금 이 다리에서 당신을 멈취 세우고 조력 사망을 고려해보라고 말해도, 당신이 똑같은 대답을 할 거라는 점도 모르죠. 당신은 사람들에게 선택권이 있어야 하며 사람들이 고통을 받아서는 안 된다고 대답하겠죠. 세상에는 따라잡아야 할 것이 아직 많아요. 당신은 사람들이 그 사실을 깨닫는 데 당신의 마지막 책이 도움이 되길 바랄 거예요.

일단은 흐리멍덩함이 사라질 거라는 사실만 생각하세요. 마찬가지로 손에서 놓아야 할 것들에 대하여 너무 오래 슬퍼하지 말아요. 그 대신에 다른 것들이 그 자리를 대체할 거예요. 나는 당신이 식히느라 싱크대에 놔둔 레몬 드리즐 케이크의 냄새를 맡을 수 있어요. 비록 더 이상 레시피를 따라 할 수도 없고, 집을 꾸미지도 못하고, 좋아하는 자동차를 운전하지도 못하지만, 이렇게 새로 얻은 다른 능력들이 상실한 모든 능력을 만회하는 데 소용된다는 것을 당신이 알게 되기를 바랍니다.

운전 대신에 걷기를 해서 매일 수 킬로미터를 걷게 되겠죠. 좋아하는 레이크 디스트릭트는 계속 여행할 거예요. 하지만 절친한 실비아는 함께하지 못할 거예요. 지금은 그 이유를 설명하지 못하지만요(미래의 일 중에 비밀로 두는 것이 더 나은 일도 있으니까요). 그 이야기가 펼쳐질 때까지 기다리세요. 그리고 용감하게 맞서세요. 당신과 실비아 모두를 위해, 삶의 우여곡절 중에는 그 순간에 맞닥뜨리는 것이 더 나은 것도 있어요. 물론 당신은 늘 그랬듯이 잘 극복할 수 있어요.

케직에는 '애플트리즈'라는 작지만 근사한 민박집이 있는
데, 거기에서 배려 있는 보살핌을 받을 거예요. 그곳 주인은 심
지어 구석에 있는 TV 위에 베갯잇도 씌울 거예요. 그러면 검은
화면이 벽에 난 큰 구멍처럼 보이는 일이 없을 겁니다. 내가 치
매에 대하여 이야기해야 할 또 다른 점이 그것입니다. 치매는
단순히 기억의 문제가 아니에요. 치매는 걷는 방식(당신이 처음
에 넘어질 뻔했던 이유가 그것이에요), 듣는 방식, 보이는 것(30분 규
칙을 적용하면 눈앞에 보이는 것이 진짜인지 환상인지 확인할 수 있어
요), 심지어 맛까지 바꿉니다. 그리고 그것이 당신에게 꼭 알려
줘야 하는 한 가지예요. 당신이 좋아하는 요크셔 차도 이제 맛
이 없어질 거예요. 지금은 아마 다른 것들을 모두 잃는다고 해
도 마지막까지 놓지 못할 것이 이 차라는 걸 알지만요. 온갖 종
류의 다른 차들을 마셔보겠지만, 따뜻한 포옹 같은 느낌을 주던
요크셔 차를 대체할 수 있는 차는 없을 거예요. 하지만 결국 그
냥 위안과 우정의 느낌을 얻기 위해 연하게 끓인 찻잔을 두 손
으로 감싸고 의자에 앉는 것만으로 만족하게 되겠죠.

치매 덕분에 당신은 많은 모험을 하게 될 거예요. 당신이 쓰
리 픽스 챌린지를 얼마나 즐거워했는지 아나요? 음, 당신이 앞
으로 하게 될 다른 일들과 비교하면 그건 아무것도 아닐걸요.
당신이 비행기에서 뛰어내려 낙하산을 타고 내려올 거라는 말

을 들으면 기분이 어때요? 무섭겠죠. 하지만 우리 인생에는 좋은 쪽으로나 나쁜 쪽으로나 놀라운 일이 우릴 기다리고 있어요 (당신이 유명한 영화배우를 만나고 그 배우가 영국 아카데미 시상식에서 수상 소감으로 당신을 언급할 거라는 이야기를 내가 했던가요? 어쩌면 그 이야기는 아껴두었는지도 몰라요. 당신이 미리 너무 많이 알지 않았으면 좋겠어요).

이제 당신은 다리를 건넜고, 거의 사라지는 뒷모습만 보이네요. 나는 가끔씩 당신을 잃어서, 내가 당신과 너무 닮지 않아서 슬퍼집니다. 하지만 아직 유리잔에 물이 절반은 남아 있어요. 우리가 서로 공유할 점이 남아 있다는 말이고, 그것이 위안이 됩니다. 그리고 우리 둘 다 두 딸을 사랑하잖아요. 그 사실은 우리가 늘 공유할 점이고, 이 병이 우리에게서 절대 앗아갈 수 없는 것이죠. 당신은 더 이상 어떤 것도 무섭지 않아요. 치매가 당신에게 일어날 수 있는 최악의 일인데 이미 발생했으니까요. 하지만 내가 쓴 이 책을 읽었다면… 그래도 그것이 최악의 일이었다고 확신하나요?

이제 한 걸음만 내디디면 다리를 다 건너는 겁니다. 가기 전에 마지막으로 꼭 할 말이 있어요. 아나 와튼이라는 작가를 만날 텐데요, 그녀는 당신이 책 한 권을 쓴다고 말할 거예요. 그때는 그녀도 그 책이 한 권이 아니라 사실 세 권이 될 것이고, 그

중 두 권은 〈선데이 타임스〉의 베스트셀러가 되리라는 걸 모를 겁니다. 당신은 인생을 바꾸는 이 사건에서 그동안 차곡차곡 쌓아온 모든 지혜를 아나의 도움을 받아 그 책들에 쏟아부을 겁니다. 그리고 그 책들은 당신의 유산이 될 거예요. 그것이야말로 당신이 남길 업적이고, 당신이 살아 있는 동안에는 삶을 바꿀 중요한 것이죠.

저기, 방금 넘어졌네요. 바닥에 넘어져 있는 모습이 보여요. 내가 일어나서 도와줄 수 있으면 좋겠지만, 봐요, 벌써 혼자 일어났네요. 약간 비틀거리긴 하지만, 일어나서 몸을 털고 있어요. 보도를 돌아보면서 어디에서 헛디뎠을까 궁금해하네요. 하지만 거기에는 아무것도 없어요. 당신이 넘어진 것은 당신 머리 안에 있는 이 병 때문이에요. 조금 있으면 그 사실을 알게 될 거예요. 그런데 알게 되면, 내가 지금 말해준 모든 것을 기억하겠다고 약속해줘요….

지팡이를 짚고 자리에서 일어나 시계를 보니 30분 뒤에 버스가 있었다. 나는 왔던 길을 되돌아가기로 했다. 잠깐 그녀를 보려고 뒤돌았지만, 아무도, 아무것도 없었다. 그래도 어쨌든 그녀에게 작별 인사를 했다. 내가 알던 그 사람에게.

감사의 글

인생이 자신에게 어떤 카드를 돌릴지 아무도 모릅니다. 이혼, 불의의 죽음 등 여기저기서 변화구가 들어오죠. 내 경우에는 상담실에 앉아서 치매라고 진단받았던 단 한 번의 면담으로 나의 모든 것이 바뀌었어요. 아무도 다른 말을 해주지 않았기 때문에 나는 이제 끝이라고 생각했습니다. 하지만 내가 틀렸어요. 대신에 지금 나는 이렇게 감사의 글을 쓰고 있으니까요. 첫 번째, 두 번째 책도 아닌 세 번째 책을 위해서요. 사실 이번이 마지막입니다.

몇 년 전에 공저자인 아나 와튼을 만나고 내 인생은 믿을 수 없을 정도로 풍요로워졌어요. 시작은 미약했지만 이제 우리는 무시할 수 없는 세력이 되었습니다. 그래서 우리는 공동 작업한

이 책을 통해 또다시 사람들의 관점과 이해를 변화시킬 수 있기를 기대합니다. 나에게 아나는 평생 친구이고 나와 가까워질 수 있었던 몇 안 되는 사람들 중 하나입니다.

우리를 열심히 뒷바라지해준 로버트 캐스키, 블룸스베리 출판사의 담당 팀, 특히 마지막으로 우리를 믿어준 알렉시스 커쉬바움에게 감사드립니다. 아울러 알렉시스를 뒷받침해준 모든 훌륭한 팀에게도 사의를 표합니다. 특히 저를 체계적으로 정리해준 조니 코워드뿐만 아니라 샤니카 히슬롭, 케이트 쿼리, 프란시스코 빌헤나, 아리엘 파키어, 아쿠아 보아탕, 데이비드 만, 스테파니 래스본에게도 고마운 마음을 전합니다.

이 책을 위해 인터뷰에 동의해준 모든 훌륭한 분들에게 큰 감사를 드립니다. 그분들과 인터뷰를 하지 못했다면 이렇게 강력한 메시지를 쓸 수 없었을 거예요. 그중에는 나의 가장 친한 친구 실비아도 포함됩니다. 실비아는 자신의 사후에도 남편인 데이비드와 내가 그녀의 이야기를 할 수 있도록 허락해주었어요. 그리고 정말 친한 친구인 줄리와 테리도 제이슨의 이야기를 할 수 있게 해주었습니다. 간병인으로서 박사 과정 연구를 하며 겪은 경험담을 이야기해준 캐서린 우드, UK 데스 카페를 만든 고(故) 존 언더우드와 그의 어머니 수잔 바스키 리드, 알리 디킨슨과 임종 도우미 UK, 사랑하는 엄마 조이스의 이야기를 공유해준 에스터 램지-존스, 어머니 헤더의 이야기를 해준 세라 드러먼드와 자매들, 컴패션 인 다잉의 엘리 볼과 세라 말릭, 나의 사전 계획 서류를 꼼꼼하게 정리하는 데 아낌없이 시간을 내준 클레어 풀러, 그리고 귀중한 시간을 들여 나와 인터뷰해준 몰리 바틀렛, 캐스린 매닉스, 레베카 랭글리, 피터 홀가튼, 제인 고울드, 폴 블룸필드 하원의원, 란다프의 일로라 핀레이 남작 부인 모두에게 감사를 드립니다.

치매를 안고 살아가는 모든 친구에게 두 번째로 감사를 드립니다. 특히 나의 세 친구 도리, 게일, 조지, 이들이 없었다면 길을 잃고 외롭게 헤매고 있었을 거예요. 치매 환자를 위한 DEEP 네트워크 그룹인 '치매의 혁신'도 마찬가지고요. 비영리 단체인 치매의 혁신은 작지만 훌륭한 단체입니다. 구성원인 필리, 레이철, 스티브, 다미안이 수많은 치매 환자들에게 얼마나 큰 도움을 주었는지 모릅니다. 그들은 우리를 위해 진정한 목소리를 내주었고, 우리가 의견을 내놓고 다른 사람들 의견을 귀담아 들을 수 있도록 계속해서 격려해줍니다. 다른 어떤 자선 단체도 이보다 잘할 수는 없을 겁니다.

마지막으로 늘 그랬듯이, 내 인생에서 가장 중요한 가족, 다섯 식구에게 사랑과 감사를 보냅니다. 먼저 가장 소중한 세라와 젬마, 스튜어트, 이들의 지지와 이해, 웃음이 없었다면 내인생은 빈껍데기가 되었을 것이고 지금의 내가 아니었을 겁니다. 그리고 나의 반려동물 빌리와 멀린은 나를 조건 없이 사랑해주었고, 털북숭이 그들을 포옹했을 때는 정말 큰 기쁨을 누렸어요.

블로그 www.whichmeamitoday.wordpress.com에서
저의 엉뚱한 행동들을 즐겁게 읽어주시고,
트위터에서 silent world of conversation @WendyPMitchell를 팔로우해주세요.

생의 마지막 당부

초판 1쇄 발행 2023년 12월 30일
초판 2쇄 발행 2024년 2월 15일

지 은 이   웬디 미첼 / 아나 와튼
옮 긴 이   조진경
펴 낸 이   한승수
펴 낸 곳   문예춘추사

편   집   이상실, 구본영
디 자 인   박소윤
마 케 팅   박건원, 김홍주

등록번호   제300-1994-16
등록일자   1994년 1월 24일

주   소   서울특별시 마포구 동교로 27길 53, 309호
전   화   02 338 0084
팩   스   02 338 0087
메   일   moonchusa@naver.com

I S B N   978-89-7604-625-3 03840